モンタージュ小説論

モンタージュ小説論

――文学的モンタージュの機能と様態

小柏裕俊

水声社

本書は、
記号学的実践叢書の一冊として
刊行された。

モンタージュ小説論　◉目次◉

序

ある種の小説を前にすると、読んでいるというよりも組み立てているという感覚をもつ。例えば、二つのストーリーラインのこちらからあちらへ、あちらからこちらへと往復しながら展開する小説がそうである。数多くの人物がさまざまな場所で行動を起こし、それらをつなぎ合わせなければ、全体像を捉えられない小説がそうである。時間の順序や隔たりを無化するかのように、記憶の断片が次から次へと現れる小説がそうである。あちこちにはめ込まれた引用の出典を辿り直しながら読む小説がそうである。辞書の体裁を借りた小説、脚注の中で新たな物語が始まってしまう小説などもそうである。読書行為が「組み立て」となるような小説は、二〇世紀以降、ヨーロッパで、アメリカで、もちろん日本においても、数多く生み出されている。この手法は、いわゆる純文学に限らず、推理小説やエンターテイメント小説でも用いられている。

このような小説は組み立て模型になぞらえられるかもしれない。俗に「プラモデル」と呼ばれるプラスチックモデルの場合、ランナーと呼ばれる枠に必要なパーツが収められているのであるが、パーツの配列が組み立ての順序に従っていることはまずない。ランナーの両端にあるパーツが結合したり、複数のランナーからパーツを切り集めて一つのまとまりを作ったりする。小説を読んでいて、ある出来事の続きが遠く隔たったページで再開するとき、あたかも、「プラモデル」を組むかのように、読者はテクスト上にバラバラに配置されたパーツを「組み立てる」のである。

このような「組み立て」が求められる小説を、モンタージュ小説と呼びたい。「組み立て」を言い換えるために、芸術分野ですでに市民権を獲得しているこの「モンタージュ」という語を用いるのは不適切ではなかろう。モンタージュは、「(工業的な)組み立て」を表す言葉であった。そこから派生して、カメラという機械技術を媒介させて切り取られたイメージを、別様に「組み立てる」ことがフォトモンタージュとなり、映画のモンタージュとなった。[1] こうしてこの語は一九二〇年代から、主に美術や映画の領域で頻繁に用いられるようになる。映画の分野でモンタージュと言うとき(特に英米の映画用語の場合)、それは複数のシーンの同時進行や、フラッシュバックを多用したシークエンスを指す。観客は一つの持続として流れる映像を追いながらも、その順序とは別様にショットをつなぎ直しつつ、物語の内容を把握することになるだろう。映画のモンタージュには、小説を組み立てながら読解することに通底するものがあると言ってよい。

読書行為が「組み立て」となる小説は数多く生み出されており、さまざまな概念を用いたアプローチが試みられている。「意識の流れ」や「コラージュ」、「モザイク」や「ポリフォニー」などがそれである。[2] それらは興味深い観点をもたらしてくれるが、こうしたタイプの小説の全体をカバーしうるものではないだろう。実は、「モンタージュ」もまた新しい概念ではない(3)。それを再び取り上げたところで、不十分な議論を繰り返すだけになってしまうのではないかと危惧されても不思議ではない。

しかしながら、文学におけるモンタージュが何であるのか、明確に答えられる者がどれほどいるだろうか。回答があったとして、それにいかほどの妥当性があるだろうか。実のところ、文学のモンタージュは二つの異なる手法として理解されてきた。すなわち、複数の物語を同時進行させることと、引用を嵌め込むことである(4)。これらは、相反するものではないものの、同じ平面上では論じにくく、ねじれた位相関係にある。ほとんどの批評家や研究者は、その一方のみに目をやって他方を伏せたままにしておくか、あるいは「要素の異質性」という輪郭のぼやけた言葉を用いて、ねじれた側面の存在自体に目をつぶるかである。

また、同時進行のモンタージュであれ、引用のモンタージュであれ、読者がテクストに積極的に働きかけてようやく、それは十分な意味作用を持つように思われる(5)。にもかかわらず、こうした読解の働きまでも含めて、文学のモンタージュが議論されてきたようには見えない。「組み立て」としての読解というものも、テクストの要素をつなぎ直す読者の働きかけに他ならないはずである。

これらの問題を踏まえた上で、文学的モンタージュにより明確な形を与えることが、本書の中心的な狙いである。それは、同時進行と引用という二つの面に割れてしまった文学的モンタージュをどうにかして一つに統合する試みである。位相の異なるものであれば、ただテクストのみを考察の対象としていても統合は難しい。それを媒介するものが読者である。同時進行の場合であれ、引用の場合であれ、読者はテクストに対して特有の振る舞いをする。この振る舞いまでも含めたものとして文学的モンタージュを捉え直しながら、同時進行や引用といった従来の説明とは異なるモンタージュの定式化を試みたい。読者の役割を議論の射程に入れることで、文学的モンタージュの概念をいっそう充実させ、拡大させ、そこに「組み立て」というタームを導入することが可能となることで、「組み立て」の概念自体が多様化される。全体的な物語像を追求することのみが「組み立て」ではないことも明らかにされよう。

そのようにして文学的モンタージュは、作品の制作手法や組成にばかり関わる概念ではなく、作品受容の様態までも含めた概念として捉え直されるだろう。こうしてモンタージュ小説、あるいは「組み立て小説」は、テクストと読者が相互反応する場を指すものとなる。

このように新たな角度から理解された文学的モンタージュ作品の定式化を、〈縞模様〉と〈紐づけ〉という言葉を用いて試みたい。この定式をもとにして、一定数の小説を分類する。モンタージュの観点から、それらの作品の特徴を記述してゆく。こうして「モンタージュ小説の類型論」が展開されるだろう（ただし、作品や特徴を網羅することはせず、いくつかの傾向を示すにとどめる）。

本書は三つの章に分かれている。

第一章では、文学的モンタージュが生まれた経緯を辿り直す。文学用語辞典による定義を出発点として、文学的モンタージュが二元的な概念であることを示す。そして分裂の理由を、その概念の源流であるフォトモンタージュと映画のモンタージュに求めつつ、引用のモンタージュと時空間のモンタージュの特徴を記す。

第二章では二つのモンタージュの統合を試みる。引用のそれと時空間構成のそれを撚り合わせようとする物語論的な理論化がすでに試みられているので、それを出発点とする。モンタージュに特有の読み手の反応があることや、読み方次第でモンタージュとなるか否かが決まる場合があることが示される。それを踏まえて、〈縞模様〉と〈紐づけ〉に関わるものとして、文学的モンタージュを定義し直すことが提案されよう。モンタージュ小説が、モンタージュされた小説であるだけでなく、「組み立て」られることを待っている小説であることが明らかになるだろう。

第三章では、〈縞模様〉と〈紐づけ〉に基づいた組み立て小説の類型論を試み、模様の種類と小説主題の二つの側面からアプローチする。縞を構成する「色」の数や縞の様態に従って、モンタージュ小説の分類を行う。小説主題に関しては「集合住宅もの」、「車中空想もの」、「臨終回想もの」という三つのテーマに基づいていくつかの作品を分析する。

第一章　二つの文学的モンタージュ

文学的モンタージュは一枚岩の概念ではない。二つに割れている。以下ではこの概念の理解における分裂をまず示したい。この概念は、何と何に割れているのだろうか。この分裂は何に起因しているのであろうか。この二つの側面は、どのような特徴を持つものとして説明することができるのであろうか。文学的モンタージュに触れている論考や著作を取り上げながら、その二つの側面を示してゆく。

まずは文学用語辞典での定義を参照しつつ、文学的モンタージュが分裂していることを示す（第1節）。続いて、そのうち一方の側面を、美術領域でのモンタージュ（フォトモンタージュ）と関連付けて論じる（第2節）。続いてもう一方の側面を、映画のモンタージュと関連付けて論じる（第3節）。

1　分裂した辞書的定義

ある概念にアプローチするとき、辞書的な定義を出発点とすることは誤りではあるまい。だが文学用語辞典において、モンタージュという項目に出会うことは稀である。[1] これは文学的モンタージュの概念が十分に議論されてきていないことの証なのかもしれない。だが幸いにして、オノレ・シャンピオン社の『文学用語辞典』(2005) や研究社出版の『最新　文学批評用語辞典』(1998) には記載がある。まずは両辞典での語釈を示したい。それに続いて実際の評論などにおいて、モンタージュの語が何を指して用いられているのかを確認してゆく。

①物語論的概念としてのモンタージュ

オノレ・シャンピオン社の辞典では以下のような語釈がつけられている。物語論的概念としてのモンタージュと呼んでよいだろう。

1. 映画の制作技術から借用された用語。映画の物語構築の統語において、語りの小単位の選択と連結を指す。時系列的モンタージュの場合、描写的モンタージュと語りのモンタージュ(線状的であれば、交互的、並行的でもある)を区別する。モンタージュにより、複数の映像を関連づけたり、強調したり、対立させたりすることができる。それはしばしば、映像に「語らせ」たり、補足的な意味作用を担わせる方法となる。伝統的なモンタージュでは、観客の心を捉えてその批判精神を眠らせ、想像世界の魔法のなかに観客を浸らせることが狙いとなっていたが、その一方で、モンタージュの交互的様態の場合には、観客の注意を、映画の形式的手法や映画制作技術に向けさせることが可能となる。映画史では、ロシア未来派の一角にいたエイゼンシュテインの実験映画が今でも有名である。

2．文学研究、特に物語論において、この語は用いられる。映画から派生した意味を持ち、言語・文体・内容［……］によって区別されるテクストあるいはその一部を寄せ集めたものを指す。なかでもとりわけ、焦点化が異なる断片群を連続させたもの（並行モンタージュ）や物語内容［histoire］の要素の非連続的復元（省略モンタージュ、加算モンタージュ、意識の流れのテクニックなど）を指す。こうした例からも、モンタージュがさまざまな効果を生み出すことがわかる。例えば、コントラスト、全知の語り手という錯覚、安定した読みに対する揺さぶり、異化効果など[2]［……］。

ここでは文学におけるモンタージュの「語源」と「意味」が記されている。文学のモンタージュはその源流を映画に持ち、物語論的な意味を与えられて使われるのである。だが、説明は簡略かつ抽象的である。作品の例を挙げつつ、補足をしたい。

「モンタージュの交互的モード」や「並行モンタージュ」とは、二つ（以上）の区別された筋を交互に提示するテクニックである。[3]映画でならば、グリフィス『國民の創世』（1915）に見られる「追いかけっこ」や、コッポラ『ゴッドファーザー』（1972）における教会での結婚式と住居の襲撃が交差するシークエンスが典型的なものであろう。他にも数多くの例を挙げることができよう。小説でも、二つの物語が交差する村上春樹『世界の終わりとハードボイルド・ワンダーランド』（1985）や、東京、千葉、沖縄などにいる四名の人物を交互に描き出す吉田修一『怒り』（2014）など、例は数多くある。出来事の同時性・共時性を表すモンタージュである。[4]

「物語内容の要素の非連続的復元」という表現は、時系列の前後関係を入れ替えた物語構成を直観的に連想させる（奇妙なことにそれには触れられていないが）。過去の回想が差し挟まれる「フラッシュバック」や、未来の出来事の予測や期待を差し挟む「フラッシュフォワード」という映画手法がそれに当たるだろう。こうした時間構成に関連した手法は、小説であるならば、ジェラール・ジュネットが『物語のディスクール』（1972）の「順序」の章で緻密に分析してみせた『失われた時を求めて』などに見られるだろう。[5] ジュネットは、プルーストの文章における時間軸上の頻繁な移動を分析している。

こうした時間の飛躍をしばしば含む手法が「意識の流れ」である。知覚や想起を一つの途切れることのない流れとして描き出すがゆえに、人物が目にしているものに触発され、過去の記憶が混ざり込むのである。[6] フォークナー『響きと怒り』（1929）におけるベンジーの語りは、まさに現在と過去が錯綜した「物語要素の非連続的復元」である。[7]

そして実際に、こうした映画から文学に転用された物語論的概念としてのモンタージュは、ドミニク・ラバテ（1998）やフランソワーズ・ヴァン・ロソム＝ギュイヨン（1970）の論考で触れられている。

ラバテは、マルローの小説『人間の条件』（1933）を論じるなかで、この概念を用いている。上海における共産主義者の蜂起を物語るこの小説は、キョウやカトウ、フェラル、クラピック、ジゾールといったさまざまな人物の行動を同時的に描き出す。章をまたぐとしばしば焦点人物が切り替わる。このような切り替えを繰り返すことで、空間的に隔てられた行動が、同時的に生起していることを示す。まさしく行動の同時展開を表す交互的モンタージュが用いられている。この手法は、戦前のアメリカ小説や映画のモンタージュに影響を受けたものであると、ラバテは述べている(8)。

ヴァン・ロソム゠ギュイヨンは、ビュトール『心変わり』(1957)を論じるなかでモンタージュという用語を用いている。二人称の「あなた」［vous］を主人公に割り当てたことで有名な小説であるが、現在・過去・未来という三つの時制を交互に用いながら物語られている点も忘れてはならない。列車に乗ってパリからローマに向かう現在時の旅程を語りつつ、そのあいだあいだに、「あなた」による過去の回想や未来への期待が差し挟まれる。現在を起点にして、過去や未来を往復する物語構成がとられている。フラッシュバックやフラッシュフォワードを多用して時間が構成されているのである。このように時間軸上で飛躍が繰り返される構成を指して、ヴァン・ロソム゠ギュイヨンはモンタージュと呼んでいる(9)。オノレ・シャンピオン社の文学用語辞典で説明されている「物語内容の要素の非連続的復元」に対応するモンタージュであると言える。

②構成要素の性質に基づくモンタージュ

ところが、こうした定義と大きく異なる解説が、川口喬一らが編纂した『最新　文学批評用語辞典』では採用されている。文学的モンタージュについて、以下のように説明されている。

異なる源から持ってきた元来無縁な諸要素を併置して、新しい全体を作ること。そもそも、映画の世界でエイゼンシュテインが唱導、実践したものである。一九三〇年代のリアリズムとモダニズムをめぐる、B・ブレヒトとG・ルカーチの論争で中心に位置した概念である。たとえば、ドス・パソスの『U. S. A.』［1930-36］の「ニュースリール」はモンタージュである。[10]

こちらの辞典での解説は手短である。ここでもエイゼンシュテインの名が挙げられ、映画との関連が仄めかされている。[11] だがモンタージュという語が指す手法が、オノレ・シャンピオン社の辞典で説明されるものと大きく異なっている。先述のものが物語論的な特徴を示そうとしていたのに対し、こちらのものは、「異なる源から持ってきた元来無縁な諸要素」とあるように、構成素材の由来や出典に依拠した記述となっている。「異なる源から持ってきた」とは、あるテクストのなかに、その外部に由来する要素を取り入れることである。それは取りも直さず、引用のことである。解説のなかで触れられている『U. S. A.』の「ニュースリール」は、まさしく出典の異なる多数の引用物で構成されている。新聞記事、三行広告、流行歌の歌詞など、引用物のみを切り貼りして形づくられているのである。

文学の領域で、このように引用と関連づけてモンタージュの語を用いる批評や論考も実際に多い。例えば、クロード・ビュルジュランがペレック『人生使用法』（1978）に見出すモンタージュがそうである。[12] パズルを重要な主題としたこの小説の末尾には、作中で引用した作家リストが付けられている。しかしこれらの引用は、通常用いられる引用の作法に従っていない。作者本人による文章にうまく紛れ込ませてあるのである。このようにして小説中に散りばめられた数百の引用を指してモンタージュと言われている。

ビュルジュランの他にも、ベンヤミン、ロラン・バルト、アントワーヌ・コンパニョンなども、引用に関係する手法としてモンタージュというタームを用いている。ベンヤミンによれば、デーブリーンの小説『ベルリン・アレクサンダー広場』（1929）における新聞や広告、流行歌の引用はモンタージュである。[13]『恋愛のディスクール・断章』（1977）における他の文学作品や哲学著作からの引用は、バルトにとってモンタージュである。[14] コンパニョンは引用論『第二の手』（1979）のなかで、中世の神学における命題論集のような引用集をモンタージュになぞらえている。[15]

このように、二つの文学用語辞典が、文学的モンタージュについて異なる解説をしているのである。それらは実際の批評や論考での用法にも対応しており、それぞれに妥当性があるように思われる。つまり、モンタージュという一つの用語に、二つの異なった意味が与えられているのである。一方には、物語論的な用語としてのモンタージュがある。それは、出来事を多角的に構成するやり方や、時間を前後させ、飛躍させる手法を指す。もう一方には、引用と関係するものとしてのモンタージュがある。もちろん、モンタージュがあらゆる引用を指し示すことにはならないであろうが（この問題については次の節で見ていくことになる）。

いずれにしても、モンタージュはテクストを物語る語り方に関連するものと、テクストを織りなす素材に関連するものとにまたがって用いられている。小説の内的な構造に関連したものと、小説とその外部にあるテクストとの関係性を考慮させるものとにまたがって用いられていると言ってもよいだろう。対立するとまでは言わずとも、非常に性質の異なった事柄を一つの用語が指し示しうるのである。こうした意味では、文学的モンタージュの概念そのものが、異質な要素の組み合わせでできているのである。

しかしなぜ、このように一つの語でもって、異なった文学的事象を指し示すことになったのであろうか。しかも文学と機械工業のような性質を異にする領域においてではなく、文学という同一の領域において、異なる特徴を指し示すのである。この問いに答えるためには、文学的モンタージュの源流に溯って検証してみることが有効であろう。

2　フォトモンタージュと文学的モンタージュ

シャンピオン社の辞典で文学的モンタージュは、映画から転用されたものとして解説されていた。映画のモンタージュの主要な機能が出来事を伝えることにあるからこそ、物語論的な分析の対象となるのである。川口らの辞典でも映画との関わりが仄めかされてはいた。だが、物語構築とは別の位相に位置づけられる引用のモンタージュを、映画に結びつけるのは適切であろうか。むしろ、映画とは異なる源流から派生していると考えるのが妥当ではないだろうか。

事実、映画以外の芸術領域でも、モンタージュという用語の使用が認められる。むろん、派生となればいくつも存在するが(16)（派生としてのモンタージュならば、文学だけでなく、音楽やバンド・デシネにも認められる）、映画同様に、モンタージュの源流を求めうる芸術領域がある。その領域とは美術である。そこではフォトモンタージュと呼ばれることもあれば、単にモンタージュとだけ呼ばれることもある。フォトモンタージュとは、複数の写真から要素を切り抜き、それらを同一平面に貼付けることで作品を制作する手法であり、そのようにしてできあがった作品を指し示す言葉である。この手法は、芸術だけではなく、広告の分野でも頻繁に用いられている。

以下では、フォトモンタージュの特色を示した上で、この美術的手法と文学的モンタージュの関係性について考察していく。[17]

①フォトモンタージュとは

フォトモンタージュは、二〇世紀前半に活躍したベルリン・ダダの芸術家、ラウール・ハウスマン、ハンナ・ヘーヒ、ジョージ・グロス、ジョン・ハートフィールドらによって、一九一〇年代後半（一九一六年とも一九一七年とも言われる）に考案された。[18] 池田浩士によれば、フォトモンタージュとは「写真というもっとも現実に忠実な再現の手段と信じられているものを用いての現実の解体と再構成」である。[19] フォトと銘打たれてはいるが、写真のみを用いるのではなく、新聞記事や広告、決まり文句などの印刷物を導き入れることも多い。その場合、文言の意味内容よりも（あるいは、それだけではなく）、印刷物としての視覚的効果を狙って貼付けられる。[20] 写真が現実の姿を視覚のレベルで「忠実に再現」しているのと同様に、新聞や広告も、目に映るそのままの姿を「忠実に再現」するために、

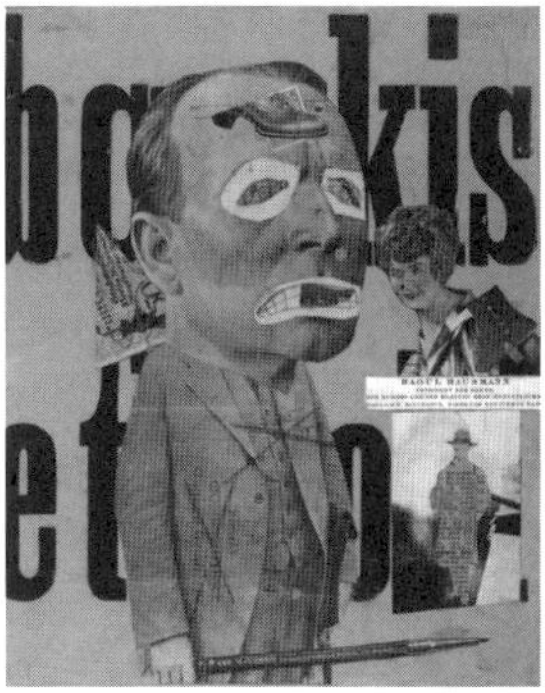

図1　ラウール・ハウスマン《芸術批評》（1919 年）

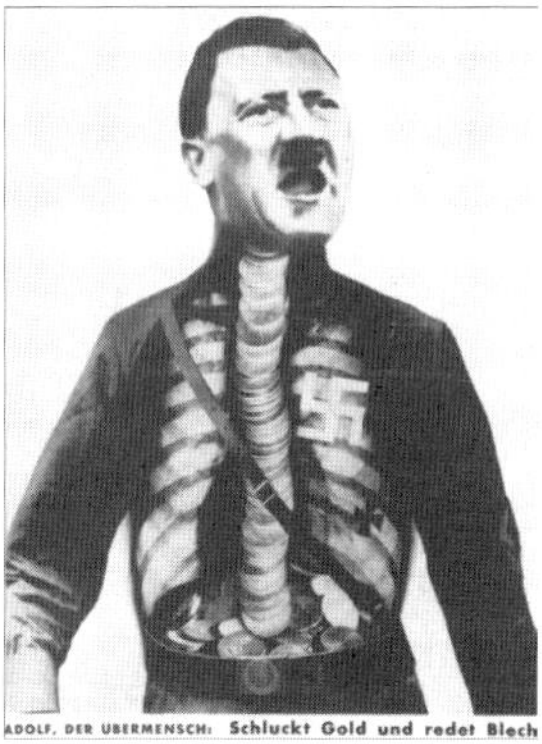

図2　ジョン・ハートフィールド《超人アドルフ――金貨を飲み込みブリキを吐き出す》（1932 年）

切り抜かれて持ち込まれるのである。

こうした操作によって生まれる作品は、現実を「解体し再構成する」、ある場合には現実を告発する。ハウスマンのフォトモンタージュ《芸術批評》(1919. 図1)や、ハートフィールドの《超人アドルフ——金貨を飲み込みブリキを吐き出す》(1932. 図2)からは、芸術批評家やヒトラーへの辛辣かつあからさまな風刺が読み取れる。《芸術批評》の人物像は、空洞化した目、歯が欠けて歪んだ口、肥大した頭部で構成されている。この作品が芸術批評家の無能さを告発するものであることは、これらの要素を読み解くことで容易に見て取れよう。こうした構成要素が、地となる身体部分や背景とは「異なる源」から取ってこられたことは明白である。なぜなら、要素の縁に見える切り取り線が、構成要素と地の材質や質感の違いを際立たせているからだ。材質や質感が異なっているだけではなく、切り取り線によって、構成要素と地とが断絶したものとしても示されている。

《超人アドルフ》では、素材の質感の違いゆえに生じる断絶感よりも(要素間の接合面は、なめらかにつながって見えるように処理されている)、構成要素の異物感によって、この像が「現実を解体し再構成された」ものであると認識できる。人物を外部から写した写真に、X線写真を思わせる胸部骨格が写っていることは考えにくい。人間の背骨の部分に金貨が写っているということも、我々がもつ自然科学の知識からすればありえない。人物を外側から写した写真、胸部骨格の写真、金貨の写真を背骨状に並べたものという、複数の写真を貼り合せたものであることがわかる。こうした再構成によって、ヒトラーに怪物のイメージが与えられているのである。

これらの作品において、新たな文脈(フォトモンタージュ作品)における断絶・不均質性・異物性は、要素がさまざまな出典から切り取られ、接合されたことで生じている。こうした性質が、逆に出典の多様性を示してもいる。また、コンパニョンが言うように、ある媒体の一部を切断し、採取し、別の媒体に貼付けることは、とりもなおさず引用の行為である。[21] 写真という媒体を用いての「現実の解体と再構成」と説明されるフォトモンタージュは、引用することなしでは成立しない美術的手法なのである。[22]

加えて、フォトモンタージュにおいて重要なのは、引用されるものが現実と「等価」であることである。ドーン・エイズによれば、フォトモンタージュ制作者は材料を「現実の事物と出来事から切り抜き、寄せ集めている」[23]。こうした傾向は、ベルリンのダダイストと同様にフォトモンタージュを重要な制作方法とした、ロシア・アヴァンギャルドの左翼芸術家にもなじみのものである。雑誌『レフ』第四号（1924）に掲載された記事には、フォトモンタージュについて次のように書かれている。

> われわれがフォト・モンタージュと考えているのは、造形手段としての写真である。さまざまな写真の結合がグラフィックな表現による構成にとってかわりつつある。
> 　この交替は、写真が視覚的事実の描写のためではなく、その正確な記録のためにある、ということを示している。［……］
> 　ある種の写真、いわゆる芸術写真は、今まで絵画や挿絵のまねをしようとしてきた。このためにその種の作品は力に乏しく、写真が蔵している可能性を実現してこなかった。写真家たちの推察によると、写真は絵画に似れば似るほど、ますます芸術的でよいものとなる。実際の結果は逆である。芸術的になるにつれて質は落ちていく。写真には、絵画の構成と何ら共通性をもたないモンタージュという、独自の可能性が存在

する。ぜひともその可能性を実現しなければならない[24]。

写真を現実の「正確な記録」とみなすこと、現実の事実や出来事の等価物とみなすことは、今日ではあまりにも素朴すぎるであろう[25]。それでも、フォトモンタージュが登場した時代、写真のもつ再現性の高さが、絵画とは異なる表現手段を模索するための原動力となったことは否定できまい。

いずれにせよ、現実をそのまま切り取っている（と思い込まれていた）写真から、その一部をさらに切り取り、取り出し、別の要素と関連づけつつ新たに配置することで、フォトモンタージュは成り立っている。

②フォトモンタージュとしての文学

こうした観点から見て、川口らの語釈や、ベンヤミンが『ベルリン・アレクサンダー広場』について言うモンタージュは、映画のモンタージュではなく、美術の領域でのモンタージュ（フォトモンタージュ）に源流をもっていると考えられる。

この美術的手法は、単に引用という操作ばかりに力点を置くものではない。文学のそれをフォトモンタージュになぞらえて理解するならば、次の三つの点を指摘することができよう。すなわち、①さまざまな出典から要素が取り集められていること、②非連続性や断絶を強調するように要素が配置されていること、③要素が現実を切り取ったとされていること、である。

『恋愛のディスクール・断章』のモンタージュに言及するときのバルトは、出典の多様性を念頭に置いている。「さまざまな出典の断片[26]」がモンタージュされているからである。

断片が切り取られてきたコーパスの多様性こそが、モンタージュである所以として示されている。ゲーテ、プルースト、ジッドなどの虚構作品からの引用もあれば、プラトン、ニーチェ、フロイトなど哲学や精神分析からの引用もある。バルトの友人が口にした言葉や見解もある。多様な出典から切り取られてきた断片で、恋愛の主体を構成することにこそ、力点が置かれている。こうした意味では、川口らが辞書で説明する「異なる源から持ってきた諸要素」という説明に適合する文学的モンタージュでもある。

ただしこの多様性は、同一の出典から複数の引用がある場合も含めてよいだろう。アポリネールの詩「月曜日、クリスティーヌ通り」(1918)もモンタージュと呼ばれているが[27]、街で聞いたありふれた会話からのみ引用されている。出典は、広告や新聞なども含めた多岐にわたるものではない。だが、組み入れられる会話断片は単一ではなく、多様である。引用行為は一回かぎりではなく複数の回数に及ぶ。こうした引用物の多様性や引用行為の反復を、文学的モンタージュの特徴と考えて差し支えないだろう。

ペレック『人生使用法』を論じる者たちが言うモンタージュには、非連続性や断絶の効果を見てよいだろう。この小説の引用の出典はバルトの場合と同様に多様であるが、それだけがモンタージュと呼ばれる所以ではない。ここでのモンタージュは「暗示的引用」[implicitation]と関連づけて用いられている[28]。暗示的引用とは、ある文やその一部が引用物であることを明示しない引用の様態である。作者自身による文と引用文とをつなぐ文言を省略することによって、自作の文から引用文への移行が唐突なものとなる。しかしこの「唐突さ」は、文学テクストの場合、美術とは逆の効果を果たす。どれが引用された文言であるかを見極めることが困難になるのである。移行が省略されることで、逆説的にも切断面が隠されてしまうのである。こうした引用のモードは、「剽窃的」である。文学用語辞典では触れられていないが、この特殊な引用のモードは、文学的モンタージュと切り離せない性質であると考えてよいだろう[29]。

こうした引用物の多様性と引用の「剽窃的」なモードは、現在においても引用の文学的モンタージュを考える上で、必要不可欠な項目であろう。その一方で、引用物が現実を切り取ったものであることについては、今日それほど注目されていないように思われる。写真が「現実」と等価であると見なされなくなったことと、軌を一にしているのかもしれない。現に『人生使用法』の引用物に、現実を小説世界に導き入れるための資料的価値を見出すことは困難であろう。しかしながら文学的モンタージュを、現実の一部を導入する方法として理解する傾向を見過ごしてはならない。

実際、『ベルリン・アレクサンダー広場』を論じるベンヤミンは、こうした現実を導入する方法としてモンタージュを理解しているように思われる。彼によれば、引用されるものは新聞記事や流行歌といった「現実資料」である。フォトモンタージュのテーゼに対応するように、現実から取ってこられたものという性質まで含めて、モンタージュと呼ばれているのである。ケーテ・ハンブルガーが用いるこの語や、映画の「ストックショット」にも、「現実資料」の引用との共通点が見出せる[30]。

このように、現実に見聞きした事柄や、街中で見かけた文言（新聞、広告など）を取り込んだ文学作品が、事実、一九一〇年代後半から一九三〇年代に少なからず生み出されている。先ほど挙げたアポリネール「月曜日、クリスティーヌ通り」も、通りで耳にした会話が「現実資料」として取り込まれている。アラゴン『パリの農夫』（1926）でも、街中で見かけた広告がテクスト上に再現されている。ジョイス『ユリシーズ』（1922）にも同様に、街中で耳にした言葉や俗謡がそのまま取り込まれている。ボリス・ピリニャーク『機械と狼』（1924）でも新聞の記事が取り込まれている。ドス・パソス『U. S. A.』は、これらより少し遅れた一九三〇年代の作品であるが、これについても同様の引用を指摘できる。[31]また、新聞などの引用こそしていないものの、内容の断片性と現実性ゆえにレリスは『成熟の年齢』（1939）をフォトモンタージュになぞらえてもいる。[32]このように引用物の「現実資料」としての性格を強調する作品は、一九一〇～三〇年代に集中して制作されているように思われるが、それ以降に同様の作品が作られなくなったということではない。[33]

また、資料的価値を目的として書かれたテクストばかりが「現実資料」であるとは言い切れないであろう。ヤコブソンは初期の評論において、マヤコフスキーの詩などをモンタージュすることで、詩人の人格を示そうとしている。[34]『恋愛のディスクール』のモンタージュにも、こうした機能転換を見出すことができよう。なぜなら、ゲーテやプルーストのフィクション作品の一部が、「恋する主体」を構成するための資料へと転換されているからである。引用することで美的なテクストを「現実資料」へと変化させることまで含めて、「現実資料」のモンタージュと呼んでしかるべきであろう。[35]

いずれにせよ、どのような引用行為においても、別の文脈に置かれることで引用物の意味作用は変化する。こうした意味の変化はモンタージュに特有の効果ではないが、モンタージュにおいても必然的に起こる作用である。その特殊な例が、美的作品を「現実資料」に変化させるモンタージュなのである。[36]だが「現実資料」の引用は、時代とともに、モンタージュの特殊なモードとなっており、この手法に必須の特徴とは考えにくい。効果の一つと考えるべきであろう。[37]

以上のような議論から、他のテクストの切断と貼り付けによって実現される文学的モンタージュを、写真を切り貼りするフォトモンタージュに端を発したものと考えて差し支えないだろう。引用物の多様性、引用の剽窃的モード、引用物の資料的価値という三つの側面から、この文学的手法を特徴づけることができる。この三つの特徴のなかでも、特に引用物の多様性と引用の剽窃的モードは、必要不可欠の項目である。次章で引用の文学的モンタージュを考察する際には、この二つの特徴を軸にして議論が進められるだろう。

3　映画のモンタージュと文学的モンタージュ

この節では映画のモンタージュと文学のモンタージュの関わりについて考察する。フォトモンタージュが作品にもたらす異質性は写真の切り貼りによって実現されていた。これが特殊な引用の手法として文学的モンタージュに応用されていた。では映画のモンタージュにおける異質性とは何であろう。映画のモンタージュのどのような特徴が、文学に応用されているのであろうか。

この節では、まず映画のモンタージュの基本的な原理を確認する。次いで、エイゼンシュテインがこのモンタージュの原理を文学に適用している議論を確認する。二つの文学用語辞典が彼の名を挙げているが、彼がモンタージュを見出す文学作品が、必ずしも文学的モンタージュ作品ではないことを示す。最後に、文学的モンタージュの源流と考えられる映画のモンタージュの側面に触れたい。

①映画のモンタージュの原理

映画のモンタージュの原理はオノレ・シャンピオン社の辞典でも触れられているが、あまりに簡略すぎるので、少し補足しておきたい。

映画におけるモンタージュの基礎的なあり方は、クレショフの実験に見て取ることができる。俳優イワン・モジューヒンのクローズアップショットと、スープ皿、男の死骸、半裸の女とをつないで観客に見せるというものである。モジューヒンの表情はあいまいなものが選ばれており、それだけで特定の感情を表すものではない。しかし、スープ皿とつなげられたそのショットから、観客は飢えを読み取る。死体とつなげられたものからは、苦悩を読み取る。半裸の女とつなげられたものからは、欲望を読み取る。同一のショットが、それに続くショットによって、異なる意味付けをされるのである。この実験の意義を解説するジャン・ミトリは、「観客は実際にはなかったものを〝見ていた〟ことが明らかにされた」と論じる。ミトリは次のように続ける。

観客は連続するみずからの知覚作用をつなぎ合わせ、各部分を有機的〝全体〟へ結びつけながら、必然的な関係を論理的に構成して、ふつうならモジューヒンの方が表現しなければならなかったものを、［観客のほうが］モジューヒンに与えたのである。観客は自分自身で抱いた感情の責任やその等価物を俳優に向けていたのだ。(38)

観客は、顔とスープ皿の連続から、空腹をもってスープ皿を見るモジューヒンという「全体」を作り出し、顔と死体の連続からは、苦悩をもって死体を見るモジューヒンという「全体」を作り出す。連続する二つのショットを見ることで、観客は瞬時にそれらの関係を推測し、その関係に基づいて意味や意義を創出する。それは、それぞれのショットが個別に見られていたときには持ちえなかった新たなものである。生み出された新たな意味や意義を加えた上で、二つのショットが一つのまとまりとして認識されることを示すものが、クレショフの実験である。

こうしたショットとショットの結合関係を、より大きな単位にまとめあげてシーンを作り、シーンをさらに大きな単位である作品全体にまとめあげる。「事件、行動の個々の断片を、全き芸術作品へと一定の順序において結合（組立）することがすなわちモンタージュである」とクレショフは述べる[39]。

エイゼンシュテインもまた、論文「モンタージュ」（1937）において、この概念について論じている[40]。エイゼンシュテインもクレショフと同様の立場を取っている。彼は論文中で、《pars pro toto》［全体の代わりの部分］という表現を用いている。一つのショットは《pars》［部分］であるが、こうした「部分」がすでに、何らかの「全体」を意識のなかに喚起する。潜在的なものとして、「全体」が「部分」の中に含まれているということである[41]。

しかし、この「全体」は、「部分」が「部分」にとどまっている限り、実現された形では認識されない。「部分」である一つのショットは、現実を写した「描写」にとどまってしまう。それらがしかるべく繋ぎ合わされたとき、観客はそれらを運動や現象のひとまとまりとして受け取る。そのときその「全体」は、運動や現象の「描写」の連なりではなく、一つの「イメージ」になると彼は述べる。「イメージ」とは、一つの全体としての物語や思考を表すものである。目に見えるもの（「描写」）を通して、知覚によっては捉えがたい物語や思考を認識可能にする操作がモンタージュなのである。言い方を換えれば、複数の「描写」を繋ぎ合わせることで、それぞれの中に潜んでいた全体性を揺さぶり起し、一つの「イメージ」へと質的な飛躍を起こさせるのである。この「イメージ」とは、もはや二つのショットの総和などはなく、別物の「第三のあるもの」である[42]。この「第三のあるもの」とは、いくつかの連続したショットに限定されるものではなく、より大きな単位にも適用される。一つの映画作品の全体が、ショットの総和とは質的に異なる「第三のあるもの」となるのである。

「描写」を繋ぎ合わせることで「イメージ」を生み出すことが主要な機能であればこそ、映画のモンタージュは第一に、ショットを物語へと統括する「統語」の役割を果たすものとなる。文章の場合、ただやみくもに語を並べるだけでは文を作ることはできず、しかるべく配置されてはじめて、語の群から一つの文へと質的に飛躍できる。映画においても同様である。数々の「描写」を単なる「描写」群に留めるのではなく、「イメージ」に、すなわち物語や思考に変貌させることができてはじめて、モンタージュが作用しているのである。

②エイゼンシュテインの文学論

文とシークエンスの比較が可能であるように、映画のモンタージュは線状的な物語も形成しうる。エイゼンシュテインの文学観にはこうしたモンタージュの理解が反映されている。彼にとって、線状的なものも並行的なものもモンタージュである。『ユリシーズ』のような同時性や複線性を特徴とする作品も[43]、そのような性質を持たないもっと古典的な物語も、彼にとってはモンタージュでありうる。要するに、エイゼンシュテインが文学に見るモンタージュと、文学用語辞典や現代の批評家が示す文学的モンタージュには隔たりがある。

この相違は何に起因しているのであろうか。エイゼンシュテインの文学論の特徴を示しながら、この相違の原因を検討したい。

（1）文学を映画化する思考

エイゼンシュテインの文学論の特徴の一つは、文学作品を映画化する思考にあると言ってよいだろう。それはモーパッサン『ベラミ』(1885) の分析に典型的に現れている（論考「モンタージュ　一九三八年」）。彼が取り上げるのは、デュロワがシュザンヌを馬車で待つ場面である。一二時に二人で逃亡する算段になっている。

ときどき彼［＝ジョルジュ・デュロワ］は懐中時計の時間を見るためにマッチに火を点けた。深夜零時が近づいたのを見て、焦燥感が熱を帯びはじめた。彼はひっきりなしに馬車の窓から顔を出した。

遠くの時計台が一二時の鐘を打った。それからすぐ近くの別の時計台の鐘も鳴りはじめ、別に二つの鐘が同時に鳴り響き、最後には非常に遠くの鐘も鳴りはじめた。最後の鐘が鳴り終わったとき、彼は思った。「終わった。失敗だ。彼女は来ない[44]」

この場面では、街のところどころから聞こえてくる鐘の音をデュロワが耳にしている。そして、待ち合わせの時間になったにもかかわらず、シュザンヌが来ないことを残念がっている。この場面の焦点人物はデュロワのみであり、並行的に展開する筋（例えばデュロワのもとに向かっているシュザンヌの筋）が差し挟まれたりはしない。だがエイゼンシュテインは、この場面にモンタージュの手本を見ているのである。さまざまに打たれる一二時の鐘が、「真夜中の情緒を読者の意識と感覚に刻み込もう[45]」としている。鐘という個々の「描写」を、一つの「イメージ」へと組み上げているのである。

この例は精巧なモンタージュ表の見本となる。「一二時」は音響のなかで「さまざまな大きさ」の完全な一連のプランとして描かれている。「どこか遠くで」、「近くで」、「まったく遠くで」。いろんな距離からもってきた時計の打ち方は、まるでさまざまな大きさで撮影され、順々に「遠景」、「中景」、「大遠景」という三つの違う画面が次々と繰り返されるかのようである。この際、時計の打ち方そのもの、より正しくは時計の音の不一致は、ここでは決して夜のパリの自然主義的な細部として選ばれているのではない。モーパッサンにおいては、まず第一に時計の音の不一致をとおして決定的な真夜中という情緒的なイメージが確固として響いているのであって、「零時」についての情報ではない(46)。

『ベラミ』の一節が、異なる距離から捉えられた映像で構成されるものであると、エイゼンシュテインは言う。場面をいくつかのショットに分解するための「モンタージュ表」を作り出しているのである。この場面を映画化するためのカット割りを行っているかのようである。デュロワのいる場所をカメラ位置に準え、その地点から距離の異なる位置にある複数の対象を「描写」する。それらをしかるべく繋げることで、情感（そして、おそらくは空間的な広がり）という、ひとまとまりで線状的な「イメージ」を創出する。こうした小説手法がモンタージュ的であるというのだ。このように、エイゼンシュテインが文学作品を論じるとき、それが映画として構想されているかのように分析する傾向がある。

こうした文学作品を映画化する思考は、「描写」に対して「イメージ」を優位に置く思考に端を発していると考えてよいだろう。エイゼンシュテインは「映画的方法のモンタージュ的方法は、事件の統一的流れを撮影過程で個々のワンショットの画面に分解し、それらのワンショットの画面を編集者の意図に従ってモンタージュ的フレーズに組み立てる[47]」と述べている。「事件の統一」が「個々のワンショット」に先立って存在するのであり、分解は統合を前提としている。「事件の統一」とは、「イメージ」のレベルにある。それは即物的な素材のレベルではなく認識のレベルにある物語や思考であり、それゆえに媒体を超越するものである。それが、文字メディアと映像メディアとを容易に行き来する思考を可能にするのである。

また「イメージ」の優位は、「描写」が容易に統一しえないような性質を備えている場合においても同様である。エイゼンシュテインは、対比的な要素の「対位法」をモンタージュの重要な構成原理として挙げつつ、「モンタージュ的多声曲」は「融合性及び和声の旗印の下に登場する」と述べている[48]。彼が考えるモンタージュの効果は、多様なものを「統一」し、「調和」させるものである。一つにまとまった「イメージ」こそが重要なのである。個々の「描写」はそれを実現する方便として存在するのであり、「イメージ」のなかに溶解する[49]。

こうした理論的基盤があればこそ、メディアを超越するような議論が可能となり、文学作品を映画化するかのようにエイゼンシュテインは文学を論じられるのである。

(2) 映画芸術の正当化

ところで、多様な「描写」をまとめて一つの場面を作り上げる方法は、映画に固有のものではない。エイゼンシュテインはこうした議論を展開することで、映画と他の芸術分野とを地続きのものとして論じようとしているのではないだろうか。

彼が言う「モンタージュ的多声曲」という発想は、映画が発明される以前から文学に見られる。フロベールがルイーズ・コレに宛てた手紙（一八五三年九月七日付）のなかで触れている「交響楽」は、その一例である。フロベールによれば、『ボヴァリー夫人』の農事共進会の場面では、「登場人物が全員動き回り、対話し、混ざり合っている上、このような彼らを包み込んでいる大きな風景をも描かねばならず」、「これに成功すれば、非常に交響楽的なものが出来るはず」である。[50] エイゼンシュテインが統合的な「イメージ」に力点を置く一方、フロベールは「全員の動き」や「対話」を持つ場面を想定している。エイゼンシュテイン以上に要素の多様性を重視する傾向が見られよう。だが、それでも、それらの「混ざり合い」を図り、それらを「大きな風景」で包み込み、「交響楽的」に一体化させ調和させようとしている。このような意図は、「描写」から「イメージ」を作るモンタージュと軌を一にしている。[51]

こうした小説手法がモンタージュ的なのではなく、映画のモンタージュが小説と同じ手法的関心を持っている、もっといえば、そうした関心を受け継いでいるというべきであろう。「描写」から「イメージ」を作り出すということは小説家たちが意識していた問題のなかにすでにあり、映画は言葉の代わりに映像でもって、それを実現しようとしている。『ベラミ』のモンタージュ表の作成を通してエイゼンシュテインが示したものは、映画のなかに小説との連綿とした繋がりがあるということである。文学のなかにモンタージュを求めることで、この手法が正当なものであると主張しているのである。[52]

エイゼンシュテインは、モンタージュという手法に触発されて新たな文学的手法が開発された（あるいは開発されうる）と喧伝したいのでもなければ、モンタージュという手法が過去の芸術から一線を画すと言いたいのでもない。映画が古くからある文学の子孫であり、モンタージュもまたその端緒を既存の芸術のなかにもつのだということを言わんとしているのである（この点で、既存の美術体制を攻撃したダダのフォトモンタージュ作者たちと、エイゼンシュテインは異なってもいよう）。

事実、モンタージュを論じながら彼は、小説にかぎらず、美術や演劇、建築や詩のなかにもモンタージュを見出している。こうした論理は論文「モンタージュ」にも「モンタージュ　一九三八年」にも顕著に見られる。アクロポリスの建築構成、レオナルド・ダ・ヴィンチの絵画論、トルストイやバルザックの小説（『アンナ・カレーニナ』や『ゴリオ爺さん』など）といった作品を取り上げ、それらのなかにモンタージュの「先祖」を見出している。[53]また、これら本格的な理論的著述に十年先立つ論文「思いがけない出会い」(1928) では、中国の京劇や日本の歌舞伎や書画、短歌のなかにもモンタージュの原理を見出している。モンタージュの民族学とも呼べそうな著述である。[54]

これらの文物に見出されるモンタージュは、フィルムを貼り付けて異なるショットを併置するというような、技術的なものではない。小説における複数の「視点」（人物にそれを帰す物語論的な意味ではなく、一つの空間を多角的に映し出すカメラの位置という意味で）とその綜合、アクロポリスにおける神殿をめぐるさまざまなパースペクティブの統合といったものである。そこで重視されているのは、繰り返しになるが、「描写」から「イメージ」を創出するという原理や理念である。視覚や言語といった素材の特殊性を乗り越え、抽象化された知的操作としてのモンタージュである。

こうした論理には、映画のモンタージュが西洋芸術史の嫡子であり、過去から同時代に至る芸術と問題意識を共有しているという主張がかいま見られる。彼はこの技法が中国や日本の文物にも共通点を持つ、より普遍的なものであるとさえ言いたそうである。

しかし、エイゼンシュテインの議論は、モンタージュの原理や理念の懐の深さを示そうとするあまり、あらゆるところにモンタージュを見出してしまう。例えばクリスチャン・メッツ（1964）は、エイゼンシュテインが「いたるところにモンタージュを探りだし、その輪郭を途方もなく押し広げるようになった」と述べている。[55] 一九二〇年代後半のロシアでは、モンタージュを重要視するあまり、映画とそれを等号で結ぶような傾向が見られた。この傾向を「モンタージュ至上主義」と揶揄することがある。エイゼンシュテインはこの傾向の体現者でもあった。彼の芸術観は「モンタージュ至上主義」であるにとどまらず、あらゆるもののなかにモンタージュを作り出してしまう、汎モンタージュ主義とさえも言えそうである。

エイゼンシュテインは、過去から現在に至る芸術的関心を、モンタージュという名のもと、映画において綜合しようとしている。同時代の作品までも含めて、彼が文学に見出すモンタージュとは、文学の歴史であり歴史の厚みであると言ってもよいだろう。

だが、それゆえにこそ、モンタージュという言葉を通して、文学の新しい傾向を捉えようとするとき、彼の文学論はさほど有効ではないように思われる。我々の関心は、あらゆる文学作品がいかにモンタージュを必要としているかではない。それは、映画の登場に触発されて試みられるようになり、その後今日に至るまで（おそらく今後も）試みられる手法にある。

③グリフィスの子孫たち

要するに、エイゼンシュテインが映画を芸術たらしめるために、過去の文学作品のなかに見出そうとしたモンタージュは、文学的モンタージュではない。オノレ・シャンピオン社の辞典では、映画から文学に移行するときに、線状的なモンタージュが除外されている。[56]この除外の陰にこそ、今日の文学的モンタージュがエイゼンシュテインの文学論を採用していない事実が隠されているのである。

文学に見出されるモンタージュは、言ってみれば、フランス語の意味での映画的モンタージュではなく、英語の意味での映画的モンタージュに触発されたのである。すなわち、編集文法全般にではなく、特殊な編集文法にである。[57]このように考えることは、今日の文学的モンタージュという語の用法に鑑みて妥当である。

しかし、こうした意味の限定化は、何によって、また誰によって引き起こされたのであろうか。文学用語辞典ではエイゼンシュテインの名前のみが挙げられているが、文学のモンタージュは、彼とは別の映画作家を参照しつつ形成された手法であると考えるべきであろう。

この問いに関してはジャン・ミトリ（1963）の指摘が示唆的である。彼の論考のなかで簡単に触れられているだけではあるが、英米の小説の「時間順ではない構成」や「時間や空間における変化」などに「影響」を与えたものは、他でもなく映画であると述べている。[58]文学用語辞典が挙げるような、非線状的な物語進行が、ここでようやく映画との関連において指摘される。こうした映画のモンタージュに触発された作家はジョン・ドス・パソス、ウィリアム・フォークナー、オルダス・ハクスリー、ヴァージニア・ウルフらであると言う。ここでは、先行する文学作品と映画の縁戚関係ではなく、映画と同時代の、あるいはそれに引き続く文学作品の縁戚関係に触れられている。映画の「先祖」ではなく、映画の「同時代人」や「子孫」としての文学が取り上げられている。現に、ドミニク・ラバテはマルロー『人間の条件』のモンタージュに、アメリカ小説と映画の影響をみていた。この時代、すでにアメリカ小説は映画に触発されており[59]、それが文学的モンタージュの一つの型を作ったと言えよう。

これら英米小説に影響を与えた映画作品は、グリフィスの『イントレランス』(1916)であるとミトリは言う。この映画作品は、四つの異なる時代における「不寛容」に対する「慈悲と愛の戦い」の物語で構成されている。四つの時代とは、現代アメリカ(二〇世紀初頭)、バビロニア末期(紀元前六世紀)、イエス・キリストの迫害(一世紀)、サン・バルテルミの虐殺(一六世紀)である。だが、第一の物語を最初から最後まで見せ、次に第二のものを、ついで第三のものを、と展開するわけではない(つまり、日本語で言うところの「オムニバス」ではない)。四つの物語は、交差しながら、「並行的」に展開する。三時間近くある映画だが、例えばその冒頭三〇分の構成を示すと、現代アメリカの物語の一部(アメリカ1)、キリストの迫害の一部(キリスト1)、バルテルミの一部(バルテルミ1)、現代アメリカの続き(アメリカ2)、バビロニアの一部(バビロニア1)、アメリカ2の続き(アメリカ3)、バビロニアの続き(バビロニア2)という順になる。各物語は細分化され、入れ替わりながら展開している[60]。このようにして、不寛容との戦いがさまざまな時代に見受けられる普遍的な主題であると主張されている。こうした並行モンタージュの手法は、映画史的には、グリフィスが物語構成方法として洗練したものであると理解されている[61]。

(1) 時間の隔たりによるモンタージュ

この映画のモンタージュが英米の小説に影響を与えたとミトリはいう。年代順(時系列)とは異なる基準で物語の断片を配列する点に着目すれば、ウルフ『ダロウェイ夫人』

(1923)、フォークナー『響きと怒り』や『野生の棕櫚』(1939)は、『イントレランス』のモンタージュ手法と類似していると言えよう。

『ダロウェイ夫人』はクラリッサ・ダロウェイのある一日を「意識の流れ」の手法を用いて描き出したものである。彼女が現在時において知覚しているもの、考えているもの、思考をよぎったものを緻密に、かつ詩的に描き出している。そして、連想によって呼び起こされた過去の出来事が、ところどころに差し挟まれる。彼女の「意識の流れ」は、一つの持続として統合されつつも、現在の出来事と過去の出来事の交差として描き出されている。こうした手法のうちに、並行モンタージュを見てよいだろう。[62]『響きと怒り』でも、ベンジーを語り手とする第一部で同様の手法が用いられている。この二作品における現在と過去の並行モンタージュは、現在時の知覚と過去の記憶として、一個人に帰せられている。一人の人物を、いわば二つの時間へと分割するかのように、並行モンタージュが用いられているのである。

しかし『野生の棕櫚』においては、まったく関連のない二人の人物(インターン医師と脱獄囚)の物語が、細かく分けられ交互的に配置されている。二つの物語は、空間的にも時間的にも隔てられているだけではなく、それらを繋ぎ合わせる物語上の構造もないのである(一つの意識や心理に帰せられるものではない)。ただ主題上の対照が見出されるのみである(一方には、恋人の堕胎に失敗し、死なせてしまうインターンの物語があり、他方には、河川氾濫という危機的状況において出産を助ける囚人の物語がある)。この点で、『イントレランス』のモンタージュにより近い構成を取っているとも言えよう(各時代の人物たちの行動が直接影響し合っているわけではないが、不寛容との闘いという主題でつながっているのだから)。

（2）空間の隔たりによるモンタージュ

『イントレランス』は、アメリカ、フランス、中東といった空間的にも大きく隔たった場所で物語が展開しているという特徴も備えている。地理上の隔たりがあれば、文化的な差異も生まれる。衣装や背景の多様性もまた、この映画の一つの見所である。また、およそ同等に扱われる四つの時代と場所があるのだから、主要人物の数も増大する。ゆえに、各時代の中心人物が誰であるかを言うことはできるが、この作品全体の中心人物が誰であるかを言うことは難しい。

この作品のモンタージュを、様々な場所における多数の主要人物に代わるがわる焦点化するものと理解するならば、ハクスリー『恋愛対位法』（1928）やドス・パソス『U. S. A.』三部作にその影響を見てよいだろう（とはいえ、両者には地理的な隔たりによる文化的多様性はさほど現れてはいないが）。

『恋愛対位法』は、知識人たちの人間模様やものの考え方を描き出す作品である。焦点人物が次々と切り替わり、人物間を往来しながら語られる。舞台はほとんどがロンドンであるが（人物の一人がインドに在住しているため、時折その様子が差し挟まれるのだが、小説半ばでロンドンに帰国してくる）、非常に多くの人物にバランスよく焦点化される点が特徴的である（主要な焦点人物をあげるならば、ウォルター、マージョリー、ルーシー、フィリップ、エリナー、イリッジ、老ビドレイクなど）。多元的に焦点化された小説であり、特定の一人（や一組）を中心人物とすることは難しい[63]。同様に、『U. S. A.』も、異なる場所で行動する複数の人物（マック、ジェイニー、J・ウォード・ムアハウス、エレノア・ストッダードなど）の行動を物語っている。彼らのなかの誰かが小説全体の主人公であるわけではない。このように、隔たった場所における多数の人物の行動を、何度も交差させながら、均等に示す方法にも『イントレランス』の影響を見ることができる。

こうした特殊な映画編集の手法を、文学が映画から受け取ったものと理解するのが適切であるように思われる。『人間の条件』や『心変わり』が映画のモンタージュに触発されたとだけ説明されていたが、映画編集文法の全般を参照しているわけではない。もしそうであるならば、エイゼンシュテインの議論同様に、線状的な場面にもモンタージュがあると言われなくてはならない（遠景や近景を組み合わせて一つの場面が組み立てられている、など）。現実には、異なる場所における同時的進行や、時間軸上を飛躍する物語構成に限定して用いられているのである。

文学が映画のモンタージュ手法を取り込んだときに、こうした限定化の作用があったことを見過ごしてはならない。文学的モンタージュという呼び名は、映画の編集文法全般を想定させるものであるが、実際には並行モンタージュと交互的モンタージュを取り込んだものなのである。

以上のように、文学のモンタージュが映画のモンタージュから派生する過程を追ってきた。多様な「描写」から統一的な「イメージ」を作るものがクレショフやエイゼンシュテインのモンタージュの基礎であった。だが、あらゆる芸術のなかにモンタージュを見出そうとするエイゼンシュテインの姿勢は、文学的モンタージュの輪郭をぼやけさせるばかりである。文学的モンタージュを触発したものは、グリフィスの映画に現れる並行モンタージュや交互的モンタージュである。こうした特殊な編集手法が、文学的モンタージュの源流の一つである。行動や出来事が位置付けられる空間や時間の「異質性」に依拠した時空間的モンタージュである。

第二章　〈縞模様〉と〈紐づけ〉

第一章では文学的モンタージュが二つに分裂していることを見てきた。すなわち、フォトモンタージュに源流を持つ引用のモンタージュと、映画の特殊な編集手法に源流を持つ時空間的モンタージュである。モンタージュは異質な要素を組み合わせる手法であるとしばしば言われるが、文学的モンタージュの概念自体がすでに異質な要素で成り立っているのである。

アドルノが言うように、「モンタージュは統一を形式原理として繰り返し作り上げるが、それと同時に部分を乖離したまま出現させることによって統一を否定する」[1]のであるから、文学的モンタージュがちぐはぐな概念であるのは当然なのかもしれない。だが、「統一を形式原理として繰り返し作り上げる」ことも、モンタージュの特質である。そうであれば、分裂した概念を一つにまとめあげようとする努力もまた、文学的モンタージュは要求するはずである。「序」でも述べたが、多くの批評家や研究者は、こうした分裂に目をつぶっている。だが、それを乗り越えようとする試みもまた存在する。

この章では、文学的モンタージュの「統一」を試みた論考を検証する。それは物語論に立脚してモンタージュを定義するものである。その定義を検討するなかで、この形式に特有の読者の反応が示されよう。テクストに働きかける読者の役割を含めてこそ、文学的モンタージュが定義されうるものであることを示したい。〈縞模様〉と〈紐づけ〉というタームを用いて、それを新たに定式化し直す。

議論の手順としては、まず既存の研究における物語論的な定義を示し（第1節）、「カット」の問題（第2節）、時空間的モンタージュの問題（第3節）、引用のモンタージュの問題（第4節）について検討していく。第2節から第4節においては、読者の役割まで含めて、各項目が検討される。そして第5節では、〈縞模様〉と〈紐づけ〉という概念を用いて、文学的モンタージュを捉え直す。

1　物語装置としてのモンタージュ

フランスの比較文学者ジャン゠ピエール・モレルは、引用のモンタージュと時空間的モンタージュという二つの側面を踏まえた上で、文学的モンタージュの定義を試みている。モレルは一九七〇年代後半から、文学作品に現れるモンタージュについて少なからぬ論考を著している。一方では『ベルリン・アレクサンダー広場』や『U. S. A.』の「ニュースリール」を通じて、引用モンタージュを論じている。(2) 他方では、同じく『U. S. A.』を取り上げつつも、焦点人物の切り替えや語りのモードの特徴を、ジュール・ロマンの『善意の人々』（1932-46）のそれと対比させて、前者がより現代的であり、そこにはモンタージュの手法が見られると述べている。[3] これらの研究成果を踏まえ、二〇〇四年には論文「文学のモンタージュを語る上での——少なくとも——五つの困難」を発表している。[4] この論文では、「物語装置」［dispositif narratif］として文学的モンタージュの定義が試みられ、さらにそれを自身が批判的に検証している。おそらく現時点での最も整理された定義と考えてよい。

モレルはフロベール『ボヴァリー夫人』（1857）の「農事共進会」の一部を用いて、モンタージュの「物語装置」を説明している。同場面にエイゼンシュテインも「交差モンタージュ」を見出していると述べた後で、[5] モレルは文学的モンタージュを定義している。その物語論的定義は以下の通りである。

ここに現れているモンタージュは装置である。すなわち、三つのファクターを相互作用させる、手法の組み合わせである。物語言説［récit］のディスクールのレベルは単一でも複数でもかまわないが（ここでは会話文）、異なっていたり対比的であったり、互いに無関係でさえある、二つ以上の要素群のセリーへと分断される。これらのセリーが、交差や交互的配置といった、程度の差はあれ複雑で錯綜した図式に従って配置される。語り手による明示的な語りの誘導はなく、慣例的な言外の誘導も一部消える。その別の一部が、視覚的レベルに移される（とはいえ、必ずしも必要ではない）。[6]

モレルによれば、文学的モンタージュは三つのファクターが揃って成立する。ひとまず、三つの成立要件を「農事共進会」のテクストに即して確認しておきたい。以下にモレルが取り上げている箇所を引用しておく。

《耕作成績一般に良好なる者！》と委員長が叫んだ。
「早い話が、さっき私がお宅へ伺ったとき……」
《キャンカンポワ村のビゼー君》
「私はこうしてあなたのお伴をするなどと思ってはいませんでした」
《七十フラン！》
「幾度私は帰ろうと思ったかしれません。ですがあなたのおあとに従ったのです。そしておそばに残ったのです」
《肥料》
「そしていまと同じように、私は今夜も明日もほかの日も、一生涯おそばにいるのです」
《アルグイユ村のカロン君、金牌一箇！》
「誰とつきあっても、これほど満足な喜びを感じたことはなかったのです」
《ジヴリー・サン・マルタン村のバン君》
「ですから私は、あなたの思い出をいだいて死ぬのです」
《メリノ緬羊、牝一匹にたいし……》
「でもいまにお忘れになりますわ。私なんか影のように過ぎ去ってしまいますわ」
《ノートル・ダム村のブロー君に……》
「どうしまして！　ね、あなたのお心の中で、あなたの生活の中で、この私を少しは特別なものと考えていただけるでしょうね」
《豚類。ルエリッセ君とキュランブール君、同格として賞金六十フラン》
ロドルフはエマの手を握りしめていた。エマの手は熱かった。そして捕われた雉鳩が飛び立とうとするようにふるえているのが感じられた。(7)

①複線的物語とその交互的配列

まず、第一と第二の要件を確認する。

モレルは第一の成立要件として「物語言説のディスクール」が「二つ以上の要素群のセリーへと分断される」ことを挙げる。農事共進会の場面では、ロドルフの台詞と委員長の台詞が二つの「セリー」を成している。ロドルフの言葉はエマに向けられたものであり、委員長の言葉は授賞式の参列者に向けられている。ロドルフと委員長が言葉を交わし合っているわけではない。彼らの一連の台詞は、別個の〈行動セリー〉(8)［série d'actions］を成している（セリーへと編成可能な断片は「線分」［segment］である）(9)。こうした二つのセリーが容易に見出せる点で、この場面は「複線的」［multilinéaire］である。この物語の複線性が、モレルの示す定義の第一の条件である。また複数セリーへの「分断」が、「対比」や「無関係」という言葉で説明されている以上、それらの関係性は意味や物語内容［histoire］によって規定されるものである。

第二の要件として、「これらのセリーが、交差や交互的配置といった、程度の差はあれ複雑で錯綜した図式に従って配置される」ことが挙げられている。別個のセリーの「線分化」［segmentation］と「交差」［entrecroisement］である。物語言説［récit］の配列に関わる特徴である。ロドルフと委員長の台詞は、大きなブロックとして併置されているのでははない。二つのセリーに分類しうる線分が、交互に、一六回にわたって入れ替えられながら配置されている。この頻繁な交代により、一方の台詞は何度も他方の言葉に遮られる。実際、ベンヤミンは論文「叙事演劇とは何か」（初稿は1931）や「生産者としての〈作者〉」（1934）において、ブレヒト演劇におけるソングによる中断の効果にモンタージュを見出してもいる。[11] 同様の中断が「農事共進会」にも見出される。こうした中断の反復によって、ロドルフの陳腐で甘ったるい台詞と委員長の無味乾燥とした決まり文句とが、強烈なイロニーの効果を上げることになる。[12] さらには、両台詞の対比を強調することにもなれば（恋愛 vs 政治）、両者の共通点をあぶり出しもする。[13] 共通点とは、両者の陳腐さであり、両者ともに聴き手を誘惑しようとしている点である（ロドルフはエマを、委員長は農民たちを）。こうした効果は、大きなブロックが併置されるという単純な配置では生み出されにくく、細かく裁断された線分が頻繁に交差して初めて強烈に感じられるものであろう。

第一の要件、複線性という特徴は、オノレ・シャンピオン社の文学用語辞典の定義を、別の表現で説明するものである。だが、モレルの定義は、複数のセリーを指摘するに留まらず、それらのセリーが細分化され、入り組んだ配列に並べられていることを指摘している。[14] この点で、文学用語辞典よりも精密な定義を与えている。[15]

これら二つの要件は、引用のモンタージュにおいても同様であるかのように、モレルの議論は展開している。複線性と交互的配列において、引用のモンタージュと時空間的モンタージュは統合されうると言うのである。しかし、テクストの内的構造に関わる時空間モンタージュと、テクストの外部との関係性に依拠する引用モンタージュは、複線的であるということで同列に扱いうるのであろうか（この問いについては、本章第4節で検討する）。

②「カット」の機能

モレルの定義において最も注目に価するものは、第三の要件であろう。「語り手による明示的な語りの誘導はなく、慣例的な言外の誘導も一部消える」という特徴である。同論文で「語りの統括放棄」〔renoncement à la régie narrative〕とも呼ばれている。言い換えれば、セリーの切り替えに際しての語り手の沈黙、「つなぎ」の消失、「カット」の効果とも言えよう。こうした断絶の効果は、美術や映画のモンタージュにおいては、それとして目に止まる。これらの芸術領域においてこの手法に不可欠な特質である。だが文学の場合、モレル以前には（以後においても）、文学的モンタージュを語るなかでほとんど触れられていないし、あったとしても重要視はされていない[16]。

この特徴は、農事共進会の場面にも表れている。「《耕作成績一般に良好なる者！》と委員長が叫んだ」の一文以降、語り手による地の文がいったん姿を消す。語り手は、それぞれの台詞が誰のものであるか示すことをやめ、沈黙を守り、二つの台詞群が自動的に交互するにまかせている。

むろん、こうした語り手を黙り込ませる手法は、対話している人物の台詞を示すやり方として、フロベールの時代でもすでにありふれたものであっただろう。しかし対話している二人の人物は、二人で一つの流れを追っている。セリーは一つであり、そこには物語の複線性はない。

その一方で、農事共進会の場面は、対話していない人物の台詞（複線的な関係にある台詞）をそのように示すのである。こうした独立した二つのセリーを自動的に交差させるやり方は、新しいものであったと言えよう。セリーが切り替わる瞬間の「つなぎ」が消えることで、その差異が際立ち、両者の断絶感が強調される。それと同時に、本来対話関係にはない二つの台詞群が、あたかも言葉を交わしているかのように現れる。セリーの切り替えを示す「つなぎ」が入ってしまっては、「肥料」［fumiers・「げす野郎」の意味もある］や「豚類」［race porcine］という罵りとも取れる言葉が、ロドルフに投げかけられているかのように見せることはできない。ここには、映画において溶暗を経ずに場面が切り替わるような、唐突さや衝突の効果がある。まさに、切断の、「カット」の効果である。こうした「カット」の効果は、章の切れ目に場面の切断面を持ってくる『人間の条件』や、空行で異質な時間をつなぐ『心変わり』にも見出せる。

こうした「つなぎ」の消失に伴って、筋の差異を示す視覚的な指標が現れることもあるとモレルは続けている。語り手による読者の誘導が消失することでセリーの混同が生じやすくなってしまう。[17] それを避ける方便として、「つなぎ」の消失に視覚的指標を付随させている。農事共進会の場面では、セリーの相違がダッシュ（—）とギユメ（«»）によって示されている。[18] フォトモンタージュや映画という視覚文化の痕跡が、テクストの視覚的側面として残る場合もあると言ってもよいのかもしれない。[19]

引用モンタージュについても同様で、モレルは一九七〇年代の論考で、『ベルリン・アレクサンダー広場』や『U. S. A.』における引用の導入の仕方を論じている。「剽窃的」引用とは、自作の文と引用文を「つなぐ」文言が消失した引用の様態である。

このようなモレルの議論を踏まえるならば、「カット」にまで着目してはじめて、あるテクストが文学的モンタージュであるか否かが判断できる。この観点は、アリオスト『狂えるオルランド』（1516. 完成版 1532）をモンタージュと区別する上で重要である。

この韻文騎士物語では、オルランド、ブラダマンテ、リナルド、ルッジェーロ、アンジェリカ、アストルフォなど、シャルル大帝旗下の騎士とサラセン勢の騎士が活躍する（戦に勝ち、ときには敗れ、あるいは恋や魔法に惑わされる）。彼らの行動はヨーロッパやアフリカの多様な場所で繰り広げられる。物語の複線性とその交互的配列という性質を備えたテクストである。実際に、カルヴィーノはこれをモンタージュと形容している。[20]『人間の条件』や『恋愛対位法』のはるか昔に、文学的モンタージュが用いられていたということになる。

だが、この韻文騎士物語における場面切り替えを検証すると、第三の要件が満たされていないことが分かる。例えば第二歌で、ブリタニアへと向かうことになったリナルドの筋から、恋人の行方を追う女騎士ブラダマンテの筋に移るとき、次のように語られる。

されど、変化に富んだ布地をすっかり
織り上げるには、さまざまな意図が必要なれば、
リナルドと、木の葉のように揺れる舳先を後にして、
ブラダマンテに話を戻そう。[21]

あるいは、第四歌で、空翔る馬イッポグリーフォを得たルッジェーロが飛び立ち、船旅を続けるリナルドのセリーへと移るとき、以下のように語られる。

さて、天馬、天空高く舞い上がり、ルッジェーロとて
止めようもなし。山々の頂きはみな、眼下に遥かに

低くして、地上を見ても、いずこが平らで、
いずこが聳える山並みなのかも見分けがつかず。
それほど高くに達したゆえに、地上から
見上げる者には、いとも小さき点と思えたことだろう。
して、太陽が、蟹座のところを回りつつ、
姿を隠す方へと向かって、天馬は空を飛んで行く、
天翔るその速さ、瀝青を塗ったる船が、
海上を順風を受けて滑り行く様にも似ていた。
されど、よき旅路をたどるであろうルッジェーロのことは
さて措き、パラディンの騎士リナルドに話を戻そう。
リナルドは、昼夜分たず吹きすさぶ
風にあおられ、あるいは西に、
あるいは北に、果てなき海面を、
来る日も来る日も漂ったすえ(22)[……]。

ここでは、「農事共進会」の筋の切り替えとは対照的に、語り手がセリーの切り替えをはっきりと説明している(「リナルドと、木の葉のように揺れる舳先を後にして、／ブラダマンテに話を戻そう。」「されど、よき旅路をたどるであろうルッジェーロのことは／さて措き、パラディンの騎士リナルドに話を戻そう。」)。切り替えを示すというのは、次に誰の行動が語られることになるのか、前もって読者に知らせることである。『狂えるオルランド』では、場面が転換する際には、必ずこうした物語展開の誘導が入る。

また、単に切り替えを誘導しているだけではなく、「話を戻そう」（原文では第二歌がtorno a dir［仏：je reviens à parler］、第四歌ではtorniamo a［仏：retournons à］）と述べており、この物語が誰かによって「語られている」ものであることが明示される。

さらには、天翔る騎士と海原を行く騎士の姿を重ね合わせてみたりと、映画の二重露出を思わせる手法を用いて、場面の転換が滑らかに進むようにと工夫が凝らされている。そして、両者を関連づける「似ていた」という言葉からも、そのように認識している語り手の存在がありありと感じられる。二重露出の工夫を凝らしたがゆえにこそ、語り手の存在感がいや増していると言えよう。

以上のように、語り手が姿を現し、次にどのような場面が来るのかを告げ、さらには物語が語られたものであると強く印象づけてしまう点で、『狂えるオルランド』は「農事共進会」の場面と異なる。こうした点において、モレルの定義に従えば、アリオストの韻文騎士物語はモンタージュではないのである。[23]

2　カットを指摘することの難しさ

「カット」の指摘こそが、モレルの文学的モンタージュ研究の優れた点である。だが、特定の種類の文言の不在として定義される「カット」は、実のところさほど容易に見極められない。

この節では、引用のモンタージュと時空間的モンタージュそれぞれにおける「カット」の特徴について論じる。こうした文章の切れ方については、別の用語での説明がすでに試みられている。それを辿り直しながら、「カット」を検証する。

また「カット」が、不在の瞬間と言うよりも、強烈な意味が発生する瞬間となる可能性についても検証する。「カット」はそれとしてあるというよりも、書き込まれるものであることを示す。

①引用モンタージュにおける「カット」

引用のモンタージュを説明するための抜粋はここまで挙げてこなかった。まずは引用モンタージュを例示した上で、「カット」と引用の「平坦化」を関連づけたい。その後、「平坦化」の度合いについて検証する。

まずは、モレルにならって、『ベルリン・アレクサンダー広場』と『U. S. A.』の抜粋に基づいて、引用のモンタージュを具体的に示す。

『ベルリン・アレクサンダー広場』の冒頭で、刑務所から出所したばかりの主人公のビーバーコフが、生活をどうしたものかと困窮している。ユダヤ老人に声をかけられ、建物へと招かれる。老人、ビーバーコフ、部屋の主（赤ひげの男）がいる場面である。

> 黒い頭巾を後頭部にかぶった、長髪の、大柄な老ユダヤ人が、ずっと前から彼［＝ビーバーコフ］に相対して座っていた。スサの町に昔モルデカイという男が住んでいた。その男は伯父の娘エステルを育てた。ところでエステルは、見目麗しく、すんなりとした美人だった。老人は男から眼をそらせて、頭を赤ひげの男の方に戻した、「おまえさん、この男をどこで拾ってきたのかね？」[24]

傍点部の「スサの町に」から「美人だった」までは、旧約聖書エステル書から引用された一節である。主人公たちが置かれている状況を記述する文章の間に、この一節が挟まれている。街がベルリンであると明示されている以上、スサの街での出来事は別のセリーに属する。引用文＝別個の筋が、地の文の物語を中断して割り込んできているのである。このような引用文＝別個の行動セリーが、小説全体に繰り返し現れる。引用が差し挟まれるたびに、作者自身の手になるビーバーコフの物語は中断され、引用と度々交差する。

交差する複線的行動は、引用文のみで構成されたテクストにも見られる。『U. S. A.』の「ニュースリール」がその一例である。これは新聞、広告、流行歌などの引用物のみで構成されている。「街を行く人や地下鉄のなかの人の意識のなかにただよっているあらゆる無名の断片」であり、「集団意識の内的独白」であるとも評される。(25)『U. S. A.』三部作の第一部『北緯四十二度線』にある「ニュースリール2」の冒頭部を示す。

Come on and hear
Come on and hear
Come on and hear

In his address to the Michigan state Legislature the retiring governor, Hazen S. Pingree, said in part : I make the prediction that unless those in charge and in whose hands legislation is reposed do not change the present system of inequality, there will be a bloody revolution in less than a quarter of a century in this great country of ours.

CARNEGIE TALKS OF HIS EPITAPH

Alexander's Ragtime Band
It is the best
It is the best[26]

こうした切り貼りはさらに続く。抜粋した箇所は四つの要素で構成されている。第一と第四のものは、「アレキサンダーのラグタイム・バンド」という流行歌の一部である。[27]第二のものは、政財界の現状を批判するピングリーの演説を取り上げた記事の一部である。第三のものは、鋼鉄資本家カーネギーによる物理学研究所出資を取り上げた記事の見出しである。流行歌、記事、見出しのみを切り貼りして作られている。各要素が別個の出来事を伝えている（第一と第四のものはつながるが）。三つのセリーがあり、交差するように配置されている。引用のみが配置されているのだから、語り手による引用の導入告知もない。[28]

②「カット」と引用の「平坦化」

これら二つの例においては、何の前触れもなく引用文が挿入されたり、または何の前触れもなく引用から別の引用へと移行したりしている。「つなぎ」は消失し、「カット」がある。また引用文の出典に触れられておらず、「剽窃的」引用である。

この引用のモードを、別様に説明することもできるだろう。コンパニョン（1979）の言う「平坦化」［nivellement］である。近代的引用の成立とともに、良識化した引用のモード（「言語の諸々の水準の厳密な配分の要請に応じる」ものであり、「ある表現をギユメで囲むこと、あるいは、他の方法でそれが引用であるということをきちんと示すこと、メタ言語を構築すること」)が確立された。だが、『ベルリン・アレクサンダー広場』の旧約聖書の引用の周囲では、これが完全に放棄されてしまっている。自作の文と引用文のあいだの段差は消失し、「言表行為の次元は多重化しうるが、それらが同じ平面上に置かれてしまっている」。そうして、引用と区別するために「随意に、ギユメを入れたり外したりするのは、むしろ読者の側にゆだねられている」状態にある。[29]「平坦化」は、引用文と自作の文を隔てる水準や垣根を廃棄することであり、引用をめぐる「良識」を投げやることに相当する。引用文があたかも自作の文であるかのように見えるため、「剽窃的」となる。[30]「カット」と「剽窃的」であることは表裏一体であるかのように見える。

また、「平坦化」が起こっているために、引用文の内容と自作の文の物語とがどのような関係にあるのかも、明らかにされていない(「メタ言語が構築」されていない)。旧約聖書の文言は、ユダヤ老人の脳裏をよぎったものなのだろうか(この引用行為はユダヤ老人に帰せられるのだろうか)。それとも、語り手自身が、場面を喩える目的で、引用しているのだろうか(引用行為は語り手に帰せられるのだろうか)。このように曖昧さや謎掛けの効果も生まれている。

『U. S. A.』の場合は、「平坦化」に伴って、テクストの視覚性が語り手の役割を担うようになっている。引用のあいだに空行が入れられていたり、行が下げられていたり、文字の大きさが変わっていたり、太字が使われていたりする。古典的な引用の作法とは異なるが、ある引用と別のものを区別するための工夫がなされている。こうした視覚的な工夫が、テクストを新聞の紙面に似たものにする。

だが、なぜこのような配列になっているのか、そのような説明は一切されない。引用を取り囲む物語がない分、『ベルリン・アレクサンダー広場』以上に、引用をめぐる読解が不安定化されていると言ってよいだろう。

③「平坦化」の度合い

ところで、「カット」や「平坦化」と言うのは簡単であるが、実際には、その様態はさまざまであろう。程度の問題を避けては通れない。

実のところ、モレル自身がすでに、『ベルリン・アレクサンダー広場』における、引用文の前後における語り手の振る舞いを取り上げており、その振る舞いを四つのケースに分類している。引用文を導入する際に、①その前と後で語り手の説明が入る場合、②引用の手前でのみ語り手の説明が入る場合、③引用の直後でのみ語り手の説明が入る場合、④引用の前でも後でも説明が入らない場合である。このうち①はモンタージュではないが、④はモンタージュである。これらは容易に判別できる。だが、②と③の場合はどうなのだろう。この問いにモレルは答えていない。さらに、引用を導入する文言といっても、明示的に伝えるものもあれば、暗示的に伝えるものもあるという。

ミラン・クンデラ『生は彼方に』(1973)の第四部に見られる近代詩の引用を取り上げ、検討してみたい。この引用はモンタージュなのであろうか。

この部では、チェコ共産革命のさなか、革命の闘士として活動する主人公ヤロミルの姿が描かれる。それと同時に、ランボー、マヤコフスキー、シェリーなど革命に憧れた若き詩人たちの行動がところどころに差し挟まれる(時空間モンタージュを成している)。その折りに、彼らの詩が挿入される。

ただ真の詩人だけが、詩人でなくなりたいという限りない欲望はどんなものか、耳を聾する沈黙が支配するその鏡の家を去りたいという欲望がどんなものか、語ることができる。

夢の国を追放され
ぼくは群衆のなかに
隠れ家を求める
そしてぼくの歌を罵倒に変えたい

しかし、フランシチェク・ハラスがこの詩句を書いたとき、彼は公共広場の群衆のなかにはいなかった。彼が机の上に身を傾け、書いていた部屋は静かだった。[31]

この抜粋では、「真の詩人」一般についてのテーゼが示され、次いで詩が引かれる。その後、詩人ハラスについての記述が続く。勇ましい詩句を異化し、ただの遠吠えに変える。皮肉の効いた引用である。この詩がハラスの作によるものであることは、引用文のあとで明示されている。モレルの引用様態区分の③に当たる。

引用文の内容ついてのメタディスクール（この詩は遠吠えに過ぎない）は、「彼は公共広場の群衆のなかにはいなかった。彼が机の上に身を傾け、書いていた部屋は静かだった」の文によって暗示されるにとどまる。引用文の作者をはっきりと示しながらも、婉曲な仕方で解釈がされている。

引用に先立つ段落では、一般論のかたちで「真の詩人」とはどのようなものかが説明されているだけである。説明の内容と、続く詩の内容の一致によって、それが「真の詩人」の一人が書いたものであることを容易に推測させはする。だが、「真の詩人」と引用された詩の関係については何も説明されていない。

そうであれば、引用文の前には「カット」があり、後にはないということになろう。だがこの場合、「平坦化」されていると言えるのであろうか。『ベルリン・アレクサンダー広場』に比べて、引用文について語り手がだいぶ多弁であることは確かであるが、モンタージュであると言い切ることも、そうでないと言い切ることも難しいように思われる。

エンツェンスベルガー『スペインの短い夏』(1972)における引用の入れ方も興味深い例であろう。スペイン内戦時のアナーキズム運動の指導者ドゥルティの半生を描き出す作品である。この作品には、作者自身の文章が非常に少ない。大半が、ドゥルティに関する記事、日記、考察などの多数の引用で構成されている。引用と引用をつなぐ文言は存在せず、「カット」がある。だが、引用文には必ず出典や作者名が付記されている。[32] そうである以上、この引用は「剽窃的」ではない。このように、「剽窃的」ではないが「カット」が存在する場合も考えられる。

『生は彼方に』や『スペインの短い夏』の例を見るだけでも、「つなぎ」の消失、引用の「平坦化」といっても度合いの違いがあることが分かる。こうした相違を前にして、どこからがモンタージュであるのか線引きをするのは難しい。

④時空間的モンタージュと「カット」

引用のモンタージュにおける「カット」は、引用の「平坦化」と言い換えることができた。時空間的モンタージュの場合も、別の概念を援用して考察できよう。一つは「叙述」

と「提示」の相違であり、もう一つは語り手の「統括の機能」である。

（1）モンタージュは物語の「提示」であるのか

「カット」が入るということは、語り手が場面の「つなぎ」を操作しなくなることである。モレルによれば、語り手が姿を隠すことで、小説と映画が接近しているのである。

彼の主張は、シェフェール『なぜフィクションか？』（1999）に依拠している。シェフェールは、小説も映画も物語を伝えることができるが、その伝え方が異なると述べている。小説が語り手を通して物語を語る一方で、映画は視覚的な（さらには聴覚的な）知覚刺激を通して（「知覚的没入」［immersion perceptive］）、物語を見せる。物語を伝えるための様態が異なるため、映画はそもそも語り手を必要としていない。それゆえに、小説において語り手の姿が見えなくなり、出来事が自動的に展開していると感じられるようになるとき、小説と映画が接近するというのである。[33]

この「語る」と「見せる」の対比は、小説技術における「叙述」［telling］と「提示」［showing］の対比を連想させる。物語を「見せる」ことで映画に似るというのであれば、物語が「提示」される小説のみにモンタージュは見られるのだろうか。

これらの概念をめぐる考察は、ブース『フィクションの修辞学』（1961）やジュネット『物語のディスクール』に詳しい。この対概念はヘンリー・ジェイムズやその弟子たちによって小説の良し悪しの基準とされた。語り手によって「語られている」と分かってしまう小説は、人工物であることが如実にわかってしまうから、美的に劣っている。出来事はただ「示され」、それ自体によって語られているように書かれている方が「自然」であり、優れている、というのである。[34]

しかしブースは、こうした区分が小説の良し悪しを決める決定的な指標とはならないことを示し、「フィクションにおける作者の声」や「非個人的な語り」という切り口で捉え直した。[35] サルトルの言葉を引きながら、「提示」を極限まで押し進めた結果、小説は「自然」なものから遠ざかり、「人工的」なものになってしまうとも述べられている。[36]
ジュネットはブースの議論を引き継ぎ、「語りのモード」の問題として「叙述」と「提示」を捉え直している。これらの対比は、結局のところ、語られる出来事についての情報量と情報提供者（語り手）の存在感の問題である（構造の問題ではなく、程度の問題である）と述べられている。情報量が多く、存在感が弱い場合が「提示」であり、情報量が少なく、存在感が強い場合が「叙述」である。
だがブースやジュネットの議論は出来事の語り方をめぐるものである。その一方で、「カット」は出来事から出来事への移行に関わる。移行を説明するということは、出来事から距離を取った地点にいる語り手の存在を感じさせることである。ゆえに、それとは逆の「提示」的な語り方に、「カット」が存在することは容易に推測できる。だが、出来事を「叙述」しているからといって、「カット」が存在しないとは限らない。
例えば、ペレック『Wあるいは子供の頃の思い出』の自伝部分がそうである。この作品では二つの別個の物語（Wという島についての物語と、少年時代についての自伝）が交差している。自伝のパートでは、ジャンルの構造上、語り手が展開を誘導しながら、自分自身にまつわる過去の出来事を語る。「叙述」が優勢なのである。[37]
だが、自伝の語り手は、自伝の内部にひきこもっている。作品全体の構成についてメタディスクールは口にされないのである。[38] それゆえに、自伝から島の物語へと切り替わりながら進んでいることに、語り手が触れることはない。その結果、自伝の内部では「叙述」

が支配的であるが、島のセリーと自伝のセリーの交差や切り替わりについて語り手は固く沈黙を守っている。ゆえに、カットがある。

要するに、「叙述」か「提示」か（「見せる」か「語る」か）の相違は、「カット」の問題に直結しえないように思われる。

（2）「統括の機能」

さきほど少しだけ触れたが、「カット」の問題は、小説の組成や構成についてのメタディスクールを発する語り手の機能と関わりがあろう。

ジュネットは、語り手の機能を五つに分類している。「語りの機能」［fonction narrative］、「統括の機能」［fonction de régie］、「コミュニケーションの機能」［fonction de communication］、「証言機能」［fonction testimoniale ou d'attestation］、「イデオロギー機能」［fonction idéologique］である。[39] 五つのなかで、語りの機能はあらゆる物語テクストにおいて不可欠であるが、他の四つのものに関しては、欠如しているように見えることもあり、効果に強弱があると論じられている。

このなかの「統括の機能」が、モンタージュに関しては重要である。「統括の機能」とは「語り手がいわばメタ言語的（この場合はメタ物語的［métanarratif］）ディクールにおいて物語テクスト［texte narratif］を参照して、その分節、接続、内的関連、要は内的組織化を強調する」[40] 機能である。現にモレル自身が、文学的な「カット」について、「語りの統括放棄」とも述べていた。

すでに見たように、『狂えるオルランド』では行動セリーが切り替わるときに、語り手がその切り替えを明示的に説明する「メタ物語的」ディスクールが差し挟まれていた。実際、ジョルジュ・ブランはこの作品を例に挙げ、「演出［＝統括］発言」［Regiebemerkungen］を説明している[41]。次に語るセリーが何であるかを、切り替わる直前に告げることで、物語の進展を制御し、「統括」している。『狂えるオルランド』に見られるような意味での「統括の機能」が停止する（あるいは弱くなる）ことを、文学的モンタージュの特徴と言ってよさそうである。

ただし、ジュネット自身は、この概念を用いて『物語のディスクール』のなかで詳細な作品分析を行っていないので、その広がりや限界が不明瞭のままである。本書ではこの機能について、〈局所的〉なものと〈全体的〉なものを区別し、あるセリーから別のセリーへの移行に限定して「統括」を示すものを〈局所的〉としたい。これが欠如している状態が、「カット」に相当する。〈全体的〉なものとは、作品全体の構成や構造について、明示的あるいは暗示的・隠喩的に、自己言及するものである。

例えば、ハクスリー『恋愛対位法』の中で、作中人物の一人フィリップ・クウォールズによって語られる「小説の音楽化」がそれに当たる。彼は小説家を志しており、構想中の小説を説明している。ベートーヴェンの「ディアベリ変奏曲」を例にとり転調と変奏の技に触れた後で、それを小説に応用する方法が検討される[42]。そこでは「並行した対位法的な筋」を「交錯」させ、そうした筋配置を用いて「転調とヴァリエーション」を実現するという小説構成手法が提案される。これは小説『恋愛対位法』それ自身の構成についての間接的な言及である。テクストの組成についての「メタ言語的ディスクール」であり、「内的連関」を強調している。これもまた「統括の機能」と呼ぶべきものであろう。

文学的モンタージュにおいては、局所的にも全体的にも「統括の機能」が停止していることもあれば、全体的な「統括の機能」のみが果たされていることもありうるだろう[43]。しかし、局所的な停止は必須条件である。

（3）「統括の機能」の強弱

だが、局所的な「統括の機能」の停止といっても、やはり程度の問題を考慮しないわけにはいかない。ジュネットも言うように、その機能については、あるかないかよりも、強いか弱いかと問う方が適切であろう。そうであれば中間的な段階が存在するはずである。

例えば、章題は「統括の機能」に含まれるのであろうか。ペレック『人生使用法』では、各章に人物の名前がふられている。ドス・パソス『U. S. A.』でも、各章に人物名や主題がふられている。トゥルニエ『メテオール』（1975）も、主要人物の数はずっと少ないものの、章に焦点人物の名前がつけられている。ヘルマン・ブロッホ『夢遊の人々』（1932）では、「ベルリンの救世軍少女の物語」や「価値の崩壊」といった主題が章題で示されている。その章で中心となる人物や主題を明示することで、セリーの混同を防ぐ機能を果たしている。これらの章題は、読者を誘導する機能において、局所的な「統括の機能」を果たしていると言ってもよいだろう。

ところが、ジュネット（1987）によれば、章題はテクスト本体ではない。パラテクストである。テクストとその外部を取り持つ役割を果たす部分である。そうであれば、これら章題があったところで、「統括の機能」に当たる文言はテクストの内部に存在しないことになる。ゆえに章題の存在は、「カット」を妨げないということになろう。

しかし、ジュネットのテクスト理論がどうであれ、章題がある場合とない場合で、セリー間の断絶の度合いは間違いなく変化する。章題が介在しない方が、言うまでもなく、場面転換は唐突に映る[44]。場面のつながりを確認するために、読者はページをめくる手を止めることにもなろう。読書行為を「中断」させ、今読み解いているテクストの仕組みや構造に目を向けさせることにモンタージュの意義の一つがあるならば、章題はモンタージュらしからぬ要素である(45)。

章題の存在は、理論の上ではモンタージュを妨げるものではないのかもしれない。だが、読者とテクストの関わりにおいては「中断」の効果を弱めることになろう。このような中間的様態が存在する。引用の「平坦化」のみならず、「統括の機能」に関しても、「カット」があるかないかを常に明確に線引きすることは難しい。

③「カット」を書き込む

ここまで見てきたように、「カット」の有無を明確に線引きすることは難しい。そもそも「カット」の問題を、それがあるかないかの問いに限定したところで、得るものがいかほどあるのだろうか。

複線性と交互的配列という特徴を備えたテクストでは、行動セリーや引用の切り替えの瞬間が必ず繰り返し訪れる。「カット」を考えるというのは、その瞬間における語り手の振る舞いに着目することと言い換えられる。その瞬間の語り手の沈黙の度合いを図り、それを一つの記号として起動させてこそ、「カット」が充実した問いになるのではないだろうか。セリー切り替えの瞬間をこうした能動的な思考の場とすることこそが「カット」の効用ではないだろうか。「カット」があるかないかと問うことは、セリーが切り替わる空隙に、意味作用として「カット」を書き入れることである。切り替えの瞬間のダイナミズムを追求することである。

切り替えの地点では、相反する力学が働いていると考えられる。すなわち、異なる線分同士（引用であれ行動セリーであれ）を隣り合わせる接合の力と、異なる線分同士を区別する切断の力である。モンタージュを「切断と接続」として理解するのはあまりにも初歩的であるとエイゼンシュテインは述べる。[46]だが、アドルノが示すモンタージュ概念に即して見れば[47]、接合と切断が同時に働く瞬間は、「統一」と「乖離」がせめぎ合う豊かな瞬間であるように思われる。こうした二重の身振り、二重の力学が働く場である。あるいは、エルンスト・ブロッホが『この時代の遺産』（1935）で述べているが、モンタージュは「他なる言語、他なる情報、他なる途上的形姿の粒子[48]」を追求するものである。それは、不均質な要素を当たり障りのない一貫性の内にまとめ上げる力に抵抗する。セリー切り替えの瞬間に、二重の力学や「他なる途上的形姿の粒子」を、「カット」として読み込むこと、書き込むことが重要であろう。そのように読者が介入する余地こそが「カット」であろう。

例えば、カテブ・ヤシンの小説『ネジュマ』（1956）には、興味深い「カット」の働きを見出せる。[49]

この小説は四名の男性（ラフダル、ラシード、ムラード、ムスタファ）に代わる代わる焦点化しながら展開する。彼らの現在の状況や過去の経験が交錯する形式である。時間軸上を移動する場合、常に語り手による誘導が入る。「カット」は人物が切り替わる瞬間に現れる。説明なしに焦点人物が変化するがゆえに、アイデンティティという観点から見て興味深い問題を含んでいる。それは例えば、小説第三部（二四の章で構成され、Ⅰ〜Ⅻまでの番号が二度繰り返しふられている）の語りの構造と章の切り替わりに見出せる。第三部は以下のように始まる。

僕の知らない［ne sais pas］ことが多すぎる、ラシードが話してくれなかった［ne m'a pas dites］ことが多すぎる。彼はムフタールという名の老人と連れだって僕たちの街にやってきたのだが、彼はこの老人を誰よりも馴れ馴れしく扱っていた(50)。

この部はムラードが一人称の語り手として地の文を語っている。部の内容は、ムラードがラシードから聞いた、ラシード自身の過去についてのものである。動詞の時制としては、ムラードの現在時が直説法現在および複合過去で述べられる。二度目の一二の章が始まり、以下のように続く。

II

そしてラシードは鬱陶しい朝のことに立ち戻ったが、興奮したガゼルと呆然とした孤児のあいだに、最初の瞬間から立ちはだかった［s'éleva］亡霊を遠ざけることはできなかった。「老ぼれの悪党め！　あいつはちょっとの間に『お前と同じ一族の娘』とやらを僕に紹介し［présenta］、僕と彼女を二人きりにして行ってしまった［……］。」

III

僕は彼女と一緒に出かけた［sortis］。だが夜の一二時頃、僕が予想していた通り、ある街角までくると彼女は早い確かな足取りで、別れも言わずに離れていった［quitta］――それ以来、彼女の消息は分からないし、ムフタール氏は［……］横柄な口調で、「お前は夢を見ていたのじゃ……　おとなしくしておれ。あの女を見つけても、お前は嘲弄され、騙され、裏切られることになる。おとなしくしておれ」と言ったが［conclut］、その彼も消息が分からない。

ムフタール氏は七五歳のときメッカに旅立った。おびただしい罪を背負っていたので、聖地へ向かう船に乗り込む四八時間前、彼は「身を清めるのじゃ」とラシードに言って、ひと瓶のエーテルを吸った[51]［respira］。

IV

ラシードがムラードに話を聞かせていた時点のことは単純過去で語られ（IIの地の文）、ラシードが話して聞かせた内容についても単純過去が用いられている。ラシードの過去は、ムラードが再構成し、あるいは補っていると言明される[52]。ラシードの過去は、引用符を伴った彼自身の台詞として引かれることもあれば、地の文として語られることもある。地の文で語られる過去は、ムラードによる編集が加えられたものと考えてよいだろう。

この視点から見たとき、IIIに現れる一人称は興味深い。この部の語りの構造に鑑みれば、ムラードであると理解するのが妥当であろう。だがIIIの内容を踏まえるならば、この一人称の語り手はラシード以外ではありえない。突如として、ラシードが一人称で地の文を語りだす瞬間である。ここに「カット」がある。

ではこれ以降、地の文を語る一人称の語り手はラシードに切り替わったのであろうか。しかし一人称の語り手自体がこれ以降登場することはない。ゆえに語り手の人物像からそれを明らかにすることはできない。また引用符に導かれてラシードの過去が語られることもないため、聴き手としてのムラードの存在を確定的に示すものもない。だからといって、ムラードの語りの現在にラシードの語りが合流しているわけでもなく（現在や複合過去は使われていない）、語り手としてのムラードの存在感は残存する。

　この「カット」の瞬間に何が起こっているのだろう。ラシードがあたかもムラードを脇へ押しやり、ムラードの「私」のなかにラシードが自分自身をねじこもうとしているかのようである。いわば一人称単数代名詞のなかに二人目の人物が割り込もうとしているのである。別の人物によって占められているものに、自分を割り込ませようとするしたたかさが、ここの「カット」に読み取れる。

　『ネジュマ』は、歴史やアイデンティティを喪失したアルジェリアを象徴的に表現する作品である。主要人物たちが「カット」の瞬間に、声のアイデンティティを奪い合っているというのは非常に興味深い。声の簒奪劇を、「カット」の空隙に読み込むことができるのである。

　このように、「カット」を意味や筋の切れ目としてだけではなく、ドラマの瞬間として起動させることが可能である。こうした〈「カット」の書き込み〉をしてこそ、テクストの読解が豊かなものとなろう[53]。

3　時空間的モンタージュの問題点

　文学的モンタージュの特徴として、長らく見落とされていたがモレルによって指摘されるにいたった「カット」について検討してきた。この節では他の二つの要件、複線的物語とその交互的配列について検討したい。この二つの特徴にアプローチするには、テクストの内的構造に依拠して成立する時空間的モンタージュを取り上げる方が適しているだろう。

　この節では、テクストのどのような性質をもって複線的と呼べるのか、あるいは交互的と呼べるのかを検討したい。その結果、複線性や交互的配列に不安定な側面があることが明らかにされよう。読み方しだいで、複線的あるいは交互的となることもできれば、ならないこともできる場合が示されよう。それと同時に、このような配列に置かれた線分が、読者に特定の反応をさせることにも触れられるだろう。

だがまずは、これらの議論に入る前に、モンタージュの最小構成単位を明らかにしておきたい。言い換えれば、最小限の線状的な性格を保証する要素のことである。

①文学的モンタージュの最小構成単位

モレルの用語法にならって、「線分」という言葉を使って交差する構成単位について論じてきた。だがそれはどのような単位なのであろうか。複線的セリーにまとめうる断片である以上、それは意味論的に他の線分と区別される。だが、それは言語的単位として、どのようなものなのであろうか。

エイゼンシュテインによれば、言語芸術を映画になぞらえたときの最小単位は、語であるということになる[54]。「手術台の上での雨傘とミシンの出会い」というシュルレアリストたちのイメージ形成術は、まさしく意想外な語を組み合わせるモンタージュであると言ってよいだろう。トリスタン・ツァラが考案したとされる「優美な死体」［cadavre exquis］（任意の文の語をハサミでばらばらにして、袋に入れてシャッフルし、単語を偶然任せにならべて文を作る手法）も、モンタージュと言いたくなる[55]。

しかしながら、映画のショットを言語における語に相当するものと捉える考え方は、クリスチャン・メッツによって手厳しく批判されている（1964；1968）。映画が物語を伝えるものである以上、一つのショットは一つの概念を伝えるものではなく、行動や情景を伝えるものである。ゆえに、ショットを語に対応させるのではなく、文に対応させるべきである。ショット＝語という捉え方では、物語の有機的な流れが生み出されることを説明できない。語の組み立ては、「メカノ」[56]（金属製の組み立ておもちゃ）に過ぎないとメッツは言う。シュルレアリスム的イメージや「優美な死体」といった、語の組み合わせに依拠した手法は、詩（や詩的散文）にこそふさわしい手法であって、筋のある小説を作るには不向きな手法であろう。メッツが、モンタージュという用語ではなく、「連辞関係」［syntagmatique］という用語で映画を論じる理由も、ショット＝文と捉えていることに由来する。

本書でも、詩的テクストではなく、物語テクストのモンタージュを論じるのであるから、ショット＝文と捉える考え方を踏襲したい[57]。すなわち、文学的モンタージュを構成する最小単位は文であるとする。言い換えれば、主語＋述語＋状況補語のすべての要素を明示的であれ暗示的であれ備え、意味的に一つのまとまりを成すもの（なんらかの状況における、ある人物の行動を記述するもの）を最小単位としたい[58]。一つの文を最小単位としてこそ、線分の線的な性質が保証される。

ただし、文とは言ったが、必ずしも句点（ピリオド）で終えられている必要はない[59]。例えばサルトル『猶予』の一節にある、次の強調部分は交互的モンタージュである。

　クレヴィリーでは、六時が鳴るとともに、クルラール爺さんは憲兵隊舎に入っていった事務局のドアを叩いた。「こいつらが私を起こしたのか」と彼は思っていた。「なぜ私を起こしたのだ？」と言ってやろうと彼は思っていた。ヒトラーは眠っていた、チェンバレンは眠っていた、その鼻はファイフのような音を奏でていた、ダニエルはベットに座り、汗でびっしょりになったまま、「あんなのはただの悪夢さ」と思っていた。
　入れ、と憲兵隊中尉は言った。ああ！　あんたか、クルラール爺さんだね？　さて、一仕事してもらわねば[60]。

「九月二四日　土曜日」の冒頭の一節である。クレヴィリー（ノルマンディの街）におけるクルラール爺さんの行動が二分割され、その間に、ヒトラー、チェンバレン、ダニエルの行動が差し挟まれる。それぞれの人物は地理的に隔たった場所にいる（ヒトラーはドイツに、チェンバレンはイギリスに、ダニエルはフランス南西部に）。「ヒトラーは眠っていた」で始まる一文のなかでは、読点（コンマ）で区切られながら、三名の人物の行動が示されている。各人物が置かれている時空間的な位置（状況補語）は明示されてはいないが、人物名や物語のこれまでの経緯によって十分に暗示されている。それゆえに、これらの読点で区切られた三つの文節は複線的であり、それぞれが線分である。

　しかしながら、文＝線分と即座になるわけではない。交互的・並行的モンタージュを言語芸術に翻訳したものである以上、文が線分となりうるのは、隣接する別の文と複線的な関係にある場合に限られる。「九月二四日　土曜日」の冒頭三行は、三つの文で構成されているが、そこにモンタージュはない。この三行は、クルラールの行動のみに焦点化されていて、そこには複線的な性質がないからである。一つの文＝一つの線分と常になるわけではない。複数の文であっても、それらの文を通して動作主が一定であるならば、その複数の文が一つの「線分」となる。

つまり、文学的モンタージュの最小単位は、文や（一文を構成する）文節であるが、より大きなまとまりが「線分」となることも可能である。線分を、一つの小説を構成する部［partie］や章［chapitre］にまで拡げることができる。

引用モンタージュについても同様である。アラゴン（1965）は文学的コラージュに、登場人物や主題の借用、語や文の引用まで含めているが、文学的モンタージュの構成単位を「線分」と呼ぶからには、最小単位を文とするべきである。つまり、引用は逐語的である必要があり、逐語的に引用された文あるいはそれ以上の単位が構成単位である（文以上を単位とした « citation textuelle » である）。例えば、クンデラ『存在の耐えられない軽さ』（1984）では、「永劫回帰」という表現が繰り返し引用されているが、そこにモンタージュはない。

②物語の複線性について

文学的モンタージュの最小構成単位を確認したところで、時空間的モンタージュの問題点を検討したい。まずは複線性についてである。モンタージュの第一要件として挙げられているように、モレルの書きぶりからは、この性質を基盤として第二、第三の要件も可能となるかのように見える。

（1）複線性を保証するもの

章や小説全体を複線的たらしめるものは何であろうか。容易に複線的と言いうる小説（あるいはその一部）から始めよう。

そのような作品には、人物Aを中心に据えた筋と、その人物とは別の場所で行動する別の人物Bを中心に据えた筋があり、それらは容易に区別できる。例えば村上春樹『1Q84』(2009)の天吾と青豆のように。バルガス＝リョサ『楽園への道』(2003)のフローラ・トリスタンとゴーギャンのように。ペレック『Wあるいは子供の頃の思い出』における島の「私」と自伝の中の「私」のように。複数の人物がいて、それぞれが空間的かつ／あるいは時間的に隔たっている場所で行動している。『W』の自伝的な「私」と、この「私」が考えだした虚構世界の登場人物である「私」のような、存在論的な位相の相違によって隔たっていることもある。いずれにしてもこれらの場合では、二人以上の人物のそれぞれに固有の時空間が与えられ、その中で彼らは行動するのである。各人物を中心に展開する筋をセリーとして把握することは容易く、典型的に複線的であると言ってよいだろう。人物と時空間の分配により、物語内容のレベルですでに複線的である。

では、小説中で展開する行動が唯一の人物にのみ帰せられる場合はどうであろうか。ビュトール『心変わり』は複線的ではないのだろうか。この小説は終始、二人称の「あなた」を主人公としている。同一の人物の行動が、時間的な隔たりをまたいで順不同に語られているわけだが、時系列を復元して考えれば、結局のところ単線的［linéaire］な物語内容であると言えてしまう。(61) しかしながら、単線的な物語内容に復元できるかどうかはさほど重要ではない。車中の現在時を起点として、そこから過去や未来の出来事に飛躍し、再びそこに戻って来るという、時間の飛躍が反復されていることが重要である。異なる時間帯を何度も往復することで、それぞれの時間帯が相対的に独立する。そうして複数のセリーとなる。単一の人物をめぐる物語内容であっても、時間的隔たりや、出来事や主題の相違などによって複数に分割が可能であるならば、線分化と交互的配列を施されることで複線的な物語テクストとなりうる。線分化と交互的配列には、単線的な物語内容がもつ潜在

的な複線性を現勢化する力があるということである。(62)

（2）行動セリーのリレーと分岐、相互的影響関係の欠如

だが、ある行動セリーと別のセリーを区別することは、実にデリケートな問題であることも多い。一人の人物が一つのセリーに対応しているのとも、一人の人物の行動が複数のセリーに分かれているのとも異なるケースがある。複数の人物が一つのセリーをなし、そのようなセリーが複数ある場合もある。

先ほども触れたサルトル『猶予』がまさしくそれにあたる。この作品は、第二次世界大戦勃発前年の一週間を、数十名に及ぶ人物の行動を交差させることで描き出す。彼らの行動はフランス、チェコ、ドイツ、モロッコといった異なる国や、そこに位置する別個の都市で展開する。小説の冒頭では、チェコにいるミランとアンナの行動、イギリスにいる老人とホレイスとネヴァルの行動、パリにいるゼゼットとモーリスの行動が交差している。(63)セリーは各人物に割り振られているわけではない。人物のペアが置かれている場所の地理的な隔たりによって、複線性が保証されている。

だが、こうした特徴は複線性をめぐる二つの問いを導き出す。第一に、一つのセリーを構成する人物のペアリングは固定されていなければならないのか。第二に、どの程度の地理的隔たりがあれば、複線的といえるのか。

第一の問いに関しては、一つのセリーに人物が合流してくる場合も、そこから人物が離れていく場合もあり得る。マルロー『人間の条件』の時空間的モンタージュを検討してみると分かるだろう。この小説は全体が七部で構成されているが、それぞれの部もさらに細かく分けられている。細かい断章には時間指標が記されている。例えば「第一部：一九二

七年三月二一日」ならば、「深夜一二時半」、「午前一時」、「午前四時」、「午前四時半」と区分されている。

この小説のモンタージュは、蜂起派と警察側それぞれに当てられる断章の交差に見てとれる(特に第二部)。しかし、第一部における蜂起派の人物の動きには、断絶がある。「深夜一二時半」の断章ではチェンのみが登場するが、「午前一時」では彼がキョウ、カトウ、エメルリックに合流する。その後、キョウとカトウがそこから離れ、彼らに焦点化する。「午前四時」は、ジゾールとチェンに焦点化して始まるが、そこにキョウが合流してくる。「午前四時半」では、再度キョウとカトウが中心となる。「午前一二時半」と「午前一時」、「午前四時」と「午前四時半」の間には線状的なつながりが見て取れる。だが、「午前一時」から「午前四時」への移行は、いったんジゾールとチェンに焦点化することで、線的な進展が途切れているように見える。場所の変化と焦点人物の変化が同時に起こっているためである。蜂起派のセリーは、このように人物の合流と分離、一時的な断絶を含みながら展開するのである。このように一つのセリーは、断絶を含みつつも、リレーのように複数の人物によって代わる代わる担われることもできる。

そして逆に、一つのセリーから離れた人物(たち)が、別のセリーを形成することも可能である。すでに触れた『ボヴァリー夫人』の農事共進会の場面がまさにそれにあたる。エマとロドルフが共進会の会場から離れることで、複線化するのである。

このセリーの分岐は、第二の問い、空間的隔たりの問題と直結する。共進会の会場から空間的に距離をとることと、複線化が連動しているからである。だが複線的であるためには、どの程度隔たっていればよいのであろうか。ある人物が別の人物の行動を視認できない程度に隔たっていればよいのだろうか。『猶予』の異なる国や都市にいる人物たちは、十分に空間的に隔たっていると言えよう。だが、エマとロドルフは、共進会の様子も見えれば、委員長の言葉も聞こえる程度にしか離れていない。近距離にいる人物たちでさえも、その行動が線分化され交互に配置されていれば、複線を成すのであろうか。

重要なことは、エマとロドルフの逢い引きと農事共進会の行事が、互いの行動に対して直接的・明示的な形で影響を与えることなく（一方が他方の行動の引き金となることなく）展開していることである。こうした相互的影響関係が欠如した状況におかれていることが、複線性をなす根幹である。時空間的な隔たりは、人物同士の影響関係を遮断するための方便と言えよう。時空間的モンタージュとは、相互的影響関係を遮断するモンタージュと言い換えてもよいのかもしれない。

いずれにしても、『人間の条件』や『ボヴァリー夫人』でのように、人物の出入りや相互的な影響の有無によって、行動セリーは厚みを増すこともできるし、二又（以上）に分岐することもできる。

（3）増減する複線性

ところで相互的影響関係の欠如を複線性の重要なファクターとするならば、農事共進会会場に連れて来られて片隅で突如鳴き出す牛の行動を、逢い引きや共進会とは別の第三の行動セリーと言ってよいのだろうか。人間のすることにおかまいなしの動物たちが、一つのセリーをなすことを妨げるものは何も無いように思われる。このように、読み手の目の付け所に従ってセリーをさらに分割することも、モンタージュの範疇にあるのだろうか。

実のところ、このようなさらなるセリー分割をランシエール（2003）が実践している。ゾラ『パリの胃袋』（1873）のブーダン作りの場面で、真にモンタージュを成しているの

は猫の存在であるとランシエールは論じる。(64)

この場面では、クニュとレオンがブーダンを黙々と作るセリーと、フロランが少女に「獣に食われた男」の物語を話して聞かせるセリーが交差している。二つのセリーは肉屋の厨房のなかで同時的に展開する。一つの空間を共有しているが、クニュもフロランも互いがしていることに無頓着で、各セリーは別々に展開している。豚を解体してブーダンを作る過程と「獣に食われた男」の物語の対比が、非常に見て取りやすい弁証法的モンタージュを成している。

だがそれに加えて、彼らの傍らに猫がいるとランシエールは指摘する。(65) その謎めいた存在が、弁証法的関係とは別の関連を打ち立てるというのである。その関係性は、謎めいた隠喩的関連に支えられた象徴主義的なものであるという。このようにして、「共通尺度の欠如」が「隠喩の友愛あるいは共同体」へ至るという。(66)

見るからに二つのセリーを成している場面が、三つのセリーに分割できる。そのようにして、ランシエールはこの場面の新しい読みを提案している。こうしたセリーのさらなる分割は、テクストの中にそれとしてすでにあったものというよりも、テクストの潜在的な複線性を、読み手が現勢化させたと言う方が適切であろう。モンタージュ的な分割が、さらなる分割の呼び水となるのである。物語内容に即した分岐とは別に、読み方に従ってセリーの数が増減することもありうる。このような伸縮性も複線性には備わっているのである。

以上のように、物語内容が複線的であるか否かを分ける指標は複数ある。焦点化する人物のみに依拠して容易に複線的であると言いうる場合も多い。だが、交互的配列に置かれてようやく複線的となるものもある。複数の人物が一つの行動セリーをリレーする場合もあるし、彼らが別個のセリーに分かれることもある。空間的な隔たりが複線性を保証することも多々あるが、その隔たりは相当縮めることもできる（『パリの胃袋』では同室内の出来事がモンタージュされている）。結局のところ、人物たちが置かれた相互的影響関係の欠如が複線性の基盤にあるように思われるが、そうするとより細かなセリー分割もまた可能となる。そのときセリーの数を決めるのは、読み手ということになろう。複線性には、読み方いかんでセリーの数が変化する伸縮可能な側面があると言えるだろう。

③物語言説の交互的配列について

文学的モンタージュの第二要件は交互的配列である。ここでは交互する頻度と、こうした配列のテクスト上での現れ方を問う。

（1）交互の最少頻度

非常に素朴な問いであるが、何回セリーが切り替われば「交互している」ことになるのであろうか。交互的反復の最少回数は何回なのであろうか。これについてはメッツ『映画における意味作用に関する試論』にヒントがある。

彼は連辞という用語を用いて、ショットの繋ぎ方の類型を示している。そのなかの一例として、交互的連辞（交互的モンタージュ）に満たない連辞を示している。ある一貫した行動や場面を示すショットの流れのなかに、一度だけそれから外れたショットが入ったとしても、それは交互的連辞にはならないという。図式的に示すならば、ABA'という配置には、交互的な性質はないのである。それは別の角度から見れば、ABA'B'という配置、つまりAセリーとBセリーにある要素が少なくとも二回ずつ配置されて初めて、交互的な進行が成り立つということである。三回の行き来が、ミニマルな反復の回数である。これ以上の頻度で、セリー間の切り替えがあって初めて、交互的配列があるということになる。

この定義は文学のモンタージュを考える上でも重要であるように思われる。ABA'という配列を除くことで、例えば一人称小説の黎明期の作品にしばしば見られる形式を、モンタージュから除外することができる。その形式では、しばしば一人称の語り手が冒頭で、これこれという話を聞いた、あるいはこれこれという話が書かれた手記・日記・手紙を見つけたと述べる。それに続いて、小説本体ともいえる、聞いたり読んだりした物語が展開する。場合によっては最後に、再び語り手の言葉で作品が閉じられる。こうした形式では、語り手のいる世界と、それとは異質な語られた世界と、二つの世界が併置されている（それらは複線的である）。だがABA'という配列に置かれている。そこに交互的配列はないのだから、モンタージュたりえない[67]。こうした古典的な構成を近代的な形式であるモンタージュから除外できる点でも、交互的配列の最少交差回数を明らかにする意義がある。

この観点から、ABA'B'という配列が交互的配列の最小のものであると言ってよいだろう。文学的モンタージュにおける構成要素［composant］の最小単位が主語＋述語＋状況補語を備えた文であるならば、その構成［composition］の最も単純なものがABA'B'なのである[68]。

（2）交互的配列の最大セリー数

交互的配列の最小のものがABA'B'であるということは、二つのセリーが交代する回数が五回、一〇回とどれだけ増えても、交互的配列であることに変わりはない。

では、セリーの数が増えた場合はどうなのであろう。モレルの説明によれば、「二つ以上の要素群のセリーへと分断される」のだから、筋の数は二つ以上であれば、どれほど増えても構わないことになる。その配列に関しては「これらのセリーが、交差や交互的配列といった、程度の差はあれ複雑で錯綜した図式に従って配置される」。ABA'B' の交互的配列は、あくまでも「程度の差はあれ複雑で錯綜した図式」の一つに過ぎず、かつまた、最も単純な配列図式にすぎない。セリーの数はさらに増大し、交差の仕方もいっそう複雑化してもよい。『猶予』では一〇を優に超えるセリーが、非常に「複雑で錯綜した図式」に従って配置されている。

セリーの数の多さでは、ペレック『人生使用法』が最大級のものの一つである。この小説では「暗示的引用」ばかりがモンタージュなのではない。構成の面においてもモンタージュである。だが時空間的モンタージュの一つの限界を示しているとも言えよう。

この小説は、集合住宅に住む（あるいはかつて住んでいた）何十という人物にまつわるエピソードを次から次へと語る。小説は集合住宅の部屋を一通り網羅するように構成されている。広い部屋を所有している人物には、複数の章が割り当てられ、狭い屋根裏部屋に住んでいる人物には、一度しか章が割り振られない。章には部屋の所有者の名前がふられている。共有の階段や住人のいない部屋は「階段」「四階右」とのみ記されている。小説第一部の章割りは以下のようになっている。

1：階段で1　2：ボーモン1　3：四階右　4：マルキゾー1　5：フルロ1　6：ブレーデル（女中部屋1）　7：モレレ（女中部屋2）　8：ヴァンクレール1　9：ニエトとロジェルス（女中部屋3）　10：ジェーン・サットン

（女中部屋４）　11：ハッティング１　12：レオル１　13：ロルシャッシュ１
14：ダントヴィル１　15：スモトフ（女中部屋５）　16：セリア・クレスピ（女中部屋６）　17：階段２　18：ロルシャッシュ２　19：アルタモン１　20：モロー１　21：ボイラー室で１[69]

章にあてられた人物は一つの行動セリーと見なしうる。それに基づき各セリーにアルファベットを振って、第一部のセリーの配列を表すと、ABCDEFGHIJKLMNOPA'M'QRS となる。階段とロルシャッシュの章が二度ずつ繰り返されている。再度現れるまでに多くの章を挟んではいるが、交互的配列と呼べる最少の交差頻度（A…M…A'M'）は保たれている。第一部では一度しか現れていない人物も、小説が先に進むにつれてその半数は、さらに一回〜五回ほど、繰り返し現れる。『人生使用法』の時空間的モンタージュは、非常に数の多いセリーが、少ない数だけ（二回から最大で六回、ただし特定の人物に割り振られていない階段だけは例外的に一二回）現れている。一度登場するだけの章（＝行動セリー）も少なからずある。[70] このように小説全体の配置は「複雑に錯綜した」度合いが非常に高いものと言える。

ABA'B' という交互的配列の最小のものを保ったうえで、セリーの数を増やし、あいまいに挟み込んでいる。[71] だがセリーの数の方が交差の最大頻度よりもはるかに多く、交互的配列に置かれているという印象は弱い。セリーの数を増やしながらも、かろうじて交互的配列と言える限界例を示している。

（３）交互的配列に満たない例

『人生使用法』は、各住人にまつわる出来事を次々に物語る。ゆえにこの作品は、住人の百科事典のような印象を与える。事実、カルヴィーノはこの小説を「百科全書的小説」と形容している。[72] 膨大な数のセリーが、項目の数が膨れ上がった書物を連想させるのである。

文学作品のなかには辞書の形式を借りた作品もある。それらはモンタージュと言えるのであろうか。例えばフロベール『紋切型辞典』（遺稿）やビアス『悪魔の辞典』（1911）、ボルヘス『幻獣辞典』（1957. 増補版 1969）などである。特に『幻獣辞典』は、ドラゴンやユニコーンといった空想上の生物を、それにまつわる伝説とともに紹介している。それぞれの幻獣の名のもとに、別個の物語が述べられているのである。だが辞書であれば、同じ項目の反復はない。つまり、ABA'B' という最小限の交互的配列を含んでいない。それゆえに、これらの辞典形式を取った文学作品は、モンタージュたりえないのである。[73]

同様の理由で、ペローやアンデルセンの童話集や、カルヴィーノの『レ・コスミコミケ』（1965）のような、完結した複数の物語が一度ずつ語られるオムニバス形式もモンタージュから除外される。

数人の人物が一度ずつ語り手や焦点人物となって、一つの事件や出来事を多角的に語るタイプの小説もある。例えば、芥川龍之介「藪の中」（1922）である。七人の人物が一つの事件について、一度ずつ報告する。その報告の並べ方の内に、「語り手」とは別に「編集者」の存在が感じられると論じられもする。[74] だが ABA'B' という配列が認められない。したがって、この短編に交互的配列はないし、モンタージュもないということになる。とはいえ、多角的な語り＝交互配列未満というわけではない。フォークナー『死の床に横たわりて』(1930)では、母の遺体を村から町まで運ぶ過程が、多角的に語られる。その中には、繰り返し焦点化される人物が複数おり、交互的配列にある。

以上のように、ABA'B' という交差が反復する配列を最小限の構成としつつ、交差頻度やセリー数の増大について検証した。セリーの数を増やすことによる交互的配列の複雑化を計ることは可能ではあるが、各セリーが一度しか現れてこない辞書的な形式やオムニバス形式にはモンタージュはない。

複線性には、読み方次第で増減可能な面があるが、交互的配列という要件は安定した基準になりそうである。ただし、線分のテクスト上での位置を、読者に操作させる作品は別である。主に一九六〇年代以降、こうした交互的配列にすることもできるし、しないこともできる作品が目にとまるようになる。

④〈組み込み〉と〈組み直し〉

複線性と交互的配列について検討したところで、テクストの〈組み込み〉と〈組み直し〉の問題に取り掛かろう。これらの問題は、読み手による線分配列の操作に関わる。本書の序論でも述べたが、モンタージュ小説ではそれとして与えられたテクストの配列に対して読み手が働きかける。それは「組み立て」としての読書行為である。

〈組み込み〉とは、線状的な物語言説に別のセリーの線分を断続的に差し込むことで、複線的な物語言説に変化させる読書行為である。〈組み直し〉とは、交互に並べられた「異質な」線分をグループ分けして、線状的なセリー群へと再構成することである。図式的に説明すれば、AA'A''… BB'B''… と配置されているテクストを、ABA'B'A''B''… という配列へと並び替える読書行為が〈組み込み〉であり、ABA'B'A''B''…と配置されているテクストを、AA'A''…とBB'B''…と分類してまとめ上げる読書行為が〈組み直し〉である。

（1）モンタージュへの組み立て

〈組み込み〉とは、モンタージュへの組み立てと言い換えてもよいだろう。組み込み可能なテクストは、交互的配置にすることもできるし、しないこともできるテクストである。こうした自由が読者に認められている作品である。

典型的な例は、ペーテル・エステルハージ『生産小説』（1979）である。[75] この作品では、注を用いて、交互的配列にすることもしないこともできる構成を成立させている。

この小説は二つの部で構成されている。第一部は九つの章で構成されている。同志「社長」が語り手であり、若い技術者イムレ・トムチャーニを主要人物としている。研究所における彼と同僚のやり取りが主な内容であるが、ストーリーらしきものを指摘するのは難しい。文体としては、冒険小説、政治的言説、独白、詩など多様なジャンルを横断する、いわゆるポストモダン的な混淆文体である。

この第一部を注解し、制作過程を示すという体裁で、第二部が続いている。第一部には六九の注がふられており、それぞれの注記内容が第二部に並べられている。第二部の冒頭には「Eの注記」と銘打たれている。Eはヨハン・ペーター・エッケルマン（実在したゲーテの秘書）を示すと付記されているが、エステルハージと取ることもできる。

しかしこれらの注解は、第一部のテクストの説明にはなっていない。例えば、第一部冒頭は次のように始まる。

我々には言葉が見つからない（注1）。我々は茫然としている。我々は怯えて目を瞬かせる。我々はこれほどにも自分の気分に隷属しているというのか。空気は薄いが、それでもあるにはある。(76)

「社長」が語る冒頭の一文に注がふられている。第二部に置かれた注では、以下のように説明されている。

1．春の「微笑むような火曜日の朝」、ペーテル・エステルハージは長いことスウェットパンツを探し、それから、少しイライラした声で言った。「見つからない。」エステルハージにとってもエステルハージ夫人にとっても、「まったく、どこに放り込んだんだ？」が意味するところは明らかであった。夫人はこの問いに、飾り気のない別の問いで答えた。「あなた目がついてるの？」(77)

「社長」の「言葉が見つからない」という一文に対して付けられている注解において、エステルハージがスウェットパンツを見つけられないという場面が描かれる。「見つからない」という共通点はあるものの、第一部の注解の機能を果たしていないことは明白である。第二部の注において第一部の人物に触れられることはない。この部は、「師匠」をめぐる記述、サッカーをめぐるエピソード、家族の打ち明け話などで構成されている。別の言い方をすれば、第一部に対して異なるセリーをなしている。

注をふることによって、第一部の特定の箇所に、第二部に収められた異なるセリーの線分を組み込みうる可能性が示されているのである。だが、本文を中断して注を読むか否かは、読者自身に委ねられている。注が現れるたびに本文を中断し注釈を読むのであれば、そこに交互的配列が生まれる。だが、注を読まないのであれば、交互的配列は生まれない。『生産小説』に限らず、注の機能を用いて、複線的物語を交互的に配置させる作品が一定の数存在している。[78]

こうした作品において、線分の交互的配列はページ上に固定されているものではない。交互的配列があるかどうかは、読者の読み方によって決まる。「カット」の書き込みや複線的なセリー分割に関してだけではなく、交互的配列に関しても、読者が大きな役割を果たしうる作品があるのだ。こうした仕掛けは、実際には注を用いるものに限定されない。本書第三章（第1節－⑤）で改めて論じたい。

（2）モンタージュからの組み立て

〈組み直し〉は、文学的モンタージュであるテクストを、それとは異なる線分配置（各セリーの物語内容の全貌を理解しやすくする配置）へと並び替えることである。本書序論で触れたような、小説の全体像を知るための組み立ては、この〈組み直し〉に該当する。すでにモンタージュの状態にある構成要素を、別様に並び替えるのだから、モンタージュからの組み立てと言ってよい。〈組み込み〉は（少なくとも今日に至るまでは）決して多くのモンタージュ小説に見られるものではないが、〈組み直し〉は大半のモンタージュ小説に随伴する読者反応である。

アンリ・ゴダールが評論『小説使用法』で、文学的モンタージュに触れている。二〇世紀のさまざまな実験的文学作品の読みどころを示すこの評論のなかで、作家たちがリアリズムの原則から脱却しようとしたことに触れつつ、次のように述べる。

［……］二〇世紀の反体制者は執拗に、［一九世紀小説が確立した］この複雑な道具立てを脱構築しようと躍起になる。

それと同時に、二〇世紀の他の者たちは、自分たちで新たな語りの方法を開発したのではなかった。彼らは映画からフレーミングやモンタージュのテクニックを流用したのだ。読者に物語内容の順序を再構築せざるをえなくさせる時系列の転覆やオーバーラップ、語りの焦点の流動性、語りの途中で出された問いに答えない自由、さらにはある程度までの内的独白もそうだろう。(79)

注目すべきは「物語内容の順序を再構築せざるをえなくさせる時系列の転覆やオーバーラップ」という説明である。例えば『心変わり』のような、時系列が入れ替えられている小説を読むとき、入り組んだ線分を時系列に繋ぎ直す〈組み直し〉が付随するというのである。そのように線分の配置を操作することが、物語内容の全貌を把握する（出来事の起こった順序を再現する、出来事の因果関係を明らかにする）ために有効な手段であることは明白である。パズルを解くような読解である。線分群をセリーごとに分類し、分類されたものをそれぞれ一本の線として「再構築」することは、複線的な文学的モンタージュ作品に特有の読み方である。(80)

ただし、ここで注意しなければならないのは、再配置される単位が線分であるということである。東浩紀（2001）がオタク文化について指摘しているような、作中人物を属性に分解して新たな設定や物語内容を作る二次創作は〈組み直し〉に含まれない。

またMADと呼ばれる二次創作では、属性への分解のような抽象化はされず、すでに存在する映像や音源が切り貼りされるだけである。こうした二次利用まで視野に入れて制作・消費されるものがオタク文化のコンテンツであると東は論じる。一次創作物を設定の集積とすることで、二次創作物が一次創作物に含まれていると言うのだが、我々が言う〈組み直し〉にこうした二次創作は含まれない。

確かに文学的モンタージュ作品にも線分をつなぎ直させる契機はふくまれている。だがそれは、受け手が好き勝手に操作して構わない設定の集積がモンタージュ作品であるからではない。ありうべき物語内容という全体が前提とされていると、読者が直感してしまうからである。[81] 線分のつなぎ直しがいかにMADに似ていようとも、決して二次的なレベルへとはみ出ることはない。二次未満のMADなのである。

しかし、こうした〈組み直し〉が付随するとはいえ、一つの全体像を読者に回復させることをモンタージュ小説の主眼とするのは危険である。アドルノによれば、「部分を乖離したまま出現させることによって統一を否定する」こともモンタージュの狙いである。ランシエール（1998）もまた、物語内容によって物語言説が支配される「体制」[régime]が一九世紀に変化したことを指摘している。[82] ミラン・クンデラも評論『カーテン』（2005）において、近現代文学では小説の構成そのものが文体と同等の価値を持つようになったことを指摘している。[83] 物語内容を把握するための〈組み直し〉は、必然的に随伴する読み方であるとはいえ、それにモンタージュ小説の読みを限定することはできない。当たり前のことであるが、物語内容の把握だけでは捉えきれない、言説構成の意義や効果こそがより重要な問いである。[84]

以上のように、〈組み込み〉と〈組み直し〉を検討した。この二つの読書行為によって、文学的モンタージュ作品は組み立て小説となるのである。

言ってみれば、紙面に印刷された線分は、読み手がページを前後させながらであれ、読み手の頭の中においてであれ、印字された位置から遊離して動き出すのである。文学的モンタージュ作品は、エーコ（1961）が言うところの、「動的に開かれた作品」[85]なのである。

4 引用モンタージュの問題点

複線性と交互的配列を備えたテクストが、読者による「組み立て」に開かれているものであることを示した。ここでは引用モンタージュを取り上げ、その複線性と読者による「組み立て」を取り上げる。

まず、本章第1節の末尾でも触れたが、モレルがいうような複線性が引用モンタージュに常に見出されるのかどうかを検討する。それに引き続いて、「剽窃的」引用であるがゆえの、引用の見つけ難さを論じる。その中で、引用モンタージュの読解において読者が果たす役割に触れることになろう。また「剽窃的」モードをとる引用モンタージュが、「剽窃」となることをいかにして免れているかを検討する。ここでもテクストに見られる特徴のみではなく、読者との関係も視野に入れて論じることになろう。

①引用モンタージュの複線性について

モレルの論文では引用モンタージュも複線性を成すものとされていた。実際に、『ベルリン・アレクサンダー広場』や『U. S. A.』において、引用文が自作の文や他の引用文と複線的な関係にあることはすでに見た。だが、内的構造に関わる時空間的モンタージュと、外部のテクストとの関係に依拠する引用モンタージュを同一視することは、果たして妥当なのであろうか。
この問題に関して、ペレック『人生使用法』の「暗示的引用」を例にとって検証したい。実のところモレル自身（2004）も、引用を見分けることの難しさを論じるために、引用探しのモンタージュの例としてこれを取り上げている。この小説の「剽窃的」引用は、引用探しのゲームであり、この小説に仕掛けられているパズルの一つである。これらの引用文は自作の文章に紛れ込んでいるのだから、当然のことながら、引用は「平坦化」されている。一つ例を挙げて、この引用の複線性について検証してみたい。

ベッドの正面、窓の横の寝台の壁にあった、かれがあんなにも好きだったあの真四角の絵ももうない。それは三人の男の居るある控えの間を描いたものだった。二人がフロックコート姿で立っており、青白く、肥満し、頭蓋に釘付けになったようなシルクハットを載せていた。これまた黒っぽいなりの三人目は、誰かを待ってでもいるかのような姿勢で、入り口ちかくに座り、指がぴったりはまる新調の手袋を着用するのにご執心だった。[86]

これは小説の第一章に出てくる、ある人物の部屋の描写の一部である。傍点をつけた「二人がフロックコート姿で立っており、青白く、肥満し、頭蓋に釘付けになったようなシルクハットを載せていた」が、カフカ『審判』からの引用文である。終盤でヨーゼフ・Kを迎えにくる死刑執行人の姿を記述する一文である。『人生使用法』の中に置かれたこの一文はペレック自身による前後の文章と齟齬を来たさず、一貫した意味の流れを成している。[87] このようにして引用文は隠されているのである。

ここでは「平坦化」がデーブリーンやドス・パソスの小説とは異なった働きをしている。彼らの小説では、自作の文と引用文の内容が噛み合わず、違和感を感じさせていた。だがペレックの小説にはそれがない。またデーブリーンやドス・パソスにおける違和感は、そのままで複線性を暗示するものであった。だがペレックの小説の場合、引用文が前後の文と一つの文脈を成している。そのために引用文が別セリーの一部を成しているようには全く見えない。

モレルはペレックの小説について引用の特定し難さ以上のことは何も述べていないのだが、実際には、より深刻な問題を含んでいる。彼は複線性について「異なっていたり対比的であったり、互いに無関係でさえある、二つ以上の要素群のセリーへと分断される」と述べていた。しかし『人生使用法』の引用文は、意味の上では異質でも対比的でも無関係でもない。つまり、複線性がないのだ。

それでは、この小説に複線性があると言うために、この概念を拡大して考えるべきなのであろうか。ここまでこの性質について考える際は、ある一つの小説の内部において問うことを暗黙の前提としていた。だが『人生使用法』の引用モンタージュが複線的であるとするならば、引用文があった元の文脈と、それが嵌め込まれた新しい文脈とが、別個の行動セリーであることになるのだろうか。あるいは新しい文脈における引用文には別の作者の「声」が含まれているのだから、こうした「多言語的」、「多声的」性質ゆえに[88]、別の行動セリーを成すと言ってよいのだろうか。

しかし複線性を別のテクストとの関係性にまで押し広げてしまうと、この概念自体が破綻してしまう。別の作者の手になるテクストが、別の物語となっているのは至極当たり前のことなのだから。ペレック『人生使用法』とカフカ『審判』が複線的であるなどと言うのは荒唐無稽である。

要するに、引用があるからといって複線的であるとは限らない。『ベルリン・アレクサンダー広場』は、引用があるから複線的なのではなく、意味の上で複線的な線分が、同時に引用なのである。二重にモンタージュなのである。時空間的モンタージュと引用モンタージュが重なり合っているのである。そうであれば、複線性に依拠した行動セリーから、引用の反復によってセリーとなる〈引用セリー〉を分離しておく必要がある。(89)

とはいえ、『人生使用法』のように、行動セリーとしての異質性を引用セリーから消し去ったモンタージュは稀であるように思われる。引用モンタージュが「剽窃的」引用であるとはいえ、引用ゆえの違和感を残していたり、引用文をレイアウト上で区別していたりすることが多いであろう。

モレルは「物語装置」として、引用モンタージュと時空間モンタージュの相違を超えた、統一的な定義が可能であるかのように論じていた。だが、結局のところ、複線性は引用モンタージュの必須条件ではない。モレルの定義においても、二つのモンタージュは統合されずじまいなのである。

②引用の見抜き難さ

引用が複線性と切り離されることで、読者の注意力で見抜ける複線性がもはや引用モンタージュの目印とはならない。(90) 編集映画やフォトモンタージュの場合であれば、要素間の切断面＝接合面（カット）や素材や画質の相違によって要素の外部由来が強く示される。(91) だが、文学の引用モンタージュの場合、こうした即物的で視覚的な指標は伴われない。(92) ある線分が引用であるかどうかを決定するのは読者自身であり、読者は自分の知識を頼りに引用文を探り当てるよりほかにない。

こうした観点から見ると、バイヤールが『先取り剽窃』(2009)のなかで、剽窃一般について述べていることは、「剽窃的」引用である引用モンタージュにも当てはまるであろう。

この剽窃認知の作用を黙ってやり過ごさないことは重要である。それには二つの理由がある。一つには、この認知の作用が剽窃を構成するものであるからである。剽窃は発見された後でようやく、真に剽窃となるのである。[……]

だが認知の時間を忘れてはならないもっと重要な理由がある。認知の時間は、度合いはさまざまであるが、必然的に創造の時間なのである。相似が偶然にゆだねられたときは、明らかにそうである。(93)

この「剽窃」は、モンタージュ的な引用の言い換えと捉えて差し支えない。バイヤールは、剽窃するテクスト上に剽窃されたテクストが二重写しになった状態を「第三のテクスト」と呼んでいる。我々はこれを逐語的な引用に限定して、二つのテクストにある同一の箇所が重ね合わされたものを「第三のテクスト」としたい。外部にあるテクストから、同一の文言を取ってきて、寸分たがわず重ね合わせてみせることが「第三のテクスト」の創造である。二つの出典を持つことで厚みを増した同一の文言が、読者によって創り出されるのである。あるテクストをモンタージュたらしめる引用文とは、まさしくこの「第三のテクスト」である。「創造」が完了し、「第三のテクスト」がテクスト上に断続的に創り出されたとき、引用モンタージュが成立すると言ってよい。

さらには、「先取り剽窃」（先行するテクストによる、後続するテクストからの剽窃）の議論を敷衍すれば、例えばペレックが引用を取り出したカフカのテクストに、ペレックからの「先取り剽窃」を見ることも可能となる。引用された出典作品に、この「第三のテクスト」を媒介とした引用モンタージュが成立するのである。

③引用を作り出す時間

ところで「剽窃」の「認知の時間」とは、引用探しに割かれる時間のことである。その時間とは「第三のテクスト」を作り出そうとしている時間であるから、「創造の時間」である。この「時間」は、二つの時間（創造以前の時間、創造後の時間）に挟まれていると補足してよいだろう。引用を探そうとしていない時間、引用を見つけ出した後の時間である。これを踏まえて『人生使用法』の引用探しを分析すると、読者は少なくとも三重の役割を負っていることが分かる。

第一は、引用のことなど一切気に留めない読者である。ペレックの小説に引用が散りばめられていることは、巻末になってようやく告知される。本文、インデックス、年表、エピソード表を読み通した後で、あとがきにおいてそれは告げられる。小説全体を通読した後でようやく、読者が引用の告知を受けることを狙った構成である。言い換えれば、まずは引用のことなど一切気にかけず、作品を通読することを要求していると言ってよいだろう[94]。

第二は、引用を見つけ出した読者である。膨大な知識と注意力を備え、引用文を見抜き、『人生使用法』と引用元の二つの文脈にまたがる引用文の作用を把握できる読者である[95]。この役割を果たすためには、自力で見抜けるほどの知識がなくとも、研究書や論文を手がかりにすることもできる。

第一の読者と第二の読者の中間に位置する第三の読者は、現実に少なからずいるタイプである（最も多い読者と言っても言い過ぎではないだろう）。すなわち、引用があると告知され、それを探しに行くのだが、見つけ出すことのできない読者である。この引用探しが非常に難易度の高いものであるからには、引用を見つけ出せない読者が現実に多数存在するだろう。読者をそうした状態におくことを『人生使用法』は狙っていると考えてもよいだろう。

この第三の読者こそが、引用モンタージュに特有の反応をしていると言える。「創造」を完了する前に、（おそらく長々と）「創造」の過程に置かれる読者である。引用の見抜き難さゆえに、「創造の時間」が発生するのである[96]。

この「創造」は、〈組み込み〉と〈組み直し〉という二つの組み立てに続く、第三の組み立て行為である。いわば外部テクストとの「ハイパーリンク[97]」を打ち立て、そのリンクを通じて引用文を手繰り寄せ、テクストに貼り付けて「第三のテクスト」を作り出すという「組み立て」である。このようにして、引用が「生成」される。そしてモンタージュが「剽窃的」な引用であるため、引用を探り当てる時間がかかる。引用を生成するための時間が必然的に発生するのである。

④引用モンタージュは「剽窃」なのか

引用の仕方が「剽窃的」であるがゆえに、引用を生成する時間が必要となることを確認した。では、そのような引用のモードを取るモンタージュは「剽窃」なのであろうか。

本書で言及している作品に限っていえば、それらが「剽窃」として指摘あるいは告発されたことはないように思われる。ではこうした引用モンタージュと「剽窃」とには、何らかの相違があるのだろうか。あるとすれば何をもって区別されるのであろうか。どのような戦略によって、引用モンタージュは「剽窃」のそしりを免れることが可能となっているのであろうか。

「剽窃」とは、別の作者が作った作品やその一部を自分のものとして読者に認識させることと定義できよう。「剽窃」とは他者の文言を自作のものとして通用させようとする偽装である。そして偽装というものが成立するには「だます側」と「だまされる側」が必要であり、別の言い方をすれば、発信者と受信者の関係を視野に入れる必要がある。こうした観点のもと、「剽窃」を免れるために引用モンタージュに見られる三つのレベルにおける方法を、読者との関係を踏まえて指摘しておきたい。第一にテクストのレベル、第二にパラテクストのレベル、第三に引用の意図のレベルである。

第一のレベルに関して、『ベルリン・アレクサンダー広場』や『U. S. A.』に見られるような、文脈の断絶（すなわち複線性）と文体の変化を挙げることができよう。改行や空行によって出典の相違を強調する場合もある。こうした操作により、慣例的で明示的な引用の作法を暗示的なものに置き換え、「平坦化」によって消滅した引用のマーカーの働きをさせていると考えられる。ただし、すでに述べたように、複線性と引用とは同一視できず、その箇所に引用があるような「雰囲気」を作り出し、引用がありそうな「予感」を読者に与えるのである。とはいえ、作者自身の手になる偽の引用文であることもしばしばある。

また引用という発話行為を、語り手自身ではなく作中人物に担わせる方法も取られる。ハクスリー『恋愛対位法』が好例である。この作品では、シェイクスピアを始め、聖書やコウルリッジなど重要な作品や作家からの引用モンタージュが数多く見られるが、それらはもっぱら作中人物の台詞中で述べられる。[98]このように「剽窃的」引用をする主体を語り手の審級から作中人物の審級に移行させることで、その責任を作中人物に帰さしめるのである。「剽窃的」モードについて、読者に対して一種の弁解をしていると理解できよう。

第二のパラテクストのレベルに関するものとしては、やはり『人生使用法』がよい例である。この作品のテクスト本体中では引用される作家や作品について言及されることはないが、巻末の「追記」において本文テクスト中に引用されている作家の名前を列挙している。[99]同様の例はトニノ・ブナキスタ『サーガ』(1997)や湊かなえ『母性』(2012)にも見られる。『サーガ』では本文中にプレヴェールからの「平坦化」された引用が繰り返され、巻末においてそのことが述べられている。『母性』ではリルケからの詩が数回引用され、この作品でもまた巻末において出典が明らかにされている。このような仕方で出典を明示することで、本文テクストが(引用のモードにもよるが)引用モンタージュであることを示すが、その一方で、引用がどこにあるのか具体的な位置を示すことはない。読者が引用を探しに行く「創造の時間」を生み出す方法と言ってもよいだろう。

また、巻末のパラテクストで出典を示すのは、フィクション論の観点から見てもメリットがある。フィクションである本文テクストが現実世界と接する「敷居」＝パラテクストにおいて出典を示すことは、その出典明記に虚構的ではない意図を与えることになろう(出典が真偽の判定にかけられるものであることが暗示される)。

さて、引用モンタージュと「剽窃」の相違を考える上で最も興味深い視点が、第三のレベルであろう。すなわち引用の意図と読者の関係性に基づく観点である。

ここでも『人生使用法』は一つのモデルとなりうる。この作品における引用は、読者に向けられた引用探しのゲームとして受け取られる。そのようなゲームに読者を誘う直接的な文言はテクスト中にもパラテクスト中にも含まれていないものの、ジグソーパズルの主題やパズルピースのように断章が散りばめられていることから、読むこととゲームとが結びつけられていると容易に理解できる。このゲームというモードにおいて読むことを促されるがゆえに、「平坦化」された引用を「剽窃」とは区別して受け取ることを読者は暗黙のうちに推奨される。この「平坦化」は、作者が引用された文言を自作のものと偽るためのものとはもはや取られることはなく、作者が読者に仕掛けたゲームとして読者に認識されるようになるのである。このように「剽窃的」なモードで引用を繰り返しつつも、「剽窃」の意図を(直接的であれ間接的であれ)否定する場合がありうる。

巻末に出典をつけることもなく流行歌や広告、聖書や新聞記事からの引用を多数とり込んだ『ベルリン・アレクサンダー広場』や『U.S.A.』は、引用モンタージュにおける引用される要素と読者の知識の関係に目を向けさせる。この両作品で繰り返し引用される文言は、その時代の大衆に広く読まれ、聞かれ、受け入れられていたものである。つまりこれらの引用物は、その出典をわざわざ記さずとも読者がそれらを同定することを狙って引用されていると考えてよいだろう。[100] たとえ「剽窃的」なモードで引用されていようとも、それが引用であることが多くの読者によって容易に把握されるのであれば、それは「剽窃」となることはない。なぜならば、その文言が別の出典から取られていると容易に理解されてしまうならば、それを作者自身の手によるものと偽ることなど到底できはしないからである。[101] 出典があることを見破られる前提でされる「剽窃」とはもはや「剽窃」ではなく、「剽窃のふり」である。このように読者の教養をなぞることで「剽窃」の身振りが「ふり」であることを暗示し、「剽窃」であることを否定する方法もありうる。[102]

ところで、読み手たちに広く知れ渡った文言を引用するというのは、コンパニョン

（1979）が言うような「知識自慢」の機能から逸脱する。その一方で、「自慢」とは別の機能を引用に与えているように思われる。すでに触れたように、『恋愛対位法』では作中人物が「剽窃的」引用を行なっている。そしてその引用は常に人物同士の会話の中で行われる。言い方を変えれば、話し相手もそれが引用であると察知することを前提として、話者は引用するのである。そしてこの作品においてこうした引用のやり取りは常にうまくいき、しばしば冗談の様相さえ帯びる。これらの「剽窃的」引用は、俗にいう「内輪ネタ」なのである。『恋愛対位法』の人物たちは、引用のやり取りを通じて、自分たちが同程度の教養を備えているという確認をしているのであり、同じ文化的・社会的階層に属しているという共同体意識を共有しようとしている。

このように考えると、「剽窃のふり」としての引用モンタージュというのは、「あなたは知らないかもしれないが、私はこんなことまで知っている」という知識自慢ではないものの、「あなたたちがこういうことを知っているという事態を私は知っている」という、いわば文化社会論的なメタ知識自慢と言ってよいのかもしれない。あるいは、こういった文言が広く知れ渡っていて、引用として容易に同定されることを知っているという意味で、メタ引用とも言えるかもしれない。

5　〈縞模様〉と〈紐づけ〉

以上のように、モレルが提案する文学的モンタージュの物語論的定義を検証してきた。複線性、交互的配列、「カット」、引用の有無のいずれについても、読み手の関わり方に左右される側面があることを確認した。

文学的モンタージュの物語装置としての特性と、それに反応する読者の振る舞いを分類した上で、〈縞模様〉と〈紐づけ〉という用語で定義しなおしたい。

①文学的モンタージュにおける読者の五つの役割

読み手との関わりが深い文学的モンタージュの側面は五つにまとめられる。

①「カット」に関連して、セリーの切り替わりの瞬間を、読み手が劇的な瞬間として起動させることの重要性を指摘した。〈「カット」の書き込み〉である。

②複線性に関連して、セリーの分割が読み方次第でいっそう細かくなる可能性を示した。〈セリーの細分化〉である。

③交互的配列に関連して二点指摘した。一つは読者自身が別セリーの線分を挟むことで交互的な構成にする〈組み込み〉である。

④もう一つは、同一の行動セリーに分類される線分群をつなぎ合わせて、一連の筋にまとめ上げる〈組み直し〉である。

⑤引用モンタージュに関しては、複線性と引用を切り離すことによって、引用の同定がモンタージュを成立させると指摘した。読者が引用を探し出し、外部のテクストとの「ハイパーリンク」を作り出し、「第三のテクスト」を組み立てる。このようにして、ある文言が引用モンタージュになることを示した。〈引用の生成〉である。

この中でも③、④、⑤は、文学的モンタージュを成立させるために、あるいはそれが成立している限り、不可欠な読書作用である。文学的モンタージュに構造的に付随する読者の反応である。この三つのタイプの読み方が、「組み立て」としての読書作用の根幹をなす。

①に関して、モレルが提案した文学的モンタージュにおいては、「カット」の有無を見極めることは不可欠であった。だが本書では、カットの有無を言い当てることの難しさが示され、さらにはその有無をただ言い当てる以上の生産的な読みの可能性が示された。「カット」をめぐる問いは、特殊な読解方法であるとはいえ、構造的に伴われる読書作用ではなく、読み手が積極的に採るべき着眼点であり、③、④、⑤の読書作用を補足する読みということになる。

②に関して、さらなるセリーへの分割可能性とは、複線的で交互的配列に置かれた物語テクストの潜在的様態と言える。その潜在性を汲み取るか否かもまた特殊な読解方法であるとはいえ、そのように読むか否かは読み手に委ねられており、①～⑤の読書作用のなかで最も読者自身の能動的な関わりを要求するものといえよう。

以上のことから、「組み立て」という側面を踏まえた文学的モンタージュは、この③、④、⑤の三つの読書作用をその根幹として定義される必要がある。①の「カット」の書き込みと、②のさらなるセリー分割は、異質な線分の交互的配列を備えた物語テクストからいっそう豊かな意味作用を汲み取るための、固有で特殊な読解方法と理解すべきであろう。

②〈縞模様〉と〈紐づけ〉とは何か

こうした組み立てを求める文学的モンタージュ作品の特徴は、〈縞模様〉と〈紐づけ〉という表現を用いて定式化できよう。この二つのタームで、時空間モンタージュと引用モンタージュの根幹部分をまとめて定式化することができよう。

なぜ〈縞模様〉なのであろうか。すでに見てきたとおり、文学的モンタージュの最もミニマルな線分配列はABA'B'である。このように配置されることで、二つ以上あるセリー（行動セリーであれ引用セリーであれ）の間の往復を、読者は繰り返す。ABA'B'というセリー区分をテクストの紙面上の色分けと想定した時、そこには綺麗な縞模様が現れる。(103) ABA'B'がミニマルな形態であるのだから、行動セリーの数が増え、引用の出典が多様化したところで、縞模様が複雑化することはあっても、縞模様でなくなることはない。(104)

このように線分配置を（仮想的に）色分けすることで得られる縞模様は、時空間モンタージュや引用モンタージュという相違を乗り越えて、文学的モンタージュ作品に与えることのできる特性である。

では〈紐づけ〉とは何であろうか。元来、「ある文字や情報に、別の情報を関連づけること(105)」を指す情報通信分野の用語である。英語のlinkingやlinkageに対応する言葉である。紐づけを辿ることで、その語や文から隔たった位置にある情報へとたどり着く。テクストになぞらえて言えば、ある文や章を起点にして、それが記載されている位置に隣接していない文や章へと読者を誘う（あるいはそのような箇所を読者に手繰り寄せさせる）仕掛けである。(106) このような意味において、縞模様がテクストの様態を示すものであるならば、紐づけは読書行為の様態を示すものである。

こうした紐づけの説明は即座に注釈や引用の働きを連想させる。事実、ウェブ上でリンクが貼られる場合、それは語や文をより詳しく説明しているウェブページへと導くものである。言い方を換えれば、リンクを貼られた語や文の背景に、別のウェブページにある説明が存在していることを意味する。すなわち、リンクを貼られた語や文のうちに、外部に由来する文言が引用されているのである。隔たった位置にある注釈や引用を引き寄せるのが、紐づけの作用の一つである。

だが、注釈・引用関係を連想させる側面に限定せず、隔てられた線分をつなぎ直してセリーへと再構成させることまでもこのタームは含意しうる。実際、同一の電子文書上で、隔たった箇所へと導くことも、紐づけの機能と考えてよい。

今開かれているページと隔てられたページ（同一文書の内外を問わず）の間に関連を打ち立て、それをたどることを促すというのは、隣接していない線分に意味上・物語上の強い連関を与えることである。ゆえに、〈組み込み〉、〈組み直し〉、〈引用の生成〉の三つの読書行為を言い換えることのできる用語である。

③〈縞模様〉と〈紐づけ〉の三通りの関わり方

文学的モンタージュをこれらの用語で定式化するとき、縞模様と紐づけの関わり方を三つに大別することができる。同一のテクストの内部における関わり、テクストと主にパラテクストの間での関わり、テクストとその外部にある別のテクストとの関わりの三つである。それぞれの場合において、紐づけの機能が異なる。

第一の関わり方においては、縞模様をなす線分を「同色」ごとにグループ分けするために紐づけられている。そうして「色」ごとの一体性や一貫性を認識しやすくする。同一セリーに属しているが、隔たった位置におかれた線分を連結させたり、あるいは間隔を空けて繰り返される引用文をまとめ上げる機能である。〈組み直し〉に相当する。〈同色をまとめる機能〉と呼ぼう。

第二の関わり方は、あるテクストと、紐づけされた先にある「異質」な線分とを往復させることで縞模様を生み出すものである。任意の位置に「異色」の線分を嵌め込み、縞模様を作り出す。同一テクスト内ではないが、同一の書物の巻末やページ下方に置かれたパラテクストとテクスト本文を往復させる。〈組み込み〉に相当する。〈異色を嵌め込む機能〉である。この機能に関しては、読者が紐づけをたどるかどうかで縞模様が成立するか否かが決まる。

第三の関わり方は、紐づけされていることそれ自体によって、貼られていない文章と差異化するものである。このときの紐づけは、引用を指し示すものである。引用文として同定されることで他の文章との相違が生まれ、その部分が「異色」に変わる。その相違によって縞模様が浮かび上がる。〈引用の生成〉に相当する。〈同色を異色に変える機能〉である。この機能は、読者が紐づけされていることを見極められるかどうかで縞模様の有無を決めるものである。

こうした機能を基幹としつつ、縞模様と紐づけに関する特殊な読書作用として、これらの縞の色をさらに細かく分けること（セリーの細分化）や、「色」と「色」の境界線の様態を明らかにすること（「カット」の書き込み）を挙げることができる。

以上のような縞模様と紐づけの関わりを踏まえた上で、モンタージュ小説の類型化を次章で試みる。

第三章　モンタージュ小説の類型論

前章では、文学的モンタージュの物語論的定義を検証した後で、〈縞模様〉と〈紐付け〉というタームでその定義を試みた。本章では、このように定式化されたモンタージュ小説の類型化を試みたい。

二つの面から類型化を試みる。一つは形式的な面から、もう一つは内容の面からである。前者に関しては、縞模様をなす「色」の数や様態について論じることになる（第1節）。後者に関しては、このような手法によって実現が容易になった物語の枠組みや主題をいくつか取り上げたい（第2節）。

第1節では、①二色の縞模様、②三色の縞模様、③多色の縞模様、④分岐する縞、合流する縞、⑤創出される縞模様の順で議論を進める。様々な小説作品を取り上げて、それらの縞模様の特徴を記述していく。作例は決して網羅的なものではないが、重要な特徴が指摘されることになる。

第2節では、①集合住宅もの、②車中空想もの、③臨終回想ものの順に、三つの主題を検証する。それぞれについて三つずつ小説作品を分析する。ここで提案される主題もまた網羅的なものではない。これらの他にもすでにあるものや、これから生み出されるものがあるだろう。文学的モンタージュの構成や構造を活かしやすい主題の一例にすぎないということを付記しておく。

1　さまざまな縞模様

ここでは縞模様の「色」の数と、縞の様態について論じたい。改めて確認しておくが、「色」とは「異質性」によって区分される要素について用いられる。「異質性」は二つの側面を持つ。一つは、複線性によって生まれるものである。もう一つは、出典の相違によるものである。自作の文と引用文の相違に加え、多様な出典から取ってこられた引用文の場合、出典の相違も「色」の相違である。

こうした異なる「色」が繰り返し交差することで縞模様が形成される。「色」の数によって、「二色の縞模様」、「三色の縞模様」、「多色（四色以上）の縞模様」に区別したい。また色の数は、一つの作品の中で固定されているとは限らない。一つの「色」が二色に分かれたり、複数の「色」が単色に合流したりする「分岐する縞、合流する縞」という様態がありうる。さらには、読者の紐づけによって、色数が増減することもある。そうした縞の様態を「創出される縞模様」と呼びたい。モンタージュ小説に特有の形式的特徴を、この五つの項目に区分して検討してゆく。

議論に入る前に、「色」の数と「縞」の数を区別しておきたい。色の数とは、セリーの数である。縞の数とは、セリーの交差の頻度を表す。一例を挙げれば、第二章で引用した『ボヴァリー夫人』の「農事共進会」の一節は、色の数は二であり、縞の数は一七である。

①二色の縞模様

縞模様の最も見て取りやすい形が二色の縞であろう。二色だけであるから、両者のあいだを読み手に往来させる配置（両者を交互に配置すること）しかありえない。もっともシンプルな文学的モンタージュの形式であり、頻繁に見かける形態である。

また二色の縞模様が生み出す典型的な効果を二つ挙げておきたい。一つは弁証法的な効果である。すなわち、対比と類似がともに強調される効果である。エイゼンシュテインが提唱して以来、モンタージュの典型的な効果であるが、二色の縞模様ほどそれがよく現れるものはないだろう。色数が二つであるからこそ、対比も類似も見出しやすいのである。

もう一つの効果は、サスペンスである。交互的モンタージュは英米の映画作品に登場した当初、追跡劇に用いられていた。線分の交代によって行動が中断され、サスペンスやスリルを醸し出すことができるからである。文学においてもこうした緊張感や謎の維持、解決の先送りを狙った用法は使われる。弁証法的効果と同様に、二色の縞の場合、その効果は非常に見て取りやすい。

これら二つの効果はよくあるパターンであるが、二色の縞模様がこれらに限定されるわけではない。弁証法的効果やサスペンスの効果も、二色の縞模様に限定されるものではない。

二色の縞が作品の一部に用いられる作品が一九世紀半ばには現れている。すでに何度も触れている『ボヴァリー夫人』の第二部第八章「農事共進会」が、非常に見て取りやすい例である。対照や同時性の効果に加えて、交差の速さを指摘しておきたい。第八章では数行ずつの分量で二つの「色」が交差する。口説きと演説が佳境に入ると、二色は一行ごとの交差に変化し、加速する（本書五二頁参照）。二色は同等の幅の細い縞として交差している。ゆえに同じ色同士をつなぎ合わせ、二つの行動セリーを復元することはたやすい。同時に起こる行動であることが視覚的にも（同一ページ上で交差しているのだから）理解できる。同色をまとめる紐づけの機能は、非常に強いものである。ゾラ『パリの胃袋』についても同様の指摘ができる。

部分的ではあるが、より広範囲に及ぶ二色の縞模様を、ブラム・ストーカーの怪奇小説『吸血鬼ドラキュラ』（1897）に見ることができる。ロンドンで起きた怪奇事件とその原因であるドラキュラの退治が、人物同士の手紙のやり取りや、日記を用いて描き出される。こうした多角的な語りをモンタージュと呼びたくなるが、出来事は単一であり、人物たちのあいだにもやり取りがあり、小説全体について複線的であるとは言い難い。

ただし局所的に見ると、モンタージュを指摘できる。小説の冒頭では、弁理士ジョナサン・ハーカーの日記を通して、彼をルーマニアの館に留めおくドラキュラ伯爵の異様さが示される。そうしてハーカーは失踪する。その後、彼の身を案じる恋人ミナと彼女の友人ルーシーの手紙のやりとりが示される。そのやりとりの合間に数回にわたって、セワード医師による狂人レンフィールドの観察日記が挟まれる。独立した二つの流れが交互に現れ、同時的に展開している。その後、ルーシーに降りかかる怪奇事件をきっかけにして、二つの流れはドラキュラをめぐる一つの流れに合流する。ロンドンの怪奇事件が起きる前の、この段階にのみ縞模様を見出せる。ミナとルーシーのやり取りがなす「色」とセワードがなす「色」の二色が交差する縞である。ハーカー失踪の伏線を回収するための女性二人の「色」と、新たな怪奇を導入する医師の「色」を交差させるモンタージュが、サスペンスの効果を与えている。

フォークナー『響きと怒り』も、部分的に二色の縞をなしている小説である。すでに指摘した通り、ベンジーの語りにおける現在の知覚と過去の記憶が、二色の縞をなしているのである。しかし過去に色分けされる断片を、テクストの順序でつないだところで時系列は復元できず、記憶の断片のつながりを辿ることは容易ではない。これらの並び方をさらに吟味する必要がある。この小説では二色に分けることは副次的なものであり、過去の「色」の内部で断片をつなぎ直すことの方が重要であろう。

クンデラ『生は彼方に』にも部分的な二色縞を二カ所指摘できる。一つは小説第三部である。この部のほとんどの章において焦点人物は主人公ヤロミルであるが、いくつかの章（二八の章のうち五つ）はその母親が焦点人物となっている。ゆえに縞の幅はヤロミルのものが太く母親のものが細い。母親の章が挟まれる位置は、ヤロミルの行動との同時性によって決められている（農事共進会のような瞬間的な同時性ではなく、日付の近い出来事や同日の出来事としての同時性）。こうした構成によって、ヤロミルが望むことと母親が望むことの食い違いが浮き彫りにされる。

さらに、すでに一例を挙げたが（本書六四―六五頁参照）、同作の第四部には引用文による二色の縞模様も見られる。若き詩人による革命を謳う詩や一九六八年の五月革命のスローガンが、小説のところどころに埋め込まれている（それらが「カット」でつながれているかどうかを断定しえないこともすでに指摘した）。作者自身による文章と引用文との相違によって二本の縞が形成されているが、引用文の出典は多様であり、引用文の縞の色合い自体が豊かなものでもある。だが、この色合いの豊かさから引き出されるものは、逆説的にも、若き詩人というもののステレオタイプである。詩から美的価値をそぎ落とし、資料的・散文的価値のもとに示して見せるモンタージュでもある。

小説の一部に現れる二色の縞模様の例は、ここまで見てきたものの他にも数多くある。(1)こうした縞模様の場合、縞の幅は必然的に狭くなり、かつ「色」の数が少ない。そのため、同色をまとめる紐づけの機能も働きやすいと言ってよいだろう。また、小説の他の部分との対比によって(特に他の部分に縞模様が現れていない場合)、縞模様の意味作用(同時性、対比、サスペンスといった意味の付与)が鮮烈な効果を上げているように思われる。

作品全体の構成が二色の縞模様となって浮かび上がる小説は、部分的な二色縞よりも遅れて文学史に出現するように思われる。(2)

このような二色縞をジッド『贋金つくり』(1925)に見出してよいだろう。ベルナールやオリヴィエなど、多数の人物の行動を描く部分と、エドゥアールの日記とがなす模様である。人物たちの行動と日記の内容は、無関係ではないにしろ、相対的に独立している。それゆえに、複線的な二色の縞であると言ってよいだろう。だが、語りの「統括の機能」に着目するならば、人物が日記を読み始め、読み終えることが記述されている。「色」のあいだの移行は明示されている。それゆえに縞模様をなしてはいても、「カット」を書き込む余地を備えていないがゆえに、モンタージュとは言いがたい例である。

すでに引用モンタージュの例として触れたデーブリーン『ベルリン・アレクサンダー広場』には、作品全体に現れる、自作の文と引用文による二色の縞が指摘できる。また引用文は自作の文章に比べて分量はごくわずかであるため、引用文の縞の幅は非常に細い。引用文は多様な出典から取られているため、それぞれが独自の文体を持ち、別個の出来事を示す。それゆえに、多数の引用文が複線的な多くの「色」を持っている。こうした引用モンタージュは引用が見出されて初めて成立することにもすでに触れた。だが、行動セリーと引用セリーを分離した結果、引用が見出せずとも、時空間的モンタージュを指摘することができる。主人公ビーバーコフの物語は、引用文が提示する別の物語世界の出来事によって、たとえごく数行の間であったとしても中断される。この小説は、中心的物語と、それとは異なる副次的な物語断片という大まかな二色の縞模様に分かれた上で、副次的な物語断片群そのものが多数の「色」に分けられるのである。

ところで二つの色で編まれた縞模様は、配列が単純で機械的にならざるをえない。この特徴を逆手にとり、章ごとに二つのセリーを切り替えることで、セリーの区分を容易にし、かつ交差の自動性を強調する作品も存在する。

こうした章ごとの二色縞が文学史上初めて用いられたのは、おそらくフォークナー『野生の棕櫚』であろう(3)。章の区切りが二色の切断面に対応しているため縞模様を見て取りやすく、かつ機械的に交差しているために同色をまとめる紐づけも容易に機能する。出産と死という主題をめぐって、明らさまなほどに弁証法的な効果も強い。他にもペレック『Wあるいは子供の頃の思い出』の、自伝的エッセイと島の物語の交差がそれにあたる(4)。

このように小説全体に現れる二色縞の例も数多くある(5)。興味深い例を他にもいくつか挙げておきたい。

ヴィットリーニ『人間と人間にあらざるものと』にも小説全体に二色の縞模様が現れている。色の区切りは章の区切りに対応しているが、一章ごとに色が切り替わる機械的なものではない。この小説では、ミラノの対ファシスト・レジスタンスの一員であるN2とベルタの愛と闘争を物語るセリーと、N2の傍らに影のようにいる「私」が語るセリーが交差する。小説は一三六の断章で構成されているが、その大部分は三人称で語られ、N2やベルタの物語に当てられている。「私」が現れる断章では異なった字体が用いられ、視覚的にも差別化が図られている。

しかし、この「私」とは何であろうか。単なる語り手の介入とは言い難い。「私」はN2と言葉を交わし、N2に様々な問いを投げかけ、受け答えを聞く。だが「私」は他の人物にとっては存在しない。このような人物としてN2とのみ対面しうる世界が設定されているのである。この小説はN2の行動を追う単線的な三人称の物語であるが、同質物語世界とも異質物語世界とも異なる位相にある「私」とN2だけの世界が併設されている。(6)「私」の断章は、三人称の物語世界の外壁に寄生しているかのようである。もっとも、この二つの世界の関係性について、語り手は何も伝えない(「全体的な統括の機能」が放棄されている)ので、この解釈は読み手の判断に左右されうるであろう。寄生しているかのように理解できるセリーとの交差によって、この小説はかろうじて二色の縞模様に塗り分けられると言ってよいだろう。

この小説に似た縞模様として、バッハマン『マリーナ』(1971)を挙げることもできよう。イヴァンとマリーナという二人の男性それぞれと「私」が過ごす日々を描き出す作品である。この作品でも「全体的な統括の機能」が働いておらず、マリーナが実在する人物なのかどうか終始明らかにならない。もしマリーナがイヴァンと同様に実在しているのであれば、「私」をめぐる単線的な物語を追っていることになるだろう。なぜなら、たとえ二重生活であるとしても、同じ存在論的平面にある出来事が、双方の蝶番となる一人の人物(「私」)をめぐり、順次的に展開しているからである。マリーナがイヴァンと存在論的位相を異にするのであれば(マリーナの存在が「私」の創作であるならば)、『Wあるいは子供の頃の思い出』のように複線的なものと捉えることができよう。しかし結局のところ、同色とも異色ともはっきりとは言い難いのである。[7]

レーモン・クノー『青い花』(1965)にも、小説の全体に二色の縞模様があると指摘したくなる。現代に暮らすシドロランの物語と一三世紀に生きるオージュ公の物語が交互に現れるからである。

しかし実のところ、二色の縞模様をなしているとは言い難い小説である。確かに、隔たった時代にいる二人の人物の行動が、交互に置かれている。この特徴だけ見れば、非常にわかりやすい並行モンタージュの例と言えよう。だが一方が眠りに落ちると他方が目覚めるのである。一方の生は他方の夢なのである。眠りと夢を通じてシドロランとオージュ公は表裏一体をなしているのであり、二人は入眠と目覚めを媒介にして「連続」している。例えば、断章IとIIは次のように切り替わる。「彼［＝シドロラン］は長椅子に体を伸ばし、再び眠り込むことができた。／II／『私は何を見てるんだ？』と、コナラの木の下に座ったまま、王は叫んだ[8]［……］」。一方が眠りに落ちて、他方の人物に焦点化が切り替わるというのは複線的であるように見える。しかしオージュ公の生がシドロランの夢であるのだから、ここでセリーの切り替えは起こっておらず、シドロランのセリーが場面を変えて続いているのである。奇妙な言い方だが、二色に見える一色の帯なのである。

ただし、小説の終盤になって、現代にオージュ公が出現する。夢を介して出会いそこなうことしかできなかった両主人公が、実際に対面するのである。ここにきて、一色の帯をなしていた二人が、確固とした別個の人物に分かれるのである。

『青い花』の仕掛けは二人の人物を単一の人物として扱うものであるが、「二色の縞模様」の最後の例として、単一の人物を二人の人物に分裂させる縞模様に触れておきたい。

地の文において単一の人物の人称を変化させ(9)、それを章ごとの切れ目に合わせて切り替えるタイプの小説である。例えば、高行健『ある男の聖書』(1998)がそうである。この作品は単に人称が変化するというだけではなく、二人称と三人称が用いられている点で特異な作品である。「おまえ」は現在、パリに生きる中国からの亡命者である。「おまえ」がかつて中国で過ごした文化革命時代の事柄が、「彼」を中心人物として語られる。「彼」とは、毛沢東の思想の影であるかのように生きる人物である。「彼」は個人とは言いがたく、ただ単に思想を体現する存在である。「おまえ」の章と「彼」の章は、交互に交差する。「彼」の章は「おまえ」の過去ではあるが、回想として想起されるという体裁は取られていない。〈局所的な統括の機能〉を徹底して廃し、章という堅牢なブロックに閉じ込めることで、「おまえ」が異質な過去を自分から切り離していることがわかる。またそうしている限り、「彼」の章と「おまえ」の章の交差が続く。だが、小説が進むと、「おまえ」と「彼」が同一の章に存在し始め、両者の関係性が問われるようになる。「おまえ」は「彼」の意識であり、「彼」を登場人物として認識するようになる。そうして「彼」が「おまえ」のもとを立ち去ることになるのである。

ごくわずかではあるが、小説全体に現れる二色の縞模様を見てきた。二色縞によって同時性や対比といった効果ももちろん狙われるのであるが、それらの効果に限定されないこともある。ヴィットリーニ、バッハマン、クノーの小説のように、語りの構造までも射程に入れた用法が見られるようになる。縞を縞たらしめる物語の複線性が問いに付され、いわば「モンタージュとモンタージュにあらざるもの」のあわいで語りが構築される例と言えよう。

②三色の縞模様

二色の縞に比べて見かける頻度は少ないが、三色の縞模様が現れている作品もある。二色の縞は小説の一部に現れることも多いが、三色のものは小説全体の構成に用いられる場合が主である。

小説全体の構成に三色の縞模様が現れるのは、ドス・パソス『U. S. A.』が初めてであろう。引用の織物である「ニュースリール」や、多数の出来事の同時的展開にはすでに触れたが、それらは三色の縞模様をなしてもいる。「ニュースリール」の他に、人物の名を冠した三人称の物語と、内的独白である「カメラ・アイ」といった三つの「色」が交差しているのである。これらの「色」は、セリーの相違に加え、手法の相違によっても決定されている。なかでも非人称的に社会や政治についての集団的な認識を提示する「ニュースリール」は特殊である。三人称の物語も「カメラアイ」も、特定の個人に焦点化している。他の二色が特定の人物を掘り下げようとするのに対して、「ニュースリール」は社会的・文化的風土を示す機能を果たしている。ゆえに、三色の縞模様といっても、三色は均等のバランスを保っているわけではないと言える。それらのうち二色に親近性があり、あとの一色には補足的な傾向がある。また、規則的な交互しかありえない二色の場合と異なり、三色の場合には不規則な交差が可能である。『U. S. A.』の縞模様はそのような不規則な仕方で並べられている。[10]

だが、ABCといった並びが延々と続く、規則的な三色の縞の小説も遅れて現れる。[11] リチャード・パワーズ『舞踏会へ向かう三人の農夫』(1985)もその一例である。二七の章(つまり三の三乗)の各章が一つの「色」に対応し、同じセリー配列が繰り返されている。

こうした構成はすぐれて音楽的であり、「舞踏会」というタイトルも相まって、ワルツを連想させる。

第一の「色」では、現代に生きる「私」が、美術館でたまたま見かけた三人の農夫の写真に触発され、第一次世界大戦時の歴史・社会・文化について行う調査と考察の過程を物語る。ここでは農夫の写真を撮った写真家ザンダーや、自動車工業と産業社会に影響を与えたヘンリー・フォードについて述べられる。第二の「色」では、この写真に写っていた三人の農夫に虚構的人物としての命が与えられる（アドルフ、フーベルト、ペーターと名付けられる）。三者三様の事情や思想を持ちながら、第一次世界大戦の時代を生きる様子がコミカルに描かれる。最後の章で彼らは写真に収められる。第三の「色」も時代は現代である。雑誌社に勤めるピーター・メイズがたまたま見かけたパレードをきっかけにして、サラ・ベルナールを取り上げた芝居に興味を持つ。博物館で見かけた写真を通じて、自分にフォードの財産の一部を受け取る権利があるかもしれないことに気づき、フォード社に掛け合いに行く顛末が語られる。時空の異なる筋を接近させる縞模様は、自動車技術がもたらした距離の消滅や同時性と関連づけられている[12]。また、三つのセリーのうち第一と第二のものは関連が強い（「私」の調査が、三人の農夫の物語に結実している）。ここでも三色が均等なバランスで関連づけられているわけではない。二色＋一色でできた縞模様と言う方が適切であろう。

『舞踏会へ向かう三人の農夫』の他にも、パワーズの作品には、三色に限られるものではないが、縞模様を用いた小説が少なからずある。処女作以降、色数は二色に減る傾向にあるが、巧みな縞模様の使い手であると言ってよいだろう[13]。

マイケル・カニンガム『めぐりあう時間たち』（1998）にも、配列は規則的なものではないが、各章を一つの「色」に対応させた三色の縞模様が現れている。各色はある女性を中心とした物語にあてられている。彼女たちのいずれもが、ヴァージニア・ウルフの『ダロウェイ夫人』と何らかの関連を持っている。その三名とは、二〇世紀の終わりに生きるクラリッサ・ヴォーン、一九二三年を生きるヴァージニア・ウルフ、一九四九年に生きるローラ・ブラウンである。クラリッサのセリーでは、「ダロウェイ夫人」とあだ名される彼女が、作家リチャードの授賞パーティーを準備し開催する。パーティーの直前、リチャードは自殺してしまう。ウルフのセリーでは、彼女が『ダロウェイ夫人』を執筆している日々が物語られる。彼女はダロウェイ夫人の自殺や恋愛関係に考えを巡らせている。ローラのセリーでは、彼女が夫の誕生祝いを準備している。ローラは『ダロウェイ夫人』の読者であり、読んでいる最中のものであれ、無意志的に想起されたものであれ、同著からの引用もある（ゆえにローラのセリーには、逐語的な引用による二色の縞模様も現れている[14]）。またローラは、小説終盤で、老批評家としてクラリッサのセリーにも登場する。パーティーの準備という共通の舞台設定やセリーの越境によって、クラリッサとローラに親近性を見ることもできよう。

以上のように、三色の縞模様の小説を見てきた。繰り返しになるが、色を三色に限定した縞模様の小説は決して多くはない。だが、そのどれもが先鋭的な手法を試みているように思われる。クロード・シモン『農耕詩』も三人の「彼」をめぐる三色の縞模様をなしている。ドス・パソスやパワーズの小説に劣らず実験的で先鋭的な手法が用いられた作品である。

また、三色とは言っても、二色＋一色というペアリングが生まれやすい。柴田元幸は『舞踏会へ向かう三人の農夫』を論じるなかで、ザンダーの写真をめぐる二色だけではありきたりの構成となってしまうが、そこに「直接関係のない物語」を付け加えたところに、この小説の妙があると述べている。[15] 実際に、二色縞の小説の数は多く、現在では食傷の感も否めないように思う。二色縞を異化するための第三の「色」であれば、二色＋一色という分離構造が生まれるのも自然であろうし、先鋭的な作風に見えることも道理であろう。[16]

③多色の縞模様

モンタージュ小説の始まりは、作品の一部に現れる二色の縞模様であった。だが歴史的に見ると、三色の縞が現れるよりも前に、多色の縞模様が出現している。三色の縞の配列には同じ並びが繰り返されるものもあったが、四色以上の縞の場合、並び方は複雑である。例えばABCDという並びが延々と繰り返されることは稀である。また、色の数が四や五を超えることも多い。それゆえに、同色をまとめる紐づけをたどるためには、二色や三色の縞模様とは比べものにならないほどに、読者は注意と集中を求められる。

色数の多い縞は、その数の多さゆえに小説全体の規模に及ぶことが多い。だが多色縞の走りとも言えるジョイス『ユリシーズ』の「さまよう岩々」は、部分的に現れる縞模様である。午後三時のダブリンの街中の様子を、一五名ほどの人物に次々に焦点化しつつ描き出している。一九の断章のそれぞれに中心になる人物が据えられているが、別の場所にいる他の人物の行動が短文で挿入される。一五の色が併置されたマクロな縞に加え、各色の中にも別の色の線が数本引かれ、ミクロな縞模様もなしている。このような「色」の数が多い縞模様の場合、色ごとにグループ分けをして全体像を把握するというのは、パズルを解くことに近い。現に、エルネスト・サバトは批評集『作家とその亡霊たち』(1963)の中で、『ユリシーズ』を指して「ジグソーパズルのような小説」と評している。もっともこれは、「完成することのないジグソーパズル」なのであるが[17]。

小説全体に多色の縞模様が見られる作品には、すでに触れたハクスリー『恋愛対位法』やサルトル『猶予』も含まれる。スペイン内戦を多数の兵士の視点から描いたマルロー『希望』(1937)にも、同様の縞模様が見て取れる。これらの多色の縞模様も、「さまよう岩々」のモンタージュと同様の演出上の効果を上げているといえよう。すなわち、行動や出来事の同時性を表しており、意味上の効果としては相似や対比、関係性の見出し易さや見出し難さを強調している。

これらの作品と同時期に書かれたヘルマン・ブロッホ『夢遊の人々』の第三部も、多色の縞模様をなしている[18]。商人ユグノオの成り上がりの物語に最も多くの紙幅が割かれてはいるものの、軍医フルールシュッツが勤める病院の物語、ハンナ・ヴェントリングの挿話、国境守備兵ゲーディッケの物語、「ベルリン救世軍少女の物語」と題された愛の物語、「価値の崩壊」と題された社会論エッセイの五つの色に分かれる。

この形式についてクンデラは、唯一毛色の違う「価値の崩壊」だけが他の「色」から浮いていて、小説として上手く統合されていないと批判している。だが、ブロッホの小説内エッセイで論じられている「価値の崩壊」こそが、こうした小説形式の解説にもなっている。かつてキリスト教の価値観が社会を一枚岩にしていたが、それが弱まることで、社会から共通の基盤が失われる。こうして商人は商人の価値観に、役人は役人の価値観に、医者は医者の価値観に従って振る舞うようになる。それぞれの価値観が他の価値観に対して盲目になることが「価値の崩壊」であるとされる。小説第三部に登場する人物たちは、モンタージュによって隣接しつつも切断された関係に置かれることで、この「価値の崩壊」を体現する。この小説の五色の縞模様は、人物たちが同じ時代に生きていることを表してもいるが、それだけではなく、彼らが自分の価値観の世界に閉じ込められていることをも表している。各セリーの関係性に、対比や相似といった効果とは異なる、閉塞や無関心という意味が与えられているのである。

多色の縞模様は、セリーの再構成が困難であるためか、一九五〇年代に至るまで、そこで語られる出来事はもっぱら同時的に（同じ瞬間、同じ日、同じ時期に）起こるものに限られていたように思われる。焦点人物や場所は頻繁に切り替わるが、小説全体の流れは時系列に従っており、ただ漸次的に進んでいくのである。意識の流れではよく見られる時系列の錯綜は、多色の縞ではしばらく起こらなかったのである。

だが一九五〇年代半ばになると、時系列を乱しつつ多数のセリーを交差させる、非常に入り組んだ作品が生み出されるようになる。フアン・ルルフォ『ペドロ・パラモ』(1955)や、本書第二章で「カット」の問いを通して触れたカテブ・ヤシン『ネジュマ』がそうである。

『ペドロ・パラモ』は、主人公の「おれ」が父親であるペドロ・パラモを探し出そうとする小説である。コマラという集落にやってきた「おれ」は、そこここから聞こえてくる死者の「ささめき」にやられ、命を落とす。だが、死んでなお、「おれ」は死者の声を聞き続け、ペドロ・パラモの人生の顛末を知る。数々の「ささめき」は、ペドロ・パラモの無法ぶりや彼に関わった人物に降りかかった災難を語る。ペドロ・パラモ、息子のミゲル・パラモ、妻スサナ、「おれ」の母親、ドロテア婆さん、レンテリア神父、弁護士フルゴル、ダミアナなどに繰り返し焦点化され、彼らにまつわる出来事が断片的に語られる。焦点人物が切り替わるときは、必ず空行が挟まれる。このようにして、多色の不規則な縞模様が形成されている。

この小説で流れる時間の大きな枠としては、集落にやってきて死んでゆく「おれ」の時間が直線的に流れている。「ささめき」が見せるペドロ・パラモの生き様も、幼少期に始まり死で終わってはいる。だが、その経過は副次的人物たちの「ささめき」に遮られる。彼らに関わる出来事の時系列は錯綜している。『ペドロ・パラモ』はこのようなまだらなテクストなのである。

また小説終盤になると、「おれ」に焦点化されなくなる。「おれ」は他の死者の声に覆い隠されてしまう。こうして「ささめき」を聞いているはずの、そして語りの現在として語りの構造に足場を与えているはずの「おれ」までもが、「ささめき」の中に溶け込んでしまう。

この小説では、このように複雑に貼られた紐づけをたどりながら物語を再構成することが、ペドロ・パラモの探求と重ね合わされていると理解してよいだろう。だがその探求においてこそ、物語を秩序づけていた時間や空間の足場が切り崩されていく。父の探求と表裏一体のものとして、語りの秩序が崩壊する過程が具現化されている。小説の最後にある「石ころのように崩れていった[19]」という一文は、ペドロの死だけではなく、語りの秩序の崩壊を指してもいるのである。

『ペドロ・パラモ』が力と横暴と権力を象徴する父親の探求物語である一方で、『ネジュマ』は表題の名を持つ混血女性に対する四人の男の恋慕を物語る。ネジュマとは「星」を意味するアラビア語であり、アルジェリアの象徴でもある。アルジェリアという主題が、人物相関図や小説の構成、語りの手法を通して、隠喩的・象徴的に示されるのである。

小説は四名の男性主要人物に代わる代わる焦点化することで展開する。語りの現在時は一九五〇年頃に設定されている。物語の内容は、一九四五年のセティフの反乱やその後の出来事である（ボーヌにおける四人の出会い、工事現場での暴力事件、収監と脱走）。それに加え、小説の多くの箇所で、彼らの過去（少年時代、放浪、メッカ巡礼、反乱参加にいたる経緯、親世代や祖先のこと、部族の伝説）に言及される。こうした事柄が、継起の順序を入れ替えられて語られる。四人の男の別々の行動、回想や昔語りが交差する構成は多色の縞模様である。

それらのつながりを手繰りながら読解することは、各人物のネジュマへの求愛をたどることに相当し、最終的にはネジュマに行き着く。だが、彼らは謎めいた女の前で立ち止まるより他はないし、読者も同様にそれより先に進むことはできない。ネジュマは空洞化したアイデンティティの比喩なのである。縞模様とその紐づけをたどることと、不可知の壁に突き当たる求愛の顛末とが、重ね合わされているのである。そのようにして、国としての歴史やアイデンティティを喪失し、それを希求する「妊娠状態のアルジェリア[20]」が表現されている。

バルガス＝リョサ『緑の家』（1966）も、現在と過去の往来も含めた多色の縞模様をなしている。「緑の家」と呼ばれる娼家に関わった多くの人物の行動や関係性を、密林と都市を交互に舞台としつつ、立体的に描き出している。小説は全四部とエピローグに分けられている。それぞれがさらに複数の章に分割されている。エピローグを除き、各章もまた空行で区切られて四つか五つの断章に分けられている（第一部と第二部では五つ、第三部と第四部では四つ）。こうした断章化を通じで、多色の縞模様が形成されている。小説第一部を図式化してみると、第一部では、一章 ABCDE、二章 A'B'C'D'E'、三章 A''B''C''D''E''、四章 A'''B'''C'''D'''E''' となる。同様の色分けが他の部にも適用されている。多色の縞模様では珍しく、規則的に「色」が配列されている。各セリーでは、複数の人物による対話や行動が示される。[21] そして部が変わると、各セリーを構成する人物が一部あるいは全体的に入れ替わることもある。[22] 各部ごとに独自の多色縞が形成されているが、隣接する部で縞を形成する「色」と同じものあるいは近いものを含む場合もある。このようにゆるやかに色合いを変化させる多色の縞模様を浮かび上がらせている。また、縞の色数や並び方が固定されることで、各色が堅牢な空間を模しているかのような印象を与える。部をまたぐ度にその中の人物が入れ替わりもすれば留まりもする。こうした人物の割り振りに、娼家の客の流れを重ねてみるのは深読みであろうか。

また『緑の家』の他にも、バルガス＝リョサの作品には、（多色に限らず）縞模様が現れているものが多いことも付記しておく。[23]

ここまでいくつかの多色縞の作品を見てきたが、その他にも、パヴィッチ『ハザール事典』（1984）、ビュトール『ミラノ通り』（1954）やイーストン・エリス『ルールズ・オブ・アトラクション』（1987）などを挙げることもできよう。そして多色縞の複雑さを極めた作品の一つが、すでに何度か触れているペレック『人生使用法』である。

このタイプの縞模様は、セリーの多さゆえに、ある社会やある状況を多角的かつ総合的に描き出そうとする小説と相性がよい。また多色の縞模様を用いる小説は、基本的に長篇である。二色の縞の場合、ティニアノフ「キジェ中尉」のような中篇も可能であるが、多色の縞では考えにくいであろう。

④分岐する縞・合流する縞

二色、三色というように色の数を定めて、ここまで縞模様の類型化を試みてきた。だが、縞模様の色の数は固定されたものであるとは限らない。行動セリーが複数の人物にリレーされたり、彼らが別個のセリーに分かれうることは第二章でも検討した（第3節－②）。一色が二色に分岐したり、多色が一色に合流したり、柔軟に色数を変化させる流動的な縞模様も多い。文学的モンタージュの走りである部分的な二色の縞模様は、物語の途中で二色に分岐した縞でもある。

　縞模様が分岐あるいは合流するには、前提となる条件が二つある。第一の前提は、それぞれの色が一つの物語世界を共有していることである。第二の前提は、各色の少なくとも一つに、中心となる人物が二人以上いることである。この二つの条件は相関的である。二色以上の縞に分岐しうる一本の縞というのは、二つ以上の行動セリーに分割可能である一つのセリーである。別の言い方をすれば、行動の主体となりうる人物が少なくとも二人いて、初めはそろって一つの行動をしているが（それゆえに一つの物語世界が共有されている必要がある）、別れて個別に行動するようになるということである（それゆえに二人以上の人物が一つの色をなしている必要がある）。その逆が、縞模様の合流である。また分岐と合流は引用モンタージュでは起こりようがない。

　作品の全体を通して、二色の縞が一本の流れに合流し、また分岐する動きは、アラゴン『お屋敷町』（1936）に見て取りやすい。小都市の医師の息子である兄弟エドモンとアルマンの半生を描く小説である。

　アルマンは偶然にも財産を手に入れ、エドモンは財を捨てて自ら進んで労働者になってゆく。二人は対照的な足跡を辿る。小説は三部構成で、第一部「セリアンヌ」では同名の小都市でのアルマンの少年時代が描かれる。第二部「パリ」では、大都市に出てきたアルマンに焦点化した章と、すでにパリに出てきていたエドモンに焦点化した章が繰り返し切り替わる。[24] 二人は別々に行動し、交互的モンタージュをなす。ただし、そのなかの二つの章（第二五章と第三二章）で、二人は対面する。彼らは言葉を交わす。その裏にある思考を語り手が捉える。そうして彼らが互いを軽蔑し、両者の溝が決定的なものであることを示す。第三部になると、焦点人物はもっぱらエドモンになる。だが、最後から二番目の章で再びエドモンとアルマンが揃う。縞模様に関して言えば、一つの「色」を共有することのない兄弟が、第二部で縞模様をなしている。その中で、例外的に二人が一つの「色」を共有する章がある。そこで示されるのは、二人が相容れないことである。二人は別個の「色」であるべく定められており、二色の合流は、分離こそが正当であることを強調するために存在するように見える。

二色の縞模様が合流と分岐を経て多色の縞模様に変化する作品もある。ドン・デリーロ『リブラ 時の秤』（1988）である。一見したところ、この小説も章ごとに切り替わる二色の縞で構成されている。二色は地名がふられた章と日付がふられた章とに分けられる。地名の章では、ケネディ暗殺犯とされるオズワルドの半生が三人称で語られる。絵葉書、日記、母親の独白などを交えながら、彼の人物像が掘り下げられる（彼の半生を再構成しようとする語り手の存在が背後に感じられる）。日付の章は、暗殺事件からだいぶ経った時期（一九八〇年代？）に位置づけられている。ケネディ暗殺に関する資料整理官であるニコラス・ブランチを中心に据えて、暗殺事件を多角的に検証する。ケネディ暗殺に至る複数の道筋が浮き彫りにされ、オズワルド以外の人物も射殺犯になりえた可能性が示される。こうして潜在的な射殺犯たちの行動の記述が徐々に増えてゆく。地名の章における人物像の掘り下げと、日付の章による暗殺事件の多元性や複雑さの提示を交差させることで、ドン・デリーロなりの事件の解釈が表明されているといえよう。

だが小説後半になると、二つのセリーの時間的隔たりが徐々に消されてゆく。語りの現在を強く意識させるブランチの存在が日付の章から消えてゆき、オズワルドの行動と射殺犯になりえた人物たちにもっぱら焦点化されるようになる。さらには日付の章でもオズワルドの行動が記述され始める（オズワルドが日付の章に合流している）。逆に日付の章に登場していた人物も地名の章に合流してゆく。ここに至って、「色」の違いを示すものであった地名と日付による章分けが形骸化する。縞をなすのはオズワルドとブランチではなく、暗殺に至る複数の道筋である。縞模様は、現在のセリーと過去のセリーの二色ではなくなり、同時進行する行動の多色の縞になる。切り替えの頻度は増し、モンタージュは加速する。潜在的射殺犯がオズワルドと並走し始め（特に最後の三章）、一つの弾丸になったかのように最終章一一月二五日へと突き進むのである。このように小説後半では、「色」を構成する要素に変化が与えられ（ブランチの存在が徐々に取り除かれ）、かつ縞模様の色数も交差速度も巧みに操られているのである。(25)

ここまでは二色の縞模様に分岐と合流を見てきたが、これらは多色の縞模様にこそ現れやすい。多色縞の例として挙げた『恋愛対位法』や『ネジュマ』は、実際のところ色数が変化する縞模様でもある。(26)

入り組んだ縞模様の分岐と合流が小説全体に見て取れる作品として、クノーの『はまむぎ』（1933）も挙げることができる。重要な人物のエティエンヌ・マルセル、ピエール・ルグランの他にも、エティエンヌの息子テオと妻のアルベルト、ナルサンス、クロッシュ婆さん、その弟サテュルナン、エルネスティーヌ、トープ爺さんなど、多数の人物が登場する小説である。ナルサンスのテオ殺害計画、トープ爺さんが隠している（と誤解された）大金の奪取計画などを軸に物語は展開する。

小説全体が七つの章に分けられ、各章がさらに一三の断章に区分されている。この断章群に、分岐と合流を繰り返す縞模様を見ることができる。例えば、第二章ではナルサンスのテオ殺害計画の一部始終が語られる。断章1では、クロッシュとサテュルナンの会話を通して、ナルサンスがテオに宛てて殺害予告の手紙を出していたことが分かる。断章2では、列車の中でナルサンスが乗客と話している。断章3では、公証人（断章7でナルサンスの伯父と判明）の飼い犬ジュピターが、葬儀のときのいたずらゆえに殺される。断章4は、ナルサンスとテオの手紙の応酬が示される。断章5ではエティエンヌとピエールが安食堂で初めて顔を合わせる。断章6では、エルネスティーヌが働くカフェで、クロッシュがエティエンヌと顔を合わせ、ナルサンスの手紙のことを知らせる。断章7ではピエールがナルサンスと落ち合い、ミガールでの殺害計画を聞かされる。断章6と7は同時的に展開している。断章8では夕方に、サテュルナンがクロッシュを駅で見かけ、彼女がミガールに行くのだろうと推測する。断章9では、深夜近くにエティエンヌが息子テオに出かけないよう言い含め、自分はミガールへと出向く。そこで木にぶら下がったナルサンスを見つける。断章10ではクロッシュがミガールへ行こうとしたものの、夜の森に意気地を挫かれる。断章11では、家を抜け出したテオがピジョニエ夫人のところで匿われている。断章9、10、11は並行して展開していると考えてよい。断章12では、家に帰ってきたナルサンスが、息子の外出に絶望する妻を見つめながら、考えにふける。

このように、多様な人物がペアリングを変えながら、それぞれの断章に登場する。このようにしてテオ殺害計画を描き出す。互いを知らず、別個の「色」にしか属していなかったエティエンヌ（断章5、6に登場）とナルサンス（断章2、4、7に登場）が断章9で合流する。殺害計画に関わらなかった人物の行動も含めることで（断章8、10、11）、複線的な構成にもなっている（断章8と10はクロッシュに関するものである点で、同じ

「色」に分類してよいだろう）。こうした緻密で入り組んだ縞の分岐と合流が、小説全体で繰り返されているのである。勘違いに端を発する滑稽譚を、大掛かりな陰謀譚へと変貌させる役割を果たしているといえよう。

分岐と合流を恋愛の主題と関係づけた作品としてクンデラ『別れのワルツ』（1973）を挙げたい。縞模様の合流と分岐を、表題にもあるワルツになぞらえた作品である。『舞踏会へ向かう三人の農夫』では、三拍子のリズムとしてワルツが用いられていたが、それとは異なり、舞踊としてのワルツが選ばれている。ペアをなす集団が同時に踊り、踊りの相手が次々に変わってゆく舞踊である。この性質が小説の技法として応用されている。

小説の主要な人物は、著名なトランペット奏者のクリーマ、彼の妻であるカミーラ、彼に執着する女性ルーゼナ、彼女に執着する若い恋人フランチシェク、裕福なアメリカ人バートレフ、医師のスクレタ、その友人ヤクブと知的な美人オルガである。湯治町での五日間のあいだに起こる恋人たちの悲喜劇が物語られる。一日を一章に対応させた五章仕立てである（各章はさらに断章へと分けられる）。小説全体を通して、人物たちの合流と分離が繰り返され、流動的な縞模様が描かれる。

なかでも四日目の動きはダイナミックである。クリーマらによるジャズライブが催され、その会場に皆が集まる。それから三組のカップルに分かれ、愛の営みが同時に起こるという筋立てである（望みを果たせない人物もいる）[27]。この舞踊になぞらえたペアの入れ替わりは、語りの仕掛けであるにとどまらず、意想外なカップルを成立させるための原動力でもある。また、しばらく別々の「色」に属していたクリーマとカミーラが、愛の営みにおいて同じ「色」に収まることで、夫婦の和解をドラマチックに演出する方法ともなっている。

以上のようにいくつかの作品を通して、分岐や合流をする縞模様を考察してきた。このような縞模様は、色数が固定されたものよりも、筋立てが入り組んだものとなり、動きのあるダイナミックな物語言説となる。『はまむぎ』や『リブラ 時の秤』のような大掛かりな陰謀を描き出すにはふさわしい形式であろう。その一方で、一つのセリーをなしていた人物たちが別個のセリーに分かれることで、両者の別離や決別を象徴的に表すこともありうるし、複数の「色」が一つの「色」に合流することで、和解を表すこともできれば、対比をより際立たせることもできよう。

⑤創出される縞模様

分岐あるいは合流する縞模様では、あくまでも物語内容や構造によって縞の色数が変化する。創出される縞模様も色数が変化するが、それは読者の関わり方によってなされる。縞模様を創出する読者は、テクストが提示する色数を把握し、色ごとのグループ分けに勤しむパズル解答者のような役割をはみ出す。テクストの一部あるいは全体の色分けを、読者自身の知識や基準に従って（ただし恣意的ではなく、テクストの規則を踏まえたうえで）、別様に色分けをする。ここまで挙げた縞模様のパターンのなかで、これは読者が最も能動的にテクストに働きかけるものである。縞模様の創出には、三つの様態が区分される。引用の発見による創出（引用の生成）、パラテクストのはめ込みによる創出（組み込み）、セリー細分化による創出の三つである。

〈引用の生成〉については、本書第二章第4節で『人生使用法』を例に説明した。『ベルリン・アレクサンダー広場』や『U. S. A.』を挙げ、行動セリーと引用セリーが重なっていることが多いとも述べた。ここでは、さらに引用モンタージュを二例挙げて、引用に関する紐づけの機能を補足したい。

この「生成」に「創造の時間」が伴うことにはすでに触れた。第一は、この「時間」の先に進めない例である。それは、引用の出典が一般に流布しているものではなく、それを確かめようがない場合である。

クロード・シモン『農耕詩』（1981）に、こうした文書の引用らしきものがある。この小説は、三人の「彼」をめぐるセリーを、非常に入り組んだ形で編み込んだものである。三人の「彼」とは、フランス革命時代を生きる「彼」、第一次大戦に従軍する「彼」、スペイン内戦に参加する「彼」である。この第一の「彼」のセリーでは所有する農園をめぐる書簡のやり取りがある。第一の「彼」が、シモンの先祖に当たる人物であることは知られている。彼が執筆にあたって、一家に伝わる文書を参照していたことも容易に想像できる。そうであれば、書簡をはじめ、作中のあちこちにそれらからの引用がある可能性をいやでも考えてしまう。それらが丸ごと引用であるかもしれないし、一部が引用であるかもしれない。しかし個人的に所有する文書を調べることは難しい。こうした具体的な出典の存在を予感させる「引用らしきもの」に関して、確定的に引用であると常に明らかにできるとは限らない。〈引用の生成〉の途中で宙吊りにされる場合があるのである。

引用を探り当てることで同色を異色に変える紐づけの機能は、引用を〈生成する〉というよりも、〈生成を目指す〉ものであり、〈生成の過程〉を作り出すものと言うべきかもしれない。引用の「剽窃的」なモードゆえの効果である。

また、この引用のモードゆえに、こうした引用未満のものが生み出されるだけではなく、過剰な引用もまた生み出されるであろう。これが第二の様態である。それは、引用された方のテクストが、引用モンタージュとなる場合である。本書第二章第4節ではその可能性にだけ触れたが、ここではエステルハージ『ハーン＝ハーン伯爵夫人のまなざし』（1991）を例にとり、この作用を確認したい。

この作品の第一九章は「見えない都市」と題されている。これは、ドナウを下る旅人とそれを報告させる依頼主の電報のやり取りと、都市の記述で構成されている。都市の記述には「都市と〇〇」と題が付けられている。言うまでもなく、これはカルヴィーノ『見えない都市』（1972）の形式模倣である。(28) さらに、ところどころに同作からの引用が嵌め込まれている。これらの引用文は、『人生使用法』の場合と同様に、前後の文と意味上の一貫性を保っている（カルヴィーノの作品では多くの都市の名前が登場するが、エステルハージのものでは都市の名前は全てブダペストに置き替えられている）。引用文は字体が変えられ、引用探しのためのお膳立てがされている。カルヴィーノの小説を引き比べながら読むことが強く推奨されていると言えよう。

そのようにして両作品を読むとき、形式や主題の類似と、引用の「剽窃的」なモードゆえに、引用の方向（どちらがどちらを引用しているか）がぼやける。『見えない都市』のマルコ・ポーロは（多数の都市について語っていると信じ込ませようとしつつ）もっぱらヴェネツィアについて語っているが、両テクスト間に成立している「第三のテクスト」を経由して、ヴェネツィアの記述にブダペストの記述が合流してくる。カルヴィーノのテクストの所々にブダペストの記述を見出せるようになるのである。引用の「剽窃的」モードゆえにこうした相互的な引用の関係が成り立ち、引用された方のテクストに引用モンタージュが「生成」されることも可能である。

続いて、紐づけの〈組み込み〉機能のいくつかの様態を検討しよう。本書第二章で、典型例として『生産小説』を例にとって論じた。この作品では、注釈を介して、〈組み込み〉の誘導がされているが、以下ではそれとは異なる誘導の仕方に触れておきたい。そのような作品例として、まずはコルタサル『石蹴り遊び』(1963)を挙げたい。

小説の本文は全一五四の断章で構成されている。全体が三部に分けられていて、第一部(第一章から第三六章まで)ではアルゼンチン出身であるオリベイラとラ・マーガたちのパリでの暮らしが描かれる。とはいえ、生活模様よりも、文学・美術・音楽をめぐる彼らの考察や会話が小説の主軸をなす。[29]第二部(第三七章から第五六章まで)では、アルゼンチンに戻ったオリベイラの暮らしが描かれるが、同様に主軸は芸術をめぐる思索である。この二つの章は直線的にオリベイラを追う筋となっている。

ただし、最も章の数の多い第三部は異なる。ここでは第一部と第二部の各所に挿入しうる断章が順不同に並べられている。そのままの順序で読んでもよいが、小説の巻頭に示されている「指定表」に従って〈組み込む〉ことが推奨されている。この第三部こそが、紐づけによって本文に嵌め込まれうる異色の要素の集合である。というのも、第一部と第二部ではほとんど触れられることのない老小説家モレリが、第三部の断章には頻繁に登場するからである。[30]彼はオリベイラたちとはほとんど関わりがなく、別のセリーをなしていると言える。

彼のセリーにおいては、彼の小説論や作品構想が断続的に示される。それらは小説『石蹴り遊び』そのものの仕掛けや狙いを自己言及的に示している。[31]また、オリベイラたちの思索や生活を補足する断章も少なからず含まれる。[32]モレリはオリベイラたちにとって異質な物語世界的な語り手でこそないものの、かなり単純化して言えば、第一部と第二部の外部のような役割を果たしている。盆栽のように不要な枝葉を切り落として整えられた物語が第一部と第二部であるとすれば、第三部の断章をそこに戻してやることで、枝葉を残したままの無骨で雑音の多い、よりいっそう多義的なテクストが現れるのである。

『生産小説』や『石蹴り遊び』では、注番号や組み立て表によって、どこに異色を挟めばよいかが指示されている。だが副次的テクストを、どの箇所に挿入するべきか指示されていない作品もある。エステルハージ『心の助動詞』(1985)がそれにあたる。[33] この作品は、母を亡くしたばかりの「私」が家族と共に喪に服する期間を、短い断章に区切って物語る。各ページは黒い枠で縁取られ、死亡通知書の体裁を取っている。「私」の服喪が語られる本文の下方に、様々な文学作品からの引用が載せられている。[34] 引用作家リストも前文の中で示されている。だがページ下方に置かれるときは、タイポグラフィこそ変えられているものの、作者名も作品名も引用行為も伏せられたままの「平坦化」された形をとっている。

そして、これらの引用文をどのタイミングで読むべきなのか、指示は一切ない。本文と引用文を交互に読むこともできるであろうし(ページレイアウトはそれを推奨しているように思われる)、本文だけ先に読み終えてから、引用文だけまとめて読むこともできよう。本文の断章を幾つか読んだ後で、引用も同じようにまとめて読むこともできよう。

また、これら引用文は意味内容の上でも本文に対して異色である。引用文と本文とは意味のうえで切断されている。文体としても内容としても異なる文章であり、[35] 上方の本文と下方に置かれた文章群とで、物語内容的にも異なるセリーをなしているのである。『心の助動詞』の副次的テクストの「色」は、内容と出典によって二重に決定されている。内容としても異質であるこれらの引用を通じて、母や父、死や喪という主題に到る別の道筋が生まれる。これら引用が、言語にしがたい感情を逃すバイパスのような役割を果たしていると言えよう。

「異質」な線分の嵌め込みを読者に任せる極端な例をパヴィッチ『風の裏側』(1992)に

見ることができよう。この小説では、結末が本の真ん中に位置している。この本には始まりが二箇所あるのである。この本には表表紙と裏表紙があるのではなく、表表紙と表表紙がある。物語は両表紙から本の中心部に向かって進む。二つの物語は上下逆さまに印刷されており、一方の物語に続いて他方が語られるわけではない。読む順序に優先順位がつけられていないのである。[36] 一方を読み通してから他方を読んでもよいし、二つの物語を章ごとに交互に読み進めて、同時にその中央部にいたる読み方も可能である。また、異色として嵌め込まれるセリーは、『生産小説』のような注釈でもなく、『石蹴り遊び』のような付録的位置づけにあるわけでもなく、あくまでもテクスト本文である。

最後に、さらなるセリー分割による縞模様の創出に触れておきたい。その最良の例が、本書第二章第3節で確認した、ゾラ『パリの胃袋』を論じるランシエールの議論である。

同様の縞模様の増加は、クロード・シモン『実物教育』(1975)にも指摘することができよう。アンリ・ゴダールもモンタージュのタームを用いて論じている通り、この小説は三つのセリーが交差することで展開する。第一は若いカップルのセリー、第二は石工たちのセリー、第三は兵士たちのセリーである。カップルたちは海辺で睦み合い、男が乱暴に女と交わる。石工たちは古びた家屋の修繕に励んでいる。兵士たちは無人の建物に隠れ、敵の襲撃に備えている。

一見、何のつながりも見出せない三つのセリーである。だが、石工たちが見る壁に貼られたポスターに、若いカップルを思わせる絵が描かれている。石工たちは文字が欠けた新聞の記事を見つけ、波の事故に遭って死亡したカップルの話として理解する。続いて兵士たちが、まったく同じ虫食いの新聞記事を見つけ、家屋の修繕中に押しつぶされて死んだ石工の話として理解する。こうして物語世界の入れ子構造が暗示される。しかし、海辺から戻ったカップルが、またしてもまったく同じ記事を見つけて、敵兵による兵士の惨殺としてそれを理解する。こうしてメビウスの輪のような、不可能な循環が仄めかされる。

これだけならば、三色の縞模様をなしているにすぎない（実験的で先鋭的な物語構造を試みてはいるが）。だが、三つのセリーが切り替わるとき、周囲を取りかこむ自然界の描写が挟まれる。そこで鳴くフクロウやミミズク、カエル、雌牛が記述される。動物の記述を経由したセリーの切り替えは一〇回ほどある。小説後半に行くほど反復される間隔が短くなり、動物たちの介在が目に留まりやすくなるよう配置されている。[37] こうした反復によって、動物の記述が、人間たちの三つのセリーから浮き上がり、それらとは別個のセリーをなしているように見え始める。小説前半では気に止められにくい第四の「色」が、小説後半で突如として認識されるようになるのである。

だが実のところ、これを第四の色と呼ぶには困難がある。なぜならば、それら動物の記述は、セリーのいずれかに属しているからである。カップルの女の方が、薄暗い森を抜けつつあるとき、その頭上を「広げられ、窪んだ形の二枚の翼が、ゆっくりと羽ばたき、静かに」通過していく。そして「ミミズクが鳴いている」と続いたところで、兵士のセリーへと移行する。[38] その後、女は森を抜け出て、牛とカエルの声が聞こえる場所で男と交わる。こうした物語の展開により、フクロウとミミズクはカップルのセリーを離れ、カエルと雌牛が彼らのセリーに含まれることが明らかになる。さらに、フクロウやミミズクは、石工のセリーを経由した後で、兵士たちのセリーに合流する。[39] また先ほどの雌牛がゆっくりと立ち上がる様子が詳細に記述されるだけの断片が、兵士のセリーを途中で遮る。[40] 雌牛の記述はカップルのセリーの代替物なのか、兵士のセリーの一部なのか、判然としない。

このように動物をセリー間で移動させ、セリーへの所属をあやふやにすることで、三つのセリーのグレーゾーンとして動物たちを位置づけている。こうしたグレーゾーンが第四のセリーらしきものとして、認識されるようになるのである。こうした仕掛けに着目するならば、人間たちのセリーに属している動物たちを、それらと別の「色」として区別することは許容できるのではないだろうか。

2　モンタージュ小説のテーマ的分類

ここまで縞模様と紐づけというタームを用いて、モンタージュ小説の類型化を試みてきた。モンタージュ小説の形式についての議論であった。それでは、この種の形式に適した物語主題は何であろうか。この形式を用いることで語ることが可能になる、あるいは語ることが容易になる主題があるだろう。モンタージュ小説の形式についての議論に引き続いて、ここでは主題や内容について議論したい。紐づけされた縞模様は、何を物語るのに適しているのだろうか。

①集合住宅もの

モンタージュ小説によく馴染む物語の枠組みの一つとして、集合住宅ものを挙げたい。それは集合住宅を外から眺めたものではなく、内部に入り込んで描き出すものである。[41] 各部屋を行き来しながら、その様子を描き出す。壁で区切られた部屋で起こる様々な出来事を描くために、多数の人物に次々と焦点化することで展開する小説である。[42] 集合住宅ものは、多色の縞模様が現れていなければならない。映画作品ならば、三谷幸喜『THE 有頂天ホテル』(2006)を挙げることもできよう。[43]

住人たちは壁一枚（あるいは天井一枚、床一枚）の距離で隣接して暮らしているが、壁一枚によってそれぞれの住居に堅固に閉じ込められている。サルトル『猶予』ではヨーロッパ各都市間の長い距離によって人物たちは隔てられているが、集合住宅においては壁一枚あれば住人たちは隔てられてしまう。集合住宅の住人たちは、彼らを隣接させる壁一枚によって断絶しているのである。

隣接と断絶。モンタージュの「カット」に特有の機能が働いている。ある部屋を描き出す線分と別の部屋の線分の間に置かれたカットはそれぞれを分け隔てる役割、まさしく壁（や天井や床）の役割を果たすのである。だがそれと同時に、語り手は壁を容易に乗り越えて隣室へと入り込む。「カット」は壁の無効化も表すのである。壁の役割を果たし、かつ同時に壁を無効化する二重の身振りが、「カット」によって実現されているのである。

ここでは三つの例を取り上げる。ヴェレス・デ・ゲヴァラとル・サージュの『片足の悪魔』（それぞれ1641、1726）、ジョルジュ・ペレック『人生使用法』、ミシェル・ビュトール『ミラノ通り』である。これらの作品を通して、「壁抜け」の技法が検討される。

（1）『片足の悪魔』

ヴェレス・デ・ゲヴァラの『片足の悪魔』およびそれを焼き直したル・サージュの同タイトル作品は、集合住宅ものの原型であると言ってよいだろう。原型であるというのは、実のところモンタージュ小説に満たないからである。だが、集合住宅ものの興味深い傾向を示してくれよう。

これらの作品では、マドリッドに暮らす学僧クレオファスが、「片足の悪魔」の力を借りて[44]、家屋の屋根を「取り除いて」もらう[45]。屋根で隠されていた生活は暴き出され、彼は市井に暮らす人々の表と裏の顔を垣間見る。一つの街を家屋の集合体として捉え、それぞれの生活を隔てて見えなくしていた屋根を取り除くことは、集合住宅ものにおける壁の無効化に相当する。だが、この二つの小説は、モンタージュとは言い難い。理由は二つある。第一に、一度語られた人物に語りが戻ってくることがないからである。つまりABA'B'といった最小の縞模様が形成されていない。第二に、家屋から家屋への移動は悪魔によって完全に誘導されているからである。語りのレベルで別のエピソードへの移行が説明されているうえに、それぞれの家屋内で起こる出来事もまた悪魔が学僧に語って聞かせるものであり、学僧がそれに応答するという形をとっている。

だが、本来であれば屋根や壁で囲われている空間を、見えるようにするための工夫として興味深い。この作品では超自然的な力が用いられている。

(2)『人生使用法』

この小説にはすでに何度か触れているが、集合住宅ものとしてさらに別の角度からアプローチしてみたい。『人生使用法』は、悪魔の超自然的な力に頼ることなく、人間の力のみで集合住宅の壁面を取り払う作品である。集合住宅に住む（あるいは住んだことのある）百を超える人物にまつわるエピソードを、バラバラになったパズルピースに見立てて、次から次へと物語る小説である。この作品でも、こうした形式を可能にする仕掛け自体が筋の一部をなしている。この点では、超自然的な力を筋立てに取り込んだ『片足の悪魔』と共通している。だが、ペレックはこのような力には頼らず、作中人物である画家ヴァレーヌに、建物全体をモチーフにした絵画を構想させ、彼の記憶と想像力によって壁を取り払うのである。

この壁抜けの仕掛けは、小説全体を通じて徐々に把握される。だが、その筋立ては第一章の冒頭からすでに匂わされている。「そう、それはこうして、こんなふうに、少々重々しく、ゆっくりと始まってもいいのだろう[46]」という一文である。この後に続く物語を外から眺め、語りを操作する存在を感じさせる出だしである。

さらに第一七章には「この五十五年のあいだずっとこの建物の暮らしを織り上げ、そして歳月が一つずつ消してしまったこれら感知しがたい細部を彼は呼び戻そうとしていた[47]」とある。集合住宅の最古の住人である画家ヴァレーヌの、失われたものを再現しようという意志が示される。単に想起したいというだけではなく、何か別の目的があることも匂わせている。

彼が描こうとしていた絵画の画面については第二八章で触れられている。「彼が制作を企てていたあの絵の構想」とは、「建物の過去の亀裂と現在の崩壊を、壮大、瑣末、軽薄、悲痛のいずれを問わず、脈絡のない物語のあの堆積を暴き出してみせる、あの断ち割れた建物という構想」である。その絵画は「荘重であれ凡庸であれ、無意味であることになんら変わりのない今際の姿勢のままに石化してしまった端役たちを祀るために建てられた霊廟」と形容される[48]。意図を表す動詞を半過去［projetait］で用いて絵画の実現を宙吊りにしつつ、その絵画が壁面を取り払われた建物の図になるであろうことを示す。

第五一章は定冠詞をつけられた特別な章である。その章はヴァレーヌに割り当てられている。この章では、「彼自身がその絵の中に現れるだろう[49]」と繰り返される。「現れるだろう」［serait］という条件法現在の使用により、絵画画面の実現は相変わらず宙吊りのままにされる。また、「彼自身が絵の中に現れる」という表現から、物語の内部に描き込まれているヴァレーヌ自身が、それを語っている語り手の立場にあることが暗示される。だがそれと同時に、物語内部に入り込んでいると述べることで、彼が外部に位置する語り手としての自己認識を消し去ろうとしているかのようでもある。

絵画が実現されたかどうかは、本文九九章の後に置かれたエピローグを待って、ようやく明らかになる。ここでは画家ヴァレーヌの死に触れられる。彼はベッドで死んでいるところを発見される。「一辺が二メートル以上もある大きな真四角の画布が窓の横に置いてあった」。だが「画布はほとんど真っ白だった。念入りに引かれた何本かのデッサン用木炭の線が、画面を規則正しいいくつかの正方形、ある建物の断面図の下書きに分割していたが、そこにはもういかなる図形が場所を占めに来ることもないだろう」[50]。小説はこのように締めくくられている。この結末から、本文中で緻密に描き出される各部屋の視覚的な像が、ヴァレーヌが描こうとしていた絵画の未来図であったことがわかり、さらには、それがもはや実現されえないものであることが判明する。読者がここまで読んできた物語は、ヴァレーヌの頭の中にだけある構想であった。記憶と想像力のなか以外には存在する場所を持たない、微に入り細にうがった目録であり設計図であった。

ヴェレス・デ・ゲヴァラやル・サージュは、悪魔を実在させることで、現実の家屋に魔法をかけていた。だが現代作家はそのような力に頼ることはない。老画家の記憶と想像力を頼りに、「断ち割れた建物」を描かせようとするだけである。彼を最古参の住人とすることで建物や各室内を描き出しうる知識を与える。それを元手にして画家の想像力を駆使させることで、各室内の様子を一望のもとに見せるような画面を構想させる。一七世紀の作家が悪魔に頼らねば実現できなかったことを、いたって現実にありえそうな条件のもとで、現代作家は成し遂げるのである。

こうした観点から見ると、『片足の悪魔』の形式を「交差配列」［chiasme］したものが

『人生使用法』であると言えよう。つまり、現実的なものと非現実的なものの組み合わせ方が入れ替えられているのである。屋根や壁を取り払うことを可能にする力を、悪魔の超自然的なもの（非現実的なもの）から、記憶と想像力（現実的なもの）に入れ替えている。それと同時に、そのようにして読者に示される屋内に関しては、物語世界において実在する家々（現実的なもの）から、画家の想像力のなかにだけ存在するもの（非現実的なもの）に変化している。

（3）『ミラノ通り』

集合住宅ものの第三の例としてビュトール『ミラノ通り』を挙げたい。この作品では、先ほど取り上げた二作品と異なり、壁突破の方法が筋に織り込まれていない。悪魔の力も想像力も介在させず、当たり前のことのように語り手は壁を抜ける。

この小説では、ミラノ通りにある集合住宅でのある晩から翌朝にかけての出来事が描き出される。この六階建ての建物（日本式に数えれば七階建て）の各階には、以下の人物たちが住んでいる。地上階には管理人夫妻、一階にはラロン家、二階にはモーニュ家、三階にはレオナール家、四階にはヴェルティーグ家、五階にはド・ヴェール家、六階には女中やモーニュ家の息子、ラロン家の縁者であるルイ・レキュイエがいる。

こうした舞台で起こる主要な出来事は、二つの階で催される夜会である。三階のレオナール家では、友人同士である中高年層の文化人が集い、談話に耽る。彼らの談話では小説論が戦わされる。それは小説『ミラノ通り』の狙いを説明するものとして読める。四階のヴェルティーグ家の夜会はもっと盛大である。一人娘アンジェルの成人パーティーが催される。若者たちが多く集い、酒を飲み、ダンスに打ち興じる。この成人パーティーの終了後に、この小説の山場である事件が起こる。よからぬ望みを果たそうとした招待客の一人によって、アンジェルが殺されてしまうのである。

こうした出来事を中心に据えつつも、各部屋にいる人物同士のやりとりが次々に提示される。様々な階を頻繁に往来しつつ、同時に展開する複数の出来事が語られる。小説の全体は一二の章に分けられている。各章はさらに、空行によって区切られた複数の断章に分けられる。隣接する断章に移るとき、舞台も別の部屋に移る。それぞれの部屋には、ほとんどの場合、複数の人物がいる。だが、そのうち一人だけが内的焦点化で描き出され、その他の人物は外的焦点化で記述される。内的焦点化された人物が見たものとして、各部屋は記述されている。つまり、空行で区切られた断章は、一つの部屋に対応しているだけではなく、一個人の意識にも対応しているのである。部屋の隣接と断絶は、人物同士の隣接と断絶にも対応していると言えよう[51]。

だが、個々の人物に視座を設けて語るというだけでは説明できない箇所がある。建物の中にいる人物の視点からは見えるはずのない記述が数回現れるのである。例えば、「同じ壁がレオナール家にもヴェルティーグ家にも延長されて続いている、同じ位置には同じ窓や同じドア、同じ暖炉や同じ鏡[52]」という記述や、「ヴェルティーグ家の上にはド・ヴェール家、ド・ヴェール家の上には、今屋根裏部屋の階でたった一人きりのエリザベート・メルカディエ、地下鉄職員と女店員はレストランへ馬鹿騒ぎをしに出かけてしまったので[53]」という記述がそれにあたる。最後の章である第一二章でも、住人全員の行動が俯瞰的に記述されている。これらは、少なくとも建物内の人物の視点で語られたものとは考えにくい。全知の語り手によるものであると言うべきである[54]。

しかし、この全知の語り手らしきものは、全知の真似をしているに過ぎない。確かにこの語り手は、人物の視点からは見えない建物の様子を知ることはできる。しかし、全方位的な語り手でありつつ全人物の内面に入り込むということはしない。内面に入り込むときには、一人の人物に個別に焦点化するより他にない。制限された語り手、不完全な全知の語り手なのである。

このように建物の全貌についてのみ俯瞰的となりうる語り手は、鳥にたとえてよいだろう。事実、この小説で鳥が重要な要素であることは、タイトルを見てもわかる。*Passage de Milan* とは、『ミラノ通り』だけではなく『鳶の通過』をも意味するからである。小説の冒頭で、部屋の窓から空を見上げ、ルイ・レキュイエが「空高く、翼を広げているのは、飛行機でなければ鳶だ[55]」と独白する。他にも、画家であるド・ヴェールの絵には、エジプトのレリーフに見られる「いろんな方向に頭を向けている鳥の群れ[56]」が描かれている。レオナールの家には、三角をなして飛ぶ一群の鳥の刺繍がされた絨毯がある[57]。最終章では、ジャン・ラロンがエジプトの神々やハイタカ＝不死鳥を想起する[58]。この小説では冒頭と結末をはじめ、そこここに空を飛翔する生物が登場している。

不完全な全知の語りが、建物を見ている鳥たちによるものであると言うのは早計であろう。だが、集合住宅を取り上げた小説に、鳶の飛翔というタイトルが与えられているのである。鳶は建物のかたわらにいて、隣接的な関係においてこの小説に関わっている。その関係を口実として、地上の人間が建物を俯瞰するための「アルキメデスの点[59]」を仮想的に提供していると言う方が適切であろう。

この鳥の視点は、『片足の悪魔』や『人生使用法』とは異なり、物語として筋に組み入れられているわけではない。だが、建物を俯瞰する超人的な視点を提供するための口実として機能しうる。この仕掛けのうちに、『ミラノ通り』と『片足の悪魔』の縁戚関係を見出してもよいのかもしれない。というのも、全知の語り手を「神の視点」と呼びならわすのであれば、不完全な全知の語り手を「悪魔の視点」とでも呼びたくなるからである。すべての人物の内面を等しく知ることはできないが、建物の屋根や壁を透かして見ることはできる語り手。全知の語り手には及ばないが、人間の視点からは描き出せない事柄を語り得る語り手。『ミラノ通り』はこのような語り手を採用した小説なのである。

②車中空想もの

モンタージュ小説に馴染む主題の一つとして、車中で空想する人たちを挙げることもできよう。車中とは、列車やバスといった公共交通機関の車内を主に指す。車中の様子と、彼らがそこで思い描く事柄が交差することで縞模様が描き出される小説を車中空想ものと名付けたい[60]。

車中を舞台とした小説は少なからずある。クリスティ『オリエント急行の殺人』(1934)のように事件が起こる舞台として、その密閉空間を利用することもある。内田百閒の『阿房列車』(1952)のような旅行記では、車中の情景そのものが見るべきものとして楽しまれている。

だが、車中で空想する人々を物語る小説では、車中で目立った出来事は起こらない。列車旅そのものがもはや関心を引くものではなくなり、語るに値しなくなり始めたときに、ようやく現れる物語形式なのである。

極端な場合、車中の時間は疎外されたものとして現れる。そのあり方は、クンデラが「道」と区別する「高速道路」のそれと重なる。

道。人が歩く帯状の土地。高速道路が道と区別されるのは、車で走り回るからだけではなく、それはある点と他の点を結びつける単なる線にすぎないというところにある。高速道路はそれ自体ではいかなる意味もない。それによって結びつけられる二つの点だけが、意味を持つにすぎない。一方、道は空間に捧げられた賛辞である。道をどこで区切っても、それぞれにおいて意味が備えられていて、われわれを停止へと誘う。高速道路とは、空間の価値を貶める勝ち誇った低落作用であり、空間はこうして今日ではもはや人間の動きにたいする障害、時間の損失以外の何物でもなくなってしまっている。(61)

このような「障害」や「損失」を緩和するために、あるいはそれから目をそらせるために、今日の乗客はスマートフォンを操作し、携帯ゲーム機で遊び、音楽を聴き、本を読む。それらにもう一つの選択肢、空想で車中の時間を満たすことを加えてよいだろう。

極度に疎外された時間としての電車移動が、実際に新海誠のアニメ映画『秒速五センチメートル』(2007)で描かれている。東京に暮らす中学一年の少年、貴樹が、栃木の外れに引っ越していった同級生の少女、明里に会いに行く。彼女との出会い、仲良く過ごした日々、気まずいままに別れた卒業式、文通や電話でのやり取りが、移動の過程で思い出される。それらの場面はフラッシュバックで挿入され、電車移動の過程を繰り返し遮る。

彼女に一秒でも早く会うことを願う貴樹にとって、距離や移動時間は障害物以外の何物でもない。車中の彼は一点を見つめ、自己の内部に沈潜する。雪で電車が足止めを食らってしまったとき、オフの声で貴樹が「時間は明白な悪意をもって流れる」と述べる。そのとき車内時間の疎外感は最大に達するのであり、貴樹はうつむいたまま身を固くする。車内の様子と対比的な、柔らかく温かい思い出に身を包み、疎外された時間から自分自身を守ろうとする。車中からの避難場所として、空想が機能している。疎外された時間でしかない車中の時間を、空想が補完するのである。思い出に逃げ込むことでしか疎外感をやり過ごせない少年の、痛々しくも切実な姿を描き出す方法として、車中空想という枠組みが用いられている。

とはいえ、あらゆる車中空想ものがここまで車中時間を貶めているわけではない。よりいっそうニュアンスに富み、工夫が凝らされた作品の方が多いだろう。そのような小説作品を三つ取り上げ考察してみたい。ミシェル・ビュトール『心変わり』、福永武彦『死の島』(1971)、レオニード・ツィプキン『バーデン・バーデンの夏』(1982)である。[62] これらの作品を取り上げるなかで、車中の時間と空想された事柄の関係性を明らかにしたい。

(1)『心変わり』

本書の中で何度か触れてきたビュトール『心変わり』は、車中空想と聞いてまず最初に連想される作品ではないだろうか。

小説全体の枠組みはパリからローマに至るまでの旅程であり、テクストの大半は車内で「あなた」が巡らせる回想や期待にあてられる。現在の車中の描写と記憶や予期の中の出来事が繰り返し交差する形式である。車中のコンパートメントでは、乗客の出入りこそあるものの、何か出来事らしいことが起こるわけではない。だからと言って、『秒速五センチメートル』の少年のように、時間が過ぎ去るのを必死に耐え忍んでいるわけでもない。「あなた」にとっての車中と空想の関係とは、どのようなものなのだろうか。

旅に出る直前の「あなた」にとって重要なのは、パリと妻アンリエットから逃げ出し、ローマに住む愛人セシルのもとに到着することである。ローマは「光に満ちあふれ」ており、「脱出口」であり、「青春の泉」である。一方、妻は「いろいろと訊問をあびせかけてくるあの死体と化してしまった女」であり、「はっきり別れようという決心」を胸に、「あなた」は列車に乗り込む[63]。ローマが若さと自由の街であるならば、パリは老いとしがらみの街である。そうであれば「この旅は、ひとつの解放、若返り、あなたの体とあなたの頭の大掃除になるはずのものなのだ」と独白する。しかしすぐさま「そうしたこの旅行の恵みと昂揚とを、あなたはもう感じとってもいいはずではないだろうか？　今あなたを捉えているこの倦怠、ほとんど不快感ともいえるものは、一体何なのだろうか？」と自らに問う[64]。自分はローマへの逃亡を強く望んでいると「あなた」は信じ込んでいるが、旅の始まりからすでに、その願望は倦怠や不安に蝕まれている。

　そして、こうした不安からの解放こそが、旅の目的であると自分に言い聞かせ、「とりあえず今のところはあなたは外套を脱ぎ、畳んで、スーツケースの上に乗せたまえ」と自分に指示する[65]。そしてすぐさま「あなた」の荷物や車中の描写、車窓の風景の記述へと移行するのである。これらの振る舞いから、車中の様子に目を凝らすこともまた、不安に抵抗するための方便であると「あなた」が感じていることが読み取れる。新海誠の主人公が、車中で感じる時間の「悪意」から身を守るために空想に逃げ込んだのとは異なり、『心変わり』の「あなた」は、自覚したくない不安を押し込めるために車中の様子に集中しようとしている。

「あなた」の戦略はそれだけではない。この防護壁にもう一つの層を付け加える。「のしかかってくる息づまるようなこの感じ、できるだけ早くそれを逃れ、未来の空気、目の前の幸福を、できるだけ早く胸いっぱいに吸いこまねばならない」という独白が示すように、は、未来の先取りに「あなた」は、空想でローマ到着後の事柄を先取りすることを自らに許す。[66] さらには、未来の価値を高騰させ、自分の奥底に潜む不安に対する鎮静剤の働きを見ている。さらには、未来の価値を高騰させるのと連動して、妻アンリエットとの過去の価値を下落させつつ回想するのである。

だが「あなた」の旅の結末は、セシルとの生活を諦め、アンリエットのもとに戻る決意をすることである。結局は自分の中に潜む不安や倦怠が溢れ出てきて、自分がもはや若くないことを悟る。「予定変更」［modification］とは、小説冒頭で感じられていた予感が、明白に認識されるに至る過程のことである。だが、それは言い方を換えれば、「あなた」がこの「予定変更」の萌芽から目をそらせ、それから逃れようとした過程のことでもある。パリ－ローマ間の旅程は、不穏な予感とのタイムレースなのであり、「あなた」はそれに敗れるのである。

車中の様子をつぶさに観察し、過去と未来を委細にわたって思い描くことは、そのレースに挑むために「あなた」が選んだ作戦である。だが、それゆえにこそ、車中の知覚と過去の回想と未来の期待が同じ機能を果たすことを望まれ、ゆえに同じ階層に置かれているからこそ、車室に同席した若い夫妻から自分の新婚旅行を思い出し、同室の子供に我が子を重ね合わせそうになる。車中の情景と空想が侵食し合うのである。封じ込めておきたかった予感が、記憶や認識を経路として抜け出てきて、「あなた」の現実知覚において表面化してしまうのである。

『秒速五センチメートル』の貴樹は、車中で現在流れる時間から身を守るため、空想へと逃げ込んでいた。車内の状況という縞を無化するように回想の縞が機能しており、その階層化は堅牢である。一方、『心変わり』の「あなた」が抗うものは、「あなた」の中に潜んでいる不穏な何かである。それから身をかわすために、車中観察、回想、未来予測の三者すべてが選ばれている。それらの縞はこうして同列に、同階層に置かれる。そして、二人称の語りと内的独白の妙でもあるが、現実の知覚と内的ビジョンの境界は曖昧である。語りのレベルでは「カット」を用いることで断絶し、階層化された三色の縞であるが、物語内容のレベルではその境界が侵犯される。そしてその侵犯された境界から、「あなた」が目をそらせたかったものが染み出してくるのである。物語言説としては堅固な作りとなっている縞模様の階層が、物語内容のレベルで形骸化していくという仕掛けが、ビュトールの小説では用いられている。

(2)『死の島』

『心変わり』の「あなた」は、名付けえぬ不安とのタイムレースに知らぬ間に巻き込まれていた。だが福永武彦『死の島』の主人公は、女友達の命が尽きる前に目的地につけるか否かという、字義通りの時間とのレースに挑む。

『死の島』は、一九五三〜五四年に時代を設定した小説である。主人公の相馬鼎は東京の出版社に勤める編集者であり、小説家を志している。「恋人たちの冬」、「カロンの艀」、「トゥオネラの白鳥」と題された三つの物語原稿を書いているが、断片的なままである。彼は編集者としての仕事を通して、女性画家の萌木素子とその同居人である相見綾子と知り合う。素子は原爆の被爆者である。死の欲動を思わせる「それ」を存在の奥底に抱えており、そのことを強く意識している。綾子は開業医の娘であるが、駆け落ちをした経験をもつ。彼女は男と別れたあとも実家には戻らず、素子のところに転がり込む。主張の強い性格の素子とおっとりとした性格の綾子の、どちらにともなく相馬は恋心を抱いている。

相馬は二人が広島で心中を試みたという電報を受け取る。二人とも危篤であるという。

彼はその後の容体を知らせるよう電報を返し、広島へと向かう。途中、名古屋の駅で電報を受け取り、二人のうち一方が亡くなったと知らされる。どちらが亡くなったのかは分からないままに彼は旅を続ける。自分がどちらの存命を望んでいるのかと、回想や自作小説の原稿のなかに答えを求める。そして広島で彼を待ち受けているものは、三又に分かれた結末である。

この東京から広島に向かう行程が車中空想ものに当たる。だがその構成は、『秒速五センチメートル』や『心変わり』に比べて複雑である。広島へと向かう相馬の行程と、二人の女性との一年間に及ぶ関わりの回想が交差する車中空想ものであるが、それだけではない。他に三つの要素が挿入される。第一に、相馬が列車に持ち込んだ三つの小説原稿が挟まれている。別個のタイトルが付けられているが、そのどれもが素子と綾子をめぐる小説である。相馬の自伝的虚構とも私小説とも言える小説内小説であり、彼の自我の延長である。第二に、「内部」と題された素子の独白が挟まれている。独白においては、素子が「それ」について考えていることと、原爆投下直後の病院で働いた経験が交差する。「内部」と題された章自体が、二色の縞模様を持つモンタージュである。第三に、「或る男の午前／午後／夕／夜／深夜」と題された、ヒモ気質の男に関する章が挟まれている。女の孤独を食い物にする男の悲喜劇が語られる（昔の恋人と今の恋人が知り合いであることが発覚し、二人で揃って「或る男」を部屋から追い出す）。相馬は車中空想の状況に置かれるが、それを相対化するように素子の独白と「或る男」の二つのセリーが並走しているのである。

相馬の車中空想が内向的傾向の強いものであることは、小説序盤で明らかにされる。出版社に向かうとき（広島へはまだ向かっていない）に「電車は疾走し、その単調な動揺に身を任せながら、彼の心は次第に内部に鎖される[67]」と述べられる。それに続いて、素子と綾子のどちらを好いているのかと自問が続く。

この自問は小説の結末に直結している。三又に分かれた結末とは、素子が亡くなる結末、綾子が亡くなる結末、二人共が亡くなる結末である。『死の島』にはこれら三つの結末すべてが付けられている。この結末の作為的な性格から、これらの結末自体が相馬の内部から出てきた創作であるかのように映る。こうした結末のつけ方が、相馬が独白する小説論と符合するからである。「己の『小説』には結末はきまっていなかった、と彼は思う。それはノオトブックに書き続けられている彼の『小説』はまだ完成していないという意味ではない。恐らく彼の『小説』は、どこまで行っても未完成の印象を与えるだろう。そこに特徴があるだろう。なぜならば彼は、一つの初めと一つの終わりとを持った人生の連続体としての小説を構想したのではなく、多くのばらばらの断片の一つ一つの中に現実があり、それらの断片が重なり合って組み立てられたものが、別個の、架空の、綜合的な現実世界を表現する筈だと考えていたからだ[68]」と彼は述べる。女性二人の自殺の結末を「未完」にするというのは、小説的な「別個の、架空の、綜合的な現実世界」を、彼の実存的な現実に接木し、茂った枝葉で現実を隠してしまうことに等しい。このようにして自殺の結果をはぐらかす結末のつけ方は乱暴であり自慰的でさえあるだろう。あたかも、自殺の結末へと直進する列車が、空想の力によってさらなる推力を得た結果、その推力によって目的地そのもの（一つの結末に到ること）を破砕するかのようである。

だが『死の島』の車中空想には、外部がある。すなわち、「内部」と題された素子の独白と、「或る男」をめぐる物語である。素子は、「それ」を抱え込んだ自分を相馬は決して理解できないだろうと述べる。「或る男」は、文学青年的でロマンチックな相馬の恋愛とは対照的な、肉体と金銭と孤独に基づく恋愛を物語る。空想でコーティングされて突き進む列車であるかのような相馬だが、車窓の外には、彼のあずかり知らぬ現実があり、彼と並走している。

『死の島』の車中空想は、小説を通して知るに至る「己だけが知っている現実世界」[69]（空想）によって力を得て、現実に起こった女友達の自殺（「現在」のセリーの結末）を塗り替えようとする相馬自身を表すものと考えられる。だがそれと同時に、相馬の知りもしない、別の人物の（つまり「小説」的なものとは異なる）「己だけが知っている現実世界」を併置することで、相馬の「内部に鎖されている」状態を相対化するのである。相馬の車中、回想、小説内小説という三色の縞は一つに縒り合わさりながら現実を破砕しようとするが、その身勝手さを冷やかし、「小説」的なるものを相対化するように、さらに二色の縞が配置されているのである。五色の縞同士の癒着度を操作することで、相馬の言う「小説」的なるものを超えようとする試みが、『死の島』という小説であると言えよう。

（3）『バーデン・バーデンの夏』

レオニード・ツィプキン『バーデン・バーデンの夏』も、語り手＝作中人物の「私」が、列車の車中で空想や回想を巡らす作品である。だがこの列車旅は、『心変わり』や『死の島』のそれとは異なり、一刻も早く目的地に着くことを強いられるタイムレースではない。「私」は、モスクワからレニングラードに向かう列車に乗っている。季節は冬である。「私」はドストエフスキーのファンで、旅のお供にこの作家の妻アンナ・グリゴーリエヴナの『日記』を携えている。[70] 移動の最中、「私」は『日記』を読んでいる。彼らが一八六七年に経験した新婚旅行を取り上げる著作である。こうした『日記』から着想した内容が小説の大半を占め、そのあいまに、停車した駅や車中の様子をはじめ、「私」自身にまつわる回想が挟まれる。

主人公が文章を読んでいる点では『死の島』と共通する。だが大きな違いもある。『死の島』では、相馬が読んでいる最中の小説原稿の文言が一字一句「引用」されていた。一方、『バーデン・バーデンの夏』では、『日記』の逐語的引用はされていない。「私」が『日記』を読んで注目した事柄が選ばれているうえに、[71] 場面は「私」の想像によって補われ、解釈されている。『日記』の内容は「私」というフィルターを通されたものとして(「私」によって語り直されたものとして)、小説中に現れているのである。[72] いわば『死の島』では、相馬の視覚的インターフェイスを通じて原稿が作品に取り込まれているが、『バーデン・バーデンの夏』では、「私」の思考のインターフェイスを通して『日記』が取り込まれているのである。

ドストエフスキーのセリーと「私」のセリー、空想の世界と車中の情景は、章や段落といった単位でブロック化されているわけではない(この点においても『心変わり』や『死の島』と異なる)。そもそも『バーデン・バーデンの夏』には改行が少ない(およそ二〇〇ページのテクストで一一回のみ)。セリーの切り替え方はダッシュ記号を用いたものである。[73] とはいえ、すべてのダッシュがセリーの切り替えに対応しているわけではなく、ほとんどの場合、焦点化の変化(焦点人物の変化、内的/外的焦点化の変化)、場所の移動、挿入句(語り手の介入や比喩的イメージ)など、同一セリー内での微妙な変化を導入する。こうした小さな変化と、セリーの切り替えといった大きな変化とが、どちらもダッシュ記号で表されている。こうした多様な用法によって豊かになったダッシュ記号が、何度も繰り返されている。『心変わり』や『死の島』の場合、縞の境界は空行や断章の切り替えという視覚的にも強調されたマーカーを備えていたが、『バーデン・バーデンの夏』の場合、セリーの変化（色の変化）に満たない数多くのダッシュ記号に紛れて、色の切り替えが起こる。カットの意味作用を読むとすれば、セリーの切り替えそのものを、それに満たない同一色内の微妙な変化のうちにあたかも仲間入りさせようとしているかのようである。[74]

こうした語りの特徴を持ったテクストにおいて、車中と空想はどのような関係に置かれているのであろうか。この小説における現在の車中と伝記的空想は対照的である。現在の「私」が冬の夜に一人旅をしている一方で、ドストエフスキーは一八六七年の夏を妻とともに過ごしている。「私」はモスクワからペテルブルグへとソ連国内を暗い北に向かっていく一方で、ドストエフスキーは国境を越え明るい西ヨーロッパへと向かう。この作品を「発見」したスーザン・ソンタグは「文化の荒廃した現在を透かして、熱気ある過去が輝いて見える」と評している。[75]

熱気は、思い描かれるドストエフスキーの性格を形容するものでもある。彼は身勝手で傲岸不遜なカジノ狂である。美術館で《サン・シストの聖母》の絵を見ようと監視員の椅子の上に立つ。バーデン・バーデンに到着後、彼はそこに滞在中のツルゲーネフとけんか腰で言葉を交わす。その後は賭博場に入り浸り、ルーレットに夢中になる。勝ちが続き、うずたかく積まれたコインの山頂から人々を見下ろすような感覚を覚えるが、とある伊達男の一言で調子が狂い、瞬く間にすべてすってしまう。それでも連日賭博場に通い、妻の持ち物まで質に入れ、負け続ける。「強迫神経症」[76]的に賭け続け、負け続け、そのことに恍惚感さえ覚える。

その一方で、「私」がいる車中の記述は、ドストエフスキーのそれに比べて圧倒的に少量である。一八六七年の熱気や熱狂とは対照的な、寒々しい停車駅の様子が数回現れる程度である。[77]それに加えて、「私」の個人的な回想も挟まれる。トロリーバスでよく見かける老人や、かつて家によく来ていた同級生などに触れられている。[78]

だが、興味深いのは、その導入の仕方である。「私」は日記に描かれているドストエフスキーの姿を想像しながら、知り合いの老人を思い出す。『悪霊』の作中人物から、同級生の父親を連想する。「私」自身に関わる事柄は、ドストエフスキーに関わる事柄に触発されて初めて、語られる権利を持つのである。ドストエフスキーについての『日記』を伴い旅をする「私」であるが、語りのレベルでは、「私」に関する事柄はドストエフスキーに随伴することしかできないのである。旅する「私」は旅の中心にはいない。中心にはドストエフスキーがいる。

事実、「私」の旅の目的は、ペテルブルグに着くことではなく、そこにある「ドストエフスキーの家」を訪れることにある。ロシアの大作家をより深く知るための旅であり、知る過程こそが旅なのである。[79]

そうであれば、『バーデン・バーデンの夏』の本当の目的地は、「私」の旅に離れず付いていた（むしろ、「私」の旅を付き従えていた）ドストエフスキーをめぐる読書や空想の中にあると言ってよい。あるいは、読書や空想を極めた先にある。車中にいる旅人の目的地は、空想の奥底に位置しているのである。

セリーの切り替えに満たないダッシュのうちに、セリーの切り替えに対応する少量のものが紛れ込んでいることはすでに指摘した。上述した物語内容を踏まえると、「私」のドストエフスキーに対する愛着や、知ることでこの大作家に接近し、我がものとしたがっているかのような心理的傾向が、この縞の切り替えの仕方に呼応していると言ってよかろう。

③臨終回想もの

モンタージュ小説によく見られる物語言説のタイプとして、時系列を錯綜させる語りがあると指摘した。その一つの応用が臨終回想ものである。これにおける中心点は、死につつある人物や今まさに死を迎えた人物である。そのような人物をめぐる物語は、基本的に死にゆく人の過去を語ることになる。そのような物語は、死にゆく現在と生きられた過去とを往復する語りや、死にゆく者を知る人々による多角的かつ複線的な回想といった、縞模様の形を取りうる。

とはいえ、臨終回想ものというテーマが常に縞模様をなすわけではない。例えば、ユルスナール『ハドリアヌス帝の回想』(1951)やタブッキ『フェルナンド・ペソア最後の三日間』(1994)は死にゆく人物の現在や回想を描いているが、縞模様をなしてはいない。『ハドリアヌス帝の回想』では、死の床にあるハドリアヌス帝が自らの過去を一人称で物語る。テーマごとに区切られた回想がこの小説を構成する。現在と回想の交差による縞模様はない。また他の人物の視点で彼の人生が語られることもない。タブッキの小説では、多重人格詩人であったペソアの「異名」たちが、死にゆく詩人の枕元に現れては別れを告げる。現実(時間指標の役割を果たす)と幻想(ペソアと「異名」の対話)が織り交ぜられているが、両者はシームレスに行き来し、カットによる断絶は起こらない[80]。

それでも、人の死を取り扱った文学作品の中で、モンタージュを用いた臨終回想ものが一定の存在感を持っていることも見過ごしてはならないであろう。ここでは三つの作品を取り上げたい。カルロス・フエンテス『アルテミオ・クルスの死』、ウィリアム・フォークナー『死の床に横たわりて』、ミュリエル・バルベリ『至福の味』(2000)である。これらの作品に見られる、死にゆく者と残される者たちとの関係性を考察する。

（1）『アルテミオ・クルスの死』

臨終回想ものの例として、まずフエンテス『アルテミオ・クルスの死』を挙げたい。

小説の大枠は、メキシコの権力者であったアルテミオ・クルスという老人が病室で死に瀕しており、最後には死に至るというものである。三色の縞が現れており、それらの「色」すべてにおいてクルスに焦点化している。[81] 各色に一人称、二人称、三人称の語りが割り当てられており、この順序で最後まで交差が繰り返される（最後の断章は二人称）。ゆえに、この小説の縞模様は、三色が規則的に繰り返されるものである。[82]

第一の色では、クルス自身の身の回りで起こることや、彼の意識の中で起こることが、一人称で語られる。第二の色は、二人称を用いて、主に未来時制で語られる。死に瀕してなお望んでいることが語られるが、過去のある時点から見た未来を語ることも多い。過去のことを、クルス自身の期待や予測を通して記述しているのである。だが、それだけには留まらず、自身の最期（手術で腹を裂かれる）のような、彼の意識が失われている時点での出来事も記述される。したがって、クルス自身を指す二人称とは言いきれず、謎めいた語りである。第三の色は、彼の生涯を三人称で語る。語られる内容は、直前の一人称や二人称の断章と関連する過去の出来事である。また彼の過去の出来事は時系列を入れ替えて示される。[83] こうした複雑な配置ゆえに、時間指標（年月日）が章の冒頭に記されている。三人称の章は他の人称に比べ分量も多く、ここで語られる内容こそが小説の本体であるとも言える。

こうしてアルテミオ・クルスがメキシコ社会で成り上がっていく経緯が断続的に示され

る。若き日は左翼闘士であり、成り上がると腹に決めて妻を選び、家族に豊かな生活を許し、愛人を抱き、社会的にも経済的にも成功した人物として老年を迎える。「社会の底辺まで落ちるか、それともいちばん上まで這い登るか、二つのうち一つしかない」社会で、激烈に頂点を目指し、「金で買えるものはもちろん、買えないものまで［クルスは］自分のものにした」のである。[84]クルスの生は「愛と孤独、憎悪と努力、暴力とやさしさ、友情と幻滅、時間と忘却、無垢と驚愕[85]」に彩られたものであった。

だが、死の床にあるクルスには、孤独、憎悪、幻滅ばかりが残る。家族は遺産の分配にばかり熱心であるように彼には映る。[86]神父や医師団の言うことは戯言にしか聞こえない。仕事の片腕であるパディーリャまでも、クルス亡き後の会社運営のことを話し始める。[87]クルスは多くの人に囲まれながらも、孤独へと落ちてゆくのである。

この孤独は、多様な人称や視点を語りの手法に取り入れつつも、ただ一人の人物のみに焦点化することで、際立たせられていると言ってよいだろう。他の人物が後景に遠のく効果が伴われているからである。さらには、過去を語るために三人称を用い、かつ外的焦点化が多用されることで、[88]過ぎ去った自分自身との隔たりが表される。そのようにして、死につつある孤独な現在が切り取られ、それだけがクルスに残されたものとして示される。こうした語りの仕掛けを用いて、死にゆく者の孤独を浮き彫りにする作品が『アルテミオ・クルスの死』なのである。

（2）『死の床に横たわりて』

フォークナー『死の床に横たわりて』は、モンタージュを用いた臨終回想ものの最も古い例であろう。バンドレン家の母親アディが死に瀕し、死を迎え、棺桶に入れられ、町へと運ばれていく。町に着き、棺桶を一時的に置いていた納屋が放火され、その犯人が連れて行かれたところで物語は終わる。一五名の人物が一人称の語り手となり、その行程を多元的な視点から描き出す。多色の縞模様をなしている。

小説は五九の断章に分けられるが、語り手になる人物には偏りがある。バンドレン家の夫アンス、長男キャッシュ、次男ダール、三男ジュエル（姦通によって生まれた）、長女デューイ・デル、四男ヴァーダマン（発育未熟な少年）は、語り手になる頻度が高い。特にダールはおよそ二〇の章を語っている。次いでヴァーダマンやデューイ・デルの頻度が高い。一度だけ、すでに死んでいる母親アディも語り手となって、夫との関係や不義の子供を身ごもったことについて語る。

ただし、死の床にある母親を主題として暗示するこの小説は、逆説的にも、母親をめぐる回想の少なさによって特徴づけられている。大工である長男キャッシュは、母親が息を引き取る前から棺桶を作っている。鈍重な性格のようで（彼が語る断章には非常に短いものが多く、思考の量が少ないことが暗示される）、母の死についても鈍感である。三男のジュエルは母親から特別可愛がられていたが、本人は母親に対して無関心であり冷淡である。長女デューイ・デルは母親のそばを離れないが、身ごもった子供を処分する術のことばかり考えている。彼らが考えるのは死にゆく母親をどうするか、死んだ母親をどうするかである。そこで優先されるのは生者の都合であり、自分の都合である。そうであればこそ、彼らは他人のやることが目につき、心の中で愚痴を述べる。自分の都合を優先し、他人の粗探しばかりする彼らの思考に、母親の回想が入り込むことはない。四男のヴァーダマンは、母親の身に何が起こっているのかを理解しようとするが、発育未熟ゆえに死を理解できない。母親が魚になったと思い込んでいる。

こうした人物たちの間にあって、例外的な役割を果たすのが次男のダールである。彼は最も母親の死に心を痛めているが、それゆえに精神に変調をきたし、納屋の放火に及ぶ。小説の構造においては、家族らの振る舞いをつぶさに観察し、それを物語る役割を担う。他の人物が自分の狭い視野から出てこられないのとは対照的に、この多色の縞をなす数々の行動を包括的に捉えようとする立場にある。ただし無色透明な語り手のそれではなく、家族や隣人の身勝手を恨めしく思い、彼らへの苦言も独白される。特にジュエルに対して厳しい[89]。母親の回想を一度ダールは述べるが、それでも結局は弟への非難が主調となっている[90]。

『死の床に横たわりて』では、周囲の人物たちに内的に焦点化することで、母の死が彼らの意識に上らないことを知らせる。家族や知人間での牽制や当てこすりを表面化させるための口実として、母の死を機能させているのである。

さらには、氾濫した川で棺桶が流されそうになったとき[91]、彼らの荒っぽく淡々とした対応から、無自覚的にであれ、遺体を「お荷物」のように感じていることが推測できる。関心を向けられていないというだけではなく、死者となることで価値の下落を決定的なものとした母の存在が示されていると言えよう。

(3)『至福の味』

ミュリエル・バルベリの小説『至福の味』も臨終回想ものに分類できる。間もなく死を迎える老美食家が、今までに食べてきた味を思い出しながら、死ぬ前に食べたい物を見出すにいたるという筋立てである。それと並行して、彼の家族や知人たちが、彼のことを回想する。美食家のセリーと、周囲の人物たちのセリーが交互に配置された、二色の縞模様をなすテクストである。

すべての章は一人称の独白である。美食家の章には料理や物の名がつけられ（「肉料理」、「魚料理」、「マヨネーズ」、「鏡」、「農園」など）、家族と知人の章には彼らの名がつけられ（「ローラ」、「ジャン」、「アンナ」、「ポール」など）、セリーの区別を容易にしている。知人の中には、飼い猫リックや書斎に置かれたヴィーナス像も含まれ、彼らも独白する。

この小説も臨終回想ものであるが、臨終と回想が二色の縞をなしているのではない。老美食家の現在時と回想を一方の色とし、知人たちの回想をもう一方の色としている。臨終は内容というよりも枠組みであり、臨終者が回想する主体であるか、回想される客体であるかの相違によって色が区別される。臨終者をもっぱら回想する主体とする『アルテミオ・クルスの死』と、臨終者をほとんどの章で回想の客体（になれないもの）として扱い続ける『死の床に横たわりて』とを掛け合わせた、折衷的な形式が『至福の味』では採られているのである。

美食家の他に独白をする人物は、妻アンナ、娘ローラ、息子ジャン、甥ポール、孫娘ロッテといった身内のほか、集合住宅管理人ルネ、家政婦ヴィオレット、医師シャブロ、同業の美食評論家ジョルジュ、馴染みのレストランの主人マルケ、路上生活者ジェジェンなどがいる。彼らの回想が描き出す美食家像は、傲岸不遜で自分勝手という点でほぼ一致している。例外的に評論家ジョルジュは美食家に対して崇敬と幻滅を感じ、医師シャブロは友情を感じている。家政婦ヴィオレットは、丁寧に応対してくれる美食家を好もしく思うが、そこに慇懃無礼な態度も嗅ぎ取っている。身内の人物たちは、前述の人物評価に加えて、強い憎しみや恨みを抱いている。娘ローラ、孫娘ロッテ、甥ポールの場合、他の感情は希薄だが、妻アンナや息子ジャンは事情が異なる。ジャンは父親からないがしろにされてきたことを恨んではいるが、それは愛情を欲していることの裏返しであると自覚している。アンナは、自分を苦しめた夫を憎んでもいるが、憎しみと切り離しえない深い愛情を抱いている。彼らは美食家に対して概ね否定的な感情をこそ抱いているものの、彼らの関心は死にゆく人物に向けられている。この点で、死者への関心が薄い『死の床に横たわりて』と異なる。

だが、フォークナーの人物たちは死者のかたわらにいた。『アルテミオ・クルスの死』でも、身内や医師が瀕死者の側で見守っていた。ところが、『至福の味』の身内や知人は、ほとんどが他所にいる。一四名を数える身内や知人のうち、妻と甥のみが（おそらく猫も）瀕死者の側にいる。臨終回想もの三作品の中で、看取る者が最も少ない状況で死を迎える主人公である。

そのような状況で、死の床にあってなお美食家が気にかけるものは、「あの味」のことである。それを知るために様々な料理を思い出す。それを味わった状況もともに思い出されるのであるが、そこに登場する人物は、美食家の祖母、叔父、父や、たまたま知り合った農夫である。[92] 回想を独白する身内や知人は、ほとんど登場しない。美食家は家族や知人の注目を集めはするが、関心を相手に向けたりはしないのである。

食にばかり関心を向ける美食家の独白と、彼に（否定的な感情ではあるが）関心を向ける身内や知人の独白が交互に配置されているのである。このモンタージュによって、両セリーの相違が際立つ。関心を向ける人物たちと、関心を向けられる人物の相違である。それに加えて、美食家の関心は自分の食べたい味に向けられている。それは、美食家の関心が自分自身に向けられているということでもある。美食家は「あの味」を思い出すために自分自身に関心を向け、身内や知人は憎悪や恨みといった感情を美食家に向ける。視線や関心は、すべて美食家のもとに集められ、独占される。小説冒頭に「晩餐のテーブルを我がものとしているとき、私は君主であった[93]」とあるが、この物語においても美食家はあらゆる視線を独占する王者なのである。

筋立ての上では、息子も娘も看取りに来ることもないまま美食家は死を迎える。ごく限られた家族の視線を受け取るだけである。だが、二色縞のモンタージュを通じて見るならば、関心のベクトルが美食家に一方向的に集中していることが強調される。美食家もアルテミオ・クルスも社会的な有力者であるが、死に際してクルスが己の孤独の中へと降りていくのとは異なり、美食家は孤独の外観を見せながらも、注視を独占し続けている「君主」であることが示されるのである。

以上のように、モンタージュ小説の三つのテーマを考察してきた。隣接と断絶、統合とそれに対する抵抗といった、モンタージュに特有の要素間の関係性を物語の構造に取り込みやすい主題や枠組みである。

無論のこと、モンタージュ小説に馴染む主題は、集合住宅もの、車中空想もの、臨終回想ものに限定されるものではない。あくまでも一例として取り上げたものに過ぎない。ここでは取り上げなかったが、例えば人物同士の「すれ違い」も、モンタージュに馴染む主題であろう。空間的なすれ違いもそうだが[94]、感情や思惑のすれ違いは交互的モンタージュによく馴染む[95]。

また、多文化社会も、縞模様の語りを用いて効果的に描き出すことができるのではないだろうか。二〇一五年のテロ以降、フランス社会の移民統合の原則が問われている。移民に対する開かれや閉ざされ、多文化の共存と齟齬を一望のもとに描き出す方法として、文学的モンタージュが有効に働くと期待したい。筆者の無知もあって、そのような作品例をここで挙げることはかなわない。だが、ブロッホが『夢遊の人々』で見せたような、一つの社会を包括的に描き出す多文化社会的な全体小説の登場が待たれているのではないだろうか。

結論

以上のように、文学的モンタージュの概念・様態・機能を検証した。読者の役割までも射程に入れたものとして、その新たな定式化を試み、一定数の作品例の分析を試みた。

第一章では、文学用語辞典の定義から出発して、この文学的モンタージュがフォトモンタージュと映画のモンタージュという二つの源泉から派生していることを示した。

フォトモンタージュからは引用モンタージュが派生している。しかし単に引用であるというだけではなく、引用や出典の多数性や多様性、引用の「剽窃的」モードという特徴まで含めてモンタージュである。引用物の「現実資料」的な性質も、一部の引用モンタージュでは重視されているが、現代ではその傾向が弱まっているであろうことも指摘した。

映画のモンタージュからは、複数の筋が同時的に、あるいは時間の隔たりを無化して交互するモンタージュが派生している。時空間的モンタージュである。文学的モンタージュがこのような形をとるようになった経緯を検証した。二つ以上のショットから、統合的なイメージを創り出すことがエイゼンシュテインのモンタージュ論の基礎にある。物語や思想といったイメージを、具体的で即物的なショットに先行させることで、彼はモンタージュを領域横断的な概念に仕立てている。だがその結果、いたるところにモンタージュを見出すことになってしまう。エイゼンシュテインの文学論を参照していても、文学が映画から何を受け取ったのかは明らかにできない。むしろ一九二〇～三〇年代の英米の小説がグリフィスの映画作品から受け取ったものこそが、今日言われる時空間的モンタージュの正体であることを指摘した。

このように、第一章では文学的モンタージュが二元的な概念となった経緯を示した。第二章では、文学理論を参照しつつ、この分裂状態を統合しようと試みた。モレルの物語論的定義から出発して、それを検証するなかで、読者による「組み立て」がテクストに付随していることを示した。

モレルによれば文学的モンタージュは、①複線的な物語内容（複数の行動セリーに分けられる物語内容）が、②線分化され交互的に配置されており、③それらの線分の切り替えが語り手によって「統括」されていないときに成立する。この「語りの統括放棄」（＝「カット」）はモレルの議論の新しさであった。「カット」に関して、引用の「平坦化」、「叙述」や「提示」という語りのモード、語り手の「統括の機能」が検討された。そうして、「カット」が捉え難いものであることや、「統括の機能」の「放棄」には度合いがありうることが示された。また、実際の作品読解においては、「カット」を名指すだけでは不十分で、その瞬間を一つの言語として起動させることの重要性を示した。これを読者による〈「カット」の書き込み〉とした。

複線性に関しては、それを保証するものが何であるかを検証した。複線性が容易に見て取れる場合もあるが（一人の人物が一つのセリーに対応している場合）、複数の人物が出入りしつつ一つのセリーをなしている場合や、セリーから人物が出ていくことで別セリー化する場合もある。距離の隔たりや相互的影響関係の欠如を、複線性を保証するものとして提案した。しかし基準を細分化することで、行動セリー自体がさらに細分化しうるものとなることが示された。結局のところ、読み手の注意力によって、セリーの数は増減しうるのである。このような読者による〈セリーの細分化〉が起こりうることを指摘した。

交互的配列に関しては、そのミニマルな配列をABA'B'とした。こうすることによって、小説黎明期によく見られる枠組み（ABA' の配列を超えない）を交互的配列から除外することができた。また多数の項目が一度ずつ語られる辞書的な構成やオムニバス形式もモンタージュから除外される。いかに行動セリーの数が増えようとも、ABA'B' の配列を保持していなければ交互的配列ではないのである。この特徴は安定した指標であるかに見えた。しかし主に一九六〇年代以降、パラテクスト部分（巻末注やページ下方）に本文と無関係な断片を配する作品が現れる。読者が注番号をたどり、偽注釈を本文に嵌め込むことで、交互的配列を読者自身が作り出す作品である。このような〈組み込み〉によって、文学的モンタージュが成立する場合もあることを指摘した。

線分の配列に関しては、〈組み込み〉とは逆に、断続的に現れる線分をつなぎ合わせてセリーを復元する〈組み直し〉も指摘した。交互的配列に置かれた線分を読むということは、それらを分類しグループ分けして、物語内容の全体像をつかもうとすることに等しい。だが、〈組み直し〉が必然的に付随するとはいえ、このような物語言説を物語内容に還元するような読解は、モンタージュという形式を危うくするものでもあろう。

引用モンタージュに関して、モレルはそれに複線性を認めていたが、本書では引用と複線性を区別した。これによって、「剽窃的」引用は読者自身がそれと認識することでようやく引用になりうるものであることを示した。引用はそれとしてあるものではなく、読者があるテクストと外部のテクストとを「ハイパーリンク」でつなぐことによって「生成」されるものである。引用モンタージュが成立するためには、読者による〈引用の生成〉が不可欠であることを指摘した。また引用モンタージュが「剽窃」と区別されるための方法を検証した。

このようにモレルの議論を検証しながら、文学的モンタージュに特有の読者の反応を五つ挙げることができた。①〈「カット」の書き込み〉、②〈セリーの細分化〉、③〈組み込み〉、④〈組み直し〉、⑤〈引用の生成〉である。このうち後者三つは、モンタージュが成立するために、あるいは成立している限り、それに必然的に伴われる読書行為の様態である。それ以外の二つは補足的なものである（テクストの読解を豊かにするものであるが）。こうした読者の機能を加味した上で、文学的モンタージュの新たな定式化を試みた。

文学的モンタージュには、引用のそれであれ時空間的なそれであれ、ABA'B' という配列が伴う。それゆえ、そのテクストには〈縞模様〉が現れる。その縞に〈紐づけ〉されているのが、モンタージュ小説の構造である。〈紐づけ〉は、隔たった位置にある線分を引き寄せる。これには、〈組み直し〉、〈組み込み〉、〈引用の生成〉に対応する①〈同色をまとめる機能〉、②〈同色に異色を嵌め込む機能〉、③〈同色を異色に変える機能〉の三種があり、このように〈縞模様〉と〈紐づけ〉というタームを用いることで、時空間的モンタージュと引用モンタージュを包含しうる定式を考案した。

第三章では、〈縞模様〉と〈紐づけ〉という観点に従って、モンタージュ小説の類型化を試みた。形式的な側面と、主題的な側面に分けて、一定数の小説作品を検討した。

形式的な面に関しては、〈縞模様〉の色数と様態に応じて分類した。①二色の縞模様、②三色の縞模様、③多色の縞模様、④分岐する縞と合流する縞、⑤創出される縞模様の五つである。

二色の縞模様は用いられる頻度の最も高い模様であろう。この縞模様が小説の一部にも全体にも現れうることや、機械的な交差ゆえに把握しやすいモンタージュの形であることに触れた。対比やサスペンスの効果も見て取りやすい。また、複線的であるのかないのかのあわいを形成する作品も挙げた。

三色の縞模様は珍しい色数の縞模様であろう。どちらかというと実験的な様相を帯びた作品で用いられる傾向がある。縞の配列は、同一の配列を繰り返すものもあれば、そうでないものもある。三色はしばしば二色＋一色に分かれる。

多色の縞模様は多くの場合、小説全体の模様となる。セリーの数が多いため、それらを〈組み直す〉のは容易でない場合も多い。しばしば一つの状況や一つの社会を多角的に描くために用いられる。そのため、物語世界内で同時的に展開するセリー群を交差させることが多く、時系列を錯綜させる多色縞は遅れて登場するように思われる。また縞の数が多いため、規則的な配列であることは稀であろう。

分岐する縞と合流する縞とは、複数の人物が一つのセリーをなしており、そこから分離して別のセリーとなったり、別人物と合流して一つのセリーとなったりする縞模様の様態である。小説の一部分に現れる縞模様は、分岐である場合も多い。縞の色数を変化させることで、物語展開に緩急をつけたり、人物同士の関係を暗示したりすることができる。多数の人物が関わる陰謀譚や、同時多発的な恋愛劇を例として挙げた。

創出される縞模様には、三つの可能性がある。〈引用の生成〉によるもの、〈組み込み〉によるもの、〈セリーの細分化〉によるものである。〈引用の生成〉に関しては、「剽窃的」引用であるがゆえの〈生成〉の難しさや、引用されるテクストにも「引用」が生成される可能性に触れた。〈組み込み〉に関しては、組み込む断片がまとめられている場所が必ずしもパラテクストではないこと、組み込む位置そのものが読者に任される作品もあることを示した。

こうした縞模様の形式に加え、モンタージュ小説に馴染みうる主題を三つ検討した。それらを①集合住宅もの、②車中空想もの、③臨終回想ものとして、形式との関わりを考察した。

集合住宅ものでは、多数の人物が登場し、彼らが各部屋で過ごす様子が、交互的配列を用いて描き出される。多色の縞模様が用いられ、それによって同時性を強く表される。具体例として、ル・サージュ『片足の悪魔』、ペレック『人生使用法』、ビュトール『ミラノ通り』を取り上げ、壁を無効化するための語りの仕掛けを検討した。それぞれについて、超自然的な力、人間的な想像力、不完全な全知の語り手を指摘した。

車中空想ものでは、公共交通機関の乗り物に乗る人物が、その車中で断続的に回想や空想にふける。車内の情景と、空想された場面が交差する形式をとる。具体例として、ビュトール『心変わり』、福永武彦『死の島』、ツィプキン『バーデン・バーデンの夏』を取り上げ、車中の状況と空想される事柄の関係性を考察した。『心変わり』では、不安から気をそらすために車中と空想に集中するが、その隙間から不安が忍び込み、予定変更が起こる。『死の島』では、車中、空想、主人公が読む自作小説が撚り合わされながら、目的地で待ち受けている悲劇を破砕しようとしている。『バーデン・バーデンの夏』での空想は、主人公が読みつつある書物から広がる。主人公の現在や記憶はそれに従属している。行き先が地理的なものではなく、それが歴史的な人物の心のなかにあることを暗示するモンタージュである。

臨終回想ものは、死に瀕している人物について、その死にゆく現在の記述と、過去の記憶や回想が交差する形式をとる。具体例としてフエンテス『アルテミオ・クルスの死』、フォークナー『死の床に横たわりて』、バルベリ『至福の味』を取り上げ、死に瀕する者と彼（女）を取り巻く生者の関係性を考察した。『アルテミオ・クルスの死』では、死にゆく人物を多様な人称で語ることにより、周囲の人物が背景へと追いられ、その瀕死者の孤独が表現されている。『死の床に横たわりて』では多数の人物が死者の側で物語るが、彼らは身勝手であったり他の者を牽制することに気を取られている。『至福の味』では、死にゆく者の回想と家族知人の回想が交差する。この瀕死者もまた孤独であるが、それは自分も含め全人物の関心を独占する王の孤独である。

このような縞模様の類型化と、主題と形式の関わりの考察を通して、モンタージュ小説が、実際にどのような作品でありうるかを例示した。

以上のような議論をたどることで、文学的モンタージュがテクストとしての特徴ばかりによって把握されるものではないことを示した。モンタージュに特有の読書行為が付随する。読者がテクストの要素に働きかけることで初めてモンタージュが成立する場合もある。これを敷衍すれば、新たな読者、他なる読者によって、別様に読まれることを、文学的モンタージュ作品が待っていると言うことも可能であろう。

このように考えるとき、リクールが『時間と物語Ⅲ』で述べていることが思い出される

「［……］文学作品は世界へむかって自己超越していくというテーゼを採用することによって、われわれは文学テクストの内在的構造の分析が――正当にではあるが――テクストを閉じ込める閉域から、テクストを脱出させたことはたしかである。［……］テクスト世界がテクストの『内的』構造と対比して絶対に独自の志向的思念を構成するかぎりにおいて、テクスト世界は、テクストがその『外部』に、その『他者』にむかって開かれていることを示すのである。［……］動的な統合形象化がその行程を終了するのは、読解においてのみである。テクストの統合形象化が再形象化に変換するのは、読解の向こう側、受容した作品によって教えられる実際の行動においてのみである」(1)と彼は言う。

モンタージュ小説の読解を検証したいま、その読解の「向こう側」について考えるべきなのだろう。これらの小説が駆り立てる「行動」とは何であろうか。それは何らかの社会的な身振りなのかもしれない。だが、別様である読み方の考案、別様である文学的営為の発明へと我々を駆り立てていると考えてもよいかもしれない。

本書の「序」冒頭で、モンタージュ小説を「プラモデル」に例えた。この比喩をさらに敷衍することもできよう。プラモデルの受容の仕方は、単に組み立てるだけではない。「ディテールアップ」を施してより精密に仕上げることもできる。文学で言えば、〈セリーの細分化〉や〈「カット」の書き込み〉を施し、作品の意味作用をよりいっそう豊かにすることに対応していると言えよう。だがプラモデルの場合、部品や部位を入れ替え、あるいは他のキットと組み合わせることで、容易に「改造」できる。これは文学作品の場合、何に対応するのであろうか。それは〈組み込み〉とも〈組み直し〉とも異なる読み方であろう。それにまた「改造」とは、受容なのであろうか、創作なのであろうか。受容と創造のあわいにあるのであろうか。今、この問いに答えを出すことはできないが、モンタージュ小説の、さらには小説全般の新たな読みの可能性がそこにあるのかもしれない。

文学的モンタージュ作品は、決して読解が容易な作品ではない。読者を引き寄せるよりは、読者を遠ざける作品かもしれない。だが、組み立てとしての読書行為には、どこか心を踊らせるものがある。こうした読み方は、文学の「遊び」や「楽しみ」を見出す新たな道標となってはくれないだろうか。文学の世界に一人でも多くの人を巻き込むため、文学の新たな楽しさを創り出すため、文学の新しい入り口を「組み立てる」ための手がかりが、モンタージュ小説には潜んでいると信じたい。

注

序

（1）　しばしば、美術や映画におけるモンタージュの語は、「機械の組み立て」を意味するフランス語の単語を転用したものであると言われるが、それは正確ではない。フランス語の montage やその動詞形の monter は工業的な意味に限定されない。フランス語の動詞 monter は、「上る」、「乗る」、「(位置を)上げる」、「持って上がる」、「備え付ける」、「組み立てる」、「作り上げる」、「企てる」などを意味する。上方への動きを語源とし、「備え付ける」、「組み立てる」などは、そこから派生した意味である。この語はドイツ語に取り入れられている。ドイツ語での montieren や Montage は工業的な意味が強く、「(工業的な意味で) 組み立てる」ことを表す。これが芸術分野に流用されたと捉えるのが適切であろう。また芸術的な意味での montage の語は、フランス語の綴りや発音をおおよそ保ったままで、諸言語に取り入れられている。montage（英）、montaggio（伊）、montaje（西）、монтаж（露）、など。

（2）　例えば、エデル（1955）やハンフリー（1954）は時間が錯綜した「意識の流れ」を論じている。そのなかで映画を引き合いに出してもいる。アラゴン（1965）は、トリスタン・ツァラの詩作法や、他作品からの人物や主題の借用をコラージュとして取り上げている。デーレンバッハ（2001）は、美術の概念であるモザイクを敷衍して、文学や政治にまで適用を試みている。文学に関してはクロード・シモンやペレックの時空間が複雑に入り組んだ小説を、「モザイク」という概念と関連づけている。「ポリフォニー」を取り上げる著述としては、バフチン（1963）、デュクロ（1984）、クンデラ（1986）などが挙げられる。バフチンはドストエフスキーの小説を取り上げ、それが人物たちの様々な主張や意識のせめぎ合いの場となっていることを論じている。デュクロは、バフチンの議論を応用し、一つの文のなかで多様なレベルの声が層をなしていることを示している。クンデラのポリフォニーもドストエフスキーの小説を例に説明されるが、出来事の同時的進行に注目している点で、バフチンとは異なる。

（3）　ベンヤミン、ブレヒト、ルカーチ、エルンスト・ブロッホといった主に一九二〇～三〇年代に活躍したドイツ語系の思想家は、文学も含めた芸術全般に関わるものとしてモンタージュを論じている。また最近になって、ジャック・ランシエール（2001；2003）やジョルジュ・ディディ＝ユベルマン（2000；2003；2009；2010；2015）といったフランスの思想家が、主に視覚芸術においてモンタージュに注目し、様々な論考を発表している。その中には、文学も射程に入っているものが少なからずある（Rancière 1998；2003；Didi-Huberman 2000；2010）。

（4）　特にアミアール＝シュヴレル（1978）は、モンタージュの分裂に非常に意識的であり、「借用のモンタージュ」と「自作のモンタージュ」とを区分している。前者は引用に関するものである。後者については、引用を含まないテクストにおいてモンタージュを考察している。すなわち、主題、人物、語彙、シーン、同時進行、順次進行、声のモンタージュ、音のモンタージュなど、様々なレベルでモンタージュを検討している。モンタージュの語が、文学の何について用いられてきたかを示した目録である。だが、概念の適用範囲が広すぎるため、結局、何がモンタージュの特徴であるのか、議論がぼやけてしまっている。また、ディディ＝ユベルマン（2000）や千葉文夫（2008）は、バタイユ『ドキュマン』における、文字テクストと視覚イメージの併置をモンタージュとして考察している。だが、本書ではこのような異なるメディアの併置は取り上げない。あくまでも物語テクストの様態や機能を通して、文学的モンタージュを論じる。

（5）　映画のモンタージュは、クレショフやエイゼンシュテインの理論ですでに、観客に意味を補わせる装置として理解されている（Eisenstein 1980；1981；1984）。ベンヤミンがモンタージュと呼ぶ、ブレヒト演劇のソングの挿入にしても、観客に能動的な参加を促す仕掛けである（Benjamin 1995；2010）。小説においても同様であろう。

第一章　二つの文学的モンタージュ

（1）　「モンタージュ」［montage］の項目をもたない文学用語辞典には、例えば、Childers（1999）, Bénac（1988）, Didier et al.（1994）, Gardes-Tamine et Hubert（1996）がある。Aron et al.（2002）にも「モンタージュ」の項目はないが、「コラージュ」［collage］の項目はある。

（2）　Van Gorp 2005 : 311. 引用者訳。

（3）　厳密には、「並行モンタージュ」［montage parallèle］と「交互的モンタージュ」［montage alterné］を区別する必要がある。「交互的モンタージュ」とは、物語世界内において、同時的に進行する出来事を、何度も交代させながら示す手法である。「並行モンタージュ」とは、異なる出来事を交代させながら示しはするが、物語世界内において、それらの出来事の間に時間的隔たりが認められる。アミエル（2007）やメッツ（1968）を参照。本書では、引用内での言及を除いて、「並行モンタージュ」と「交互的モンタージュ」を区別して用いる。

（4）　ユージン・ランは、「共時性」や「併置」の言い換えとしてモンタージュという語を用いている（Lun 1982 : 43）。

（5）　Genette 1972 : 21-80. だが、ジュネットが分析している箇所では、一つの文の内部における複数の節の従属関係が明示され、それらの断片は「統括」（本書第二章第2節－②－（2）を参照）されている。ゆえに、我々の議論では、実のところモンタージュではないのである。

（6）　途切れることのない流れの記述であるため、モンタージュを含まないワンショットの持続と捉えられることもある。意識の流れの先駆とされるエドゥアール・デュジャルダン『月桂樹は切られたり』（1888）を評して、レミ・ド・グールモンは「シネマトグラフ」と形容している（Gourmont 1898）。この時代は、映画編集がまだ用いられていない時代である。フォーカスされていない部分まで記録されているさまについて、このように言われていると考えてよいだろう。

（7）　オノレ・シャンピオン社の辞典では、シーンの一部を見せないことで、観衆にそれを補わせる「省略モンタージュ」（例えば、アパルトマンの自室のドアを内側から開けた人物が、次のショットでは建物の外に出ているような省略）も挙げられている。「省略モンタージュ」における「非連続的復元」とは、時系列の錯綜ではなく、時間の持続のところどころに穴をあけることを意味している。だが、このような「省略」は、映画が誕生するはるか以前から、あらゆる小説で見かけられる。モンタージュの語を用いて、わざわざ指摘すべきものなのであろうか。

（8） Rabaté 1998 : 40-42.

（9） Van Rossum-Guyon 1970 : 221-227.

（10） 川口 1998 : 277.『U. S. A.』に関して表記と年代を補足。

（11） エイゼンシュテインのモンタージュ論の始まりは、一九二三年に発表した論文「アトラクションのモンタージュ」に遡る。そこでは彼自身が演出した演劇『どんな賢人にもぬかりはある』について論じられている。この舞台には、映像の映写、サーカスやミュージックホールの見世物が取り込まれている。この「異なる源から持ってきた諸要素」の組み合わせを、ロトチェンコのフォトモンタージュになぞらえ、「アトラクションのモンタージュ」と呼んでいる（Eisenstein 1980 : 13-20）。ただし、要素の多様性に力点が置かれているわけではない。それらが全体として与える効果の方が重視されている。彼の一つの全体を優位に置く姿勢は、映画のモンタージュ論で、より顕著にうかがえる。

（12） Burgelin 1989.

（13） ベンヤミンの評論「長編小説の危機」（1930）に以下のようにある。「この本の様式原理はモンタージュである。小市民的な印刷物、スキャンダル、事故、一九二八年のセンセーショナルな出来事、俗謡、広告といったものが、このテクストのなかに大量に入りこんでくる。モンタージュという様式原理が『長編小説』を破砕する、構造的にも文体的にも破砕する。そしてこの原理は、新たな、非常に叙事的な可能性をひらくのである。とりわけ、形式にかかわる側面において。モンタージュの素材のほうは、決して任意に選ばれるのではない。真正なモンタージュは現実資料［ドクメント］に基づいている」(Benjamin 1996 : 340-341. 浅井訳を参照)。

（14） Barthes 1977 : 12.「恋愛主体を構成するために、さまざまな出典の断片を『モンタージュ』した[Pour composer ce sujet amoureux, on a « monté » des morceaux d'origine diverse]。恒常的な読書から来たもの（ゲーテの『若きウェルテルの悩み』）。集中的な読書から来たもの（プラトンの『饗宴』、禅、精神分析、数人の神秘家たち、ニーチェ、ドイツ・リート）。おりおりの読書から来たもの。友人との会話から来たもの。そして最後に、わたし自身の人生経験から来たものがある」(引用者訳)。

（15） Compagnon 1979 : 217.「カテナ、語釈、聖務日課書、雑纂、そして命題論集――これらはいずれも引用集であり、聖書と注釈の最新の子孫たちである。［……］実際には、これらの書物が、注釈の野心を実現し、〈編まれた書物〉として聖書に匹敵し、聖書になりかわることすら目指したとき、同時に、その終わりを画したのである。命題論集は神学ディスクールとは対立している。ちょうど、編集［モンタージュ］が注釈に対立し、不連続性が連続性に対立し、離散性が線形性に対立しているのと同じことである。注釈がテクストを一語一語追っていくものであったのに対して、編集はその流れを打ち砕き、鎖［カテナ］はテクストとあらゆる注釈を斜めから裁断する」（今井訳を参照）。コンパニョンはこのように引用の集積としてモンタージュを捉えてもいるが、『近代芸術の五つのパラドックス』（1990）では、シュルレアリスム流の対比的なイメージの併置として捉えている。

（16） 音楽の領域では、例えば具体音楽（ミュジーク・コンクレート）やサウンドスケープの手法を指すことがある。サウンドスケープの作曲家であるフェラーリが、サンプリングされた音源（磁気テープ）を切り貼りして楽曲を作成する手法をモンタージュと呼んでいる（Caux 2006）。バンド・デシネの領域では、例えば、『タンタン』を題材にしたグルンステンやゲルナーの作品について古永真一が用いている。人物の台詞を疑問符やオノマトペに限定し、かつコマの配置を並べ替えることで新たな効果を得る手法を指している。言い換えれば、コマの並び方によって語り、象徴する手法のことである。エイゼンシュテインはじめ、無声映画時代のモンタージュが念頭にあると考えてよいだろう（古永 2010）。ただし、これら「モンタージュ」という語の用法は、固定的なものではなく、多分に流動的なものであると考えた方がよい。

（17） 文学的モンタージュがフォトモンタージュから派生したと言明している思想家や批評家は、実際には少ない。引用の文学的モンタージュは、一九二〇～三〇年代の芸術作品に共通する領域横断的な概念と理解されるモンタージュに内包されているように思われる。ブロッホ、ベンヤミン、アドルノ、ルカーチなどにおいてそうである。しかしルカーチは、論考「リアリズムが問題だ」（1938）のなかで、文学的モンタージュは「フォトモンタージュの扇情的な形式」を借り受けたものであると述べている。「引きちぎられた現実の断片を、いきなり思いがけないやり方で組み合わせる」モンタージュは機知に似た働きをするが、その結合は「単線的」で「ひどく単調なものにならざるをえない」という（Lucács 1987 : 383-384）。

（18） 池田（2004）、エイズ（1996）、ヒレ（2000）、ダシー（2005）を参照。フォトモンタージュは発明された当初、montieren とだけ呼ばれていた。一九二〇年代に入って、ようやく Montage と呼ばれるようになる。また、モンタージュによく似た手法としてコラージュがある。コラージュ（やパピエ・コレ）は、一九一二年に初めて制作されたとされる。ハウスマンらのフォトモンタージュよりも数年早い。

だがベルリン・ダダの芸術家たちは、フォトモンタージュを考案した時点では、ブラックやピカソらのコラージュ作品を知らなかったという。また、ロシアアヴァンギャルドの芸術家たちも、一九二〇年代にフォトモンタージュを作り始めるが、彼らもベルリン・ダダのフォトモンタージュ作品を知らなかった。一九一〇〜二〇年代に、ヨーロッパのいくつかの場所で、同様の手法が「発明」されていたのである。

（19） 池田 2004 : 63.

（20） Ades 1996 : 23-47.

（21） Compagnon 1979 : 17-19.

（22） 警察で犯罪捜査に使われる合成写真にも触れておきたい。目撃情報から選ばれた顔のパーツを切り貼りして、犯人の顔を表す写真のことである。日本では「モンタージュ」と呼ばれているが、写真の切り貼りが、前衛芸術家たちのフォトモンタージュと共通するがゆえに、そのように呼ばれているのであろう。しかしこのような「モンタージュ写真」は、フランス語では photo-robot、英語では Identikit、ドイツ語では Fantombild と呼ばれ、フォトモンタージュとは別物と考えられている。

（23） Ades 1996 : 57.

（24） Popova 1924 : 302. 大石訳。強調は原著者。フォトモンタージュ素材の資料的性格を強調するために、エイズも引用している記事である。

（25） 例えば河本によれば、写真とは、パースの用語で言うところの「指標」［index］ではなく「イコン」［icon］である（河本 2007）。パースにとって写真は、記号と指示対象の関係が物理的なコンタクトによって保証される「指標」であり、それゆえに現実を切り取ったもの、真実を保証するものであった。しかし、モチーフの選択やフレーミングなどによって、「指標」としての性格は損なわれる。ゆえに、写真は客観的で中立的な現実ではないと河本は論じる。

（26） Barthes 1977 : 12.

（27） Décaudin 1978 : 31-37.

（28） 「ペレックは、同一物から新たなものをつくり出す奇妙な錬金術に魅せられている。他人の手になる文章から当の他人を追い出すことで生まれる発明の可能性に魅せられている。ここでもまた、作者［auteur］となるために削除者［ôteur］となるのである。発明はというと、策略に、まやかしに、つまりはモンタージュに求められる。

この『暗示的引用』のモンタージュには、心地よい不安定感がある。ペレックは隠すと同時に暴き、覆われたものと覆いをとられたもののあいだに存在する折り目を開いてみせる」(Burgelin 1989 : 211. 引用者訳)。

(29) Morel 1978b ; 河本 2007. このような引用のモードは文学におけるコラージュとも言い換えられる。河本はこうした「剽窃的」引用行為について、「アラゴンにおける非個性的な芸術の理念と文学上の所有権の否定」と関連づけてもいる (pp. 98-103)。また、ブレヒトは一九三六〜三八年頃のメモ書きのなかで、「剽窃」を一種の美徳としている。「あるひとりの作家の作品から、あるいは二、三のべつの作家の作品から、ちょっぴり借用してみせることは、謙譲のあらわれである。まったく自力で前に進もうなどと思うのは、なんという非社会的な振る舞いであろう！ 日常生活からだけでなく、文学からも自分の知人たちを友人や読者に紹介するということは、文学に従事する人間にふさわしい行為だ。これらの知人たちは、彼にとっては、ほんらい区別しがたく混りあったものなのだから。すぐれた表現の価値を知るものなら誰だって、同じこと(それがほんとうに同じことであるなら)について、もういちど別の表現を用い、前の表現よりも劣っているか、それともそれをだいなしにしてしまうような新しい表現を作り出すくらいなら、むしろ元の表現を引用してすますだろう。そのうえ文体が入り混るのは、さまざまな人種が入り混じるのと同様に、悪いことではない。そして、剽窃が好ましからざるものと判断されかねないにせよ、その種の汚点をいくらかでも持つということは、それ自体すぐれた作品に似つかわしい美点をそえるものであるにすぎない、とぼくは思う」(Brecht 2006b : 252)。

(30) ハンブルガーは、フィクション作品のなかに、実在する(したと考えられている)歴史的要素や地理的要素を取り込むことをモンタージュと呼んでいる。彼女が例として挙げるのはバルザック『人間喜劇』である (Hamburger 1957)。それは本書で述べているような引用のモンタージュとは異なる。「現実資料」のモンタージュを拡大解釈したものであると言えよう。一方、「ストックショット」[plan d'archive] とは、場面にリアルな雰囲気を与えるために、ニュース映像やドキュメンタリー映像などから切り取ったショットを用いる方法である。既存の映画や映像を切り貼りすることで作品を制作する「編集映画」[film de montage] の一つの方法と考えられている (Pinel 2005 : 255-256)。

(31) ただし、『U. S. A.』のモンタージュは引用のモンタージュに限定されない。ブレヒトはルカーチに反論する文章を一九三八年に書いているが、そのなかで「まさにドス・パソスは、〈闘争にみち、錯綜した人間の相互関係〉を見事に描写している」と述べ、それをモンタージュ技法と呼んでいる (Brecht

2006a : 242-243)。こうした特徴は、引用モンタージュのそれではなく、物語構築を主眼とする映画的モンタージュのそれであると言うべきだろう。

(32)『成熟の年齢』の序文において、彼は同著を「フォトモンタージュ」になぞらえている。「厳密な真実性も資料的価値ももたぬようなものはなにひとつない」断章で構成されているがゆえに、レリスはそのように呼ぶのである (p. 29)。

(33) スペインのアナーキズム運動を取り上げたエンツェンスベルガー『スペインの短い夏』(1972) や、あるエジプト女性の生活を描きだすソナラー・イブラヒム『セトの年月』(1992) などがある。これらの作品には、大量の新聞記事が切り貼りされている。

(34) ヤコブソン「詩人たちを浪費した時代」。マヤコフスキーの手紙や詩の引用で形作られた「詩的自伝の概要」を「文学[リト]モンタージュ」と呼んでいる (Jakobson 2015 : 42)。

(35) 同様のモンタージュを、例えばクンデラ『生は彼方に』(1973) の第四部にも見出せる。

(36) ジュネット (1994 : 217-224) が論じるところによれば、走り書きや断片も生成論者にとっては美的対象となりうる。我々が主張したいのはそれとは逆に、モンタージュ制作者が、対象を包む美のヴェールに切れ込みを入れてみせるということである。ただしそれは、美的対象を損なうというよりも、複雑にするという方が適切であろう。

(37) 今日のフォトモンタージュでも、「現実」の切り貼りは、そこまで意識されていないだろう。文学のモンタージュも、こうした傾向と連動しているのかもしれない。このような変化は、社会的・政治的な告発を旨としていたこの美術的手法が、しばしば商業的なメッセージを担うようになったことと無関係ではないのかもしれない。ハウスマンの《芸術批評家》と同様に、アイドルの顔のパーツを切り貼りして作られた架空の人物「江口愛実」にどんな現実の告発を見出せようか。ＡＫＢ48のメンバーの顔をモンタージュして生み出された彼女は、グリコの商品「アイスの実」のＣＭに登場した。

(38) Mitry 1963 : 204.

(39) Koulechov 1958 : 40.

(40) Eisenstein 1981 : 9-254.

(41)「部分」のなかに、すでに「全体」を想定させる何かがあることを前提としている点で、クレショフと異なってもいる。

(42)「モンタージュにおける二つの断片の対置はその二つの和ではなく、積により等しいということである。和ではなく積に等しいというのは、対置の結果は質的に（次元と段階において）、個々に取り上げられた各構成要素といつも等しくないからである」（「モンタージュ　一九三八年」[Eisenstein 1981 : 257]）。エイゼンシュテイン流のモンタージュを、廣瀬純（2009）は、餡子とパンを組み合わせたアンパンに準え、「＋α」を生み出すものと述べている。この「＋α」こそが、映像から映画が引き出す「取り分」であるとし、産業資本主義やフォーディズムと関連づけているのは示唆的である。

（43）　トーキー映画の音声と映像の「対位法」を、文学的に実現している作品として、『ユリシーズ』が挙げられている。「他律動性、同期性、多面性などの課題が提起され、解決されているような、文学上の模範例、文学的手段・方法の模範例」であると言う（「モンタージュ」、[Eisenstein 1981 : 194]）。

（44）　Maupassant : 1975 : 338. 中村訳を参照。原文は以下の通り。

« De temps en temps il enflammait une allumette pour regarder l'heure à sa montre. Quand il vit approcher minuit, son impatience devint fiévreuse. A tout moment il passait la tête à la portière pour regarder.

Une horloge lointaine sonna douze coups, puis une autre plus près, puis deux ensemble, puis une dernière très loin. Quand celle-là eut cessé de tinter, il pensa : « C'est fini. C'est raté. Elle ne viendra pas. » »

（45）　Eisenstein 1981 : 265.

（46）　同上。

（47）　「無関心な自然ではなく」（1945）、強調は原著者（Eisenstein 1993 : 36）。

（48）　同書、七六頁。

（49）　エイゼンシュテインのこうしたモンタージュの理解は、例えばアドルノが示すモンタージュの理解とは相容れない。彼が示すモンタージュは、統合を希求しつつも、それを妨害する要素が組み入れられている（Adorno 1970）。この点で、一つの全体を前提とする前者のものとは異なる。

（50）　Flaubert 1978 : 405. 原文は以下の通り。

« J'y ai *tous* mes personnages de mon livre en action et en dialogue, les uns mêlés aux autres, et par là-dessus un grand paysage qui les enveloppe. Mais, si je réussis, ce sera bien symphonique. »

（51）　それでも、本書では後に、『ボヴァリー夫人』の農事共進会の場面を文学的モンタージュの典型例として挙げることになる。フロベールの「交響楽的」な意図とは別に、モンタージュと言いうる特徴が認められるのである。

（52）　彼は論考「パトス」（1946-47）において、プーシキン、ツヴァイク、ホイットマンの作品を分析したのち、それを踏まえて、「私たちが発見した方法［モンタージュ］は、隣接する領域の一つ——文学内部の一領域——においても、完全に正しいことが実証された」と論じる（Eisenstein 1984 : 99）。

（53）　エイゼンシュテインの「先祖」探しは、モンタージュに限定されない。例えば、「作品の構造について」（1939）で、『戦艦ポチョムキン』の「先祖」を挙げている。当初の案では、この映画の最後に戦艦が迫ってくるシーンにおいて、スクリーンを引き裂いて、生身の人間が登場する予定であったという。こうした前衛的な試みについても、フランス革命やゴルゴタの悲劇にその「先祖」を見ている。フランス革命時、バスチーユ監獄襲撃の報を受けたコメディフランセーズの支配人が、自由に対する感動にとらわれて舞台の幕を引き裂いたという一件がそれである。イエスが息絶えた瞬間に神殿の幕が裂けたという『マタイ書』の記述がそれである。『ポチョムキン』のスクリーン破りが表現する「パトス」と共通するというのである。これらのことを踏まえ、「『戦艦ポチョムキン』には、さまざまな先祖がいる！」とエイゼンシュテインは述べている（Eisenstein 1984 : 37）。

（54）　Eisenstein 1980 : 81-91.

（55）　Metz 1982 : 213-214. 論文原題は、« Cinéma : langue ou langage ? »。

（56）　モンタージュ概念の変化における一つの断絶、一つの「カット」であると言ってもよいだろう。

（57）　英語で映像編集全般を指す言葉は editting である。英語での montage は、並行編集など、非線状的な場面構成の手法に対して用いられる（Pinel 2005）。

（58）　Mitry 1982 : 200.

（59）　マニーが一九二〇～三〇年代のアメリカ小説と映画の関わりについて多角的な考察をしている（Magny 1948）。

（60）　より詳しく見れば、各時代の内部においても、複数の中心人物の行動が空間的に隔たった場所で同時になされることがある。このような場合、人物たちの行動は繰り返し交差しており、交互的モンタージュの使用が認められる。

（61）　映画のモンタージュについての議論は、クレショフやエイゼンシュテインといったロシアのモンタージュ理論家の議論を出発点とすることが多い。そこでのモンタージュについては、原理や理念、知的操作という側面が重視されている。しかし、ミトリが論文「モンタージュのはじまり」で指摘する事柄は、より即物的な、技術的な面を出発点としている。フィルムとフィルムをつないで、段階的に出来事を示してみせる初歩的な技術の発見が、素朴な事柄として示されている。この技術は一九〇〇年頃に現れたという。ジョージ・アルバート・スミスとジェイムズ・ウィリアムスンという、イギリス出身の元写真屋が作成した映画作品に初歩的な映像編集が見られる。クレショフやエイゼンシュテインらのモンタージュの実践や理論化に、二〇年ほどさきがけてのことである。スミスやウィリアムスンの映画にも、遠景と近景を組み合わせる方法がとられている。ウィリアムスンの映画『中国における伝動会襲撃』(1900)で、交互的モンタージュがはじめて用いられている。のちに、『國民の創世』や『イントレランス』において、グリフィスが我がものとする交互的モンタージュや並行的モンタージュは、それより一五年も前に誕生していた。ミトリ曰く、グリフィスはクローズアップやモンタージュの発明者ではなかったが、それでも、「それらを組織し、表現手段にすることに成功した最初の人」であった(Mitry 1982 : 196)。

(62) 実際、ハンフリーは『ダロウェイ夫人』の冒頭部分を、映画の「時空間モンタージュ」に倣って分析している(Humphrey 1954 : 86-88)。

(63) この点で、例えば『ボヴァリー夫人』の多元的焦点化と異なる。全知の語り手が、シャルルやレオン、ロドルフ、オメーなど数多くの登場人物の内面にまで入り込んだ記述をするが、それでもエマが主人公であることに変わりはない。

第二章 〈縞模様〉と〈紐づけ〉

(1) Adorno 1970 : 263. 大久保訳を参照。

(2) Morel 1978a ; 1978b.

(3) Morel 1996.

(4) Morel 2004.

(5) エイゼンシュテイン「三つの中間――演劇から映画へ――」(1934)で触れられている(Eisenstein 1975 : 7-21)。「二つの話し声の系列が交互におりまぜられて」おり、「事件は記念碑的なまでに平凡なことに昇華されているが、そのクライマックスに到達するのは、その意義がつねに二つの系列の併置に依存するような、こうした交差モンタージュと言葉の遊びを通じてなのである」とエイゼンシュテインは述べており、モレル自身もその考察を引用している。ここでもエイゼンシュテインは、映画のモンタージュの成立背景が「もっと深く伝統につながっていた」ことを示そうとしている。モンタージュの「正当化」が問題となっているのである。また、同場面に、ジェラール・ジャンジャンブル、クロード・

ムシャール、ジャック・ネフらがモンタージュを見ていることにも、モレルは触れている。日本の研究者でも、例えば工藤庸子（1998）や松澤和宏（2004）が、同場面をモンタージュと形容している。

（6）　Morel 2004 : 36. 引用者訳。原文は以下の通り。

« Le montage, tel qu'il apparaît ici, est donc un dispositif, c'est-à-dire une combinaison de procédés, qui fait interagir trois facteurs. Le récit, à un ou plusieurs de ses niveaux discursifs（ici, le récit de paroles）est découpé en deux ou plusieurs séries d'éléments différents, contrastés, voire étrangers l'un à l'autre ; ces séries sont agencées selon un schéma d'intrication plus ou moins compliqué : entrecroisement, entrelacement, enchevêtrement ; il n'y a pas de conduite explicite du récit par le narrateur et une partie du guidage implicite habituel disparaît ; une autre partie se trouve transférée sur le plan visuel（c'est cependant loin d'être toujours le cas）. »

（7）　Flaubert 1951 : 427. 原文は以下の通り。

« Ensemble de bonnes cultures ! » cria le président.
— Tantôt, par exemple, quand je suis venu chez vous...
« À M. Bizet, de Quincampoix. »
— Savais-je que je vous accompagnerais ?
« Soixante et dix francs ! »
— Cent fois même j'ai voulu partir, et je vous ai suivie, je suis resté.
« Fumiers. »
— Comme je resterais ce soir, demain, les autres jours, toute ma vie !
« À M. Caron, d'Argueil, une médaille d'or ! »
— Car jamais je n'ai trouvé dans la société de personne un charme aussi complet.
« À M. Bain, de Givry-Saint-Martin ! »
— Aussi, moi, j'emporterai votre souvenir.
« Pour un bélier mérinos... »
— Mais vous m'oublierez, j'aurai passé comme une ombre.
« À M. Belot, de Notre-Dame... »
— Oh ! non, n'est-ce pas, je serai quelque chose dans votre pensée, dans votre vie ?

« Race porcine, prix ex aequo : à MM. Lehérissé et Cullembourg ; soixante francs ! »
Rodolphe lui serrait la main, et il la sentait toute chaude et frémissante comme une tourterelle captive qui veut reprendre sa volée [...]. »

（8）　二つ以上の群に分けられ、そのようにしてまとまりを作る出来事の流れを、モレルは「線」[ligne]と呼んでいる。この「線」という表現は、途切れることなく連続するものを想定させる。ところが、これらの群は、ひとつながりになりうる内容を持ちつつも、テクスト上での現れ方は断続的である。それは、「線」よりも「セリー」と呼ぶ方が適切であろう（特にテレビのシリーズドラマ[série télévisée]を思わせるがゆえに）。それゆえに、断続的に現れつつも、物語内容としてひとまとまりをなす行動・出来事の群を「行動セリー」と呼びたい。

（9）「線分」という語は、モレルも同様の単位に対して用いている。本書でもそれを踏襲したい。また、この語はメッツ（1968）も映画論において用いている。一つの「連辞」[syntagme]を構成する複数のショットの一つ一つを「線分」と呼んでいる。モレルの文学的モンタージュ論では構成要素を「断片」[fragment]ではなく「線分」と呼んでおり、その用語法にはメッツの影が見える。

（10）　ブレヒトが劇中で頻繁に用いる歌謡曲のこと。

（11）「生産者としての〈作者〉」でベンヤミンは次のように述べる。「筋の中断を主たる機能としているソングを思い出していただきたい。ここで叙事演劇はこうして――つまり、中断という原理によって――、皆さんはたぶんおわかりのように、ここ数年映画やラジオ放送、新聞・雑誌や写真によって馴染みのものとなっている、ひとつの方法を受け入れるのです。わたしが言っているのは、モンタージュという方法のことです」（Benjamin 2010 : 412）。

（12）　松澤和宏はまさしく、この場面のイロニーの効果を指摘している。またフィリップ・アモンも、同場面を取り上げている（Hamon 1996）。アモンはイロニーによって意味するものが明瞭であった古典的なそれに対して、近代的イロニーでは意味するものが曖昧になると述べ、同場面にその例を見ている。

（13）　ベンヤミンやエイゼンシュテインの思想を敷衍しつつ、ディディ＝ユベルマンは、モンタージュの効果について、差異とつながりとを同時に強調するものであると論じている（Didi-Huberman 2003）。

（14）　同様の特徴をモンタージュと考える研究者には、アンリ・ゴダールやペーター・ソンディも含まれるだろう。ゴダールはクロード・シモンの小説『実物教育』（1975）をモンタージュと称している。この小説では、夫婦、兵士、石工をそれぞれ中心に据えた三つの物語が、一定のリズムで入れ替わり、交差する。モンタージュという用語で、この様態が指し示されている（Godard 2006 : 331-336）。ソンディは、演劇の分野ではあるが、『現代演劇の理論』のなかでフェルディナント・ブルックナーの『犯罪人』（1928）をモンタージュという概念を用いて論じている。同作では、五つの行動が交互に演じられることで並行的・同時的に示され、かつ、同一の主題に関連づけられているが、こうした特徴にソンディはモンタージュを見ている（Szondi 1965 : 112-118. 余談ではあるが、演劇においても、こうした交互的な同時進行を実現した作品は少なからずあろう。ジャン・ジュネ『屏風』（1961）、平田オリザ『鳥の飛ぶ高さ』（2009、ミシェル・ヴィナヴェールの戯曲 *Par-dessus bord* の翻案）などがそれにあたる）。

（15）　セリーの細分化や交差の反復は、『人間の条件』にも『心変わり』にも見られる。ラバテやヴァン・ロソム゠ギュイヨンが挙げる文学的モンタージュ作品にも当てはまる。このような細分化と交互的配列を指摘していることは非常に重要である。例えば『オデュッセイア』は、互いに離れた場所にいるテレマコスとオデュッセウスの行動が別個のブロックとして語られるのだから複線的である。単に複線的であるだけでよいのならば、『オデュッセイア』も文学的モンタージュとなってしまうだろう。

（16）　ハンフリーは、映画用語を用いて『ダロウェイ夫人』の冒頭を分析するなかで、「フラッシュバック」、「溶暗」、「クローズアップ」などの手法に並んで、「カッティング」を指摘している。この語で、筋の「不意の変化」を指している（Humphrey 1954 : 86-88）。しかしそれは、あくまでもモンタージュ手法の一つの用例であり、その手法の成立要件とはされていない。

（17）　例えば、サルトル『猶予』（1945）の交互する行動セリーや、ペレック『人生使用法』の引用モンタージュ。

（18）　邦訳（岩波文庫版）では鉤括弧（「」）とギユメが用いられている。

（19）　フォークナー『響きと怒り』のベンジーの語りにおいても、同様の視覚的マーカーが用いられている。現在の知覚から過去の回想に移るとき、イタリック体の使用でその移行が示されている。他にもペレック『Wあるいは少年時代の思い出』（1975）やエリオ・ヴィットリーニ『人間と人間にあらざるものと』（1945）でも、字体を使い分けることで、行動セリーが別個のものであることが示されている。これらの作品ではシステマティックに字体が使い分けられているが（特定のセリーに特定の字体が充てられている）、クロード・シモン『農耕詩』（1981）では、もっと入り組んだ字体の使い分けが用いられている。

（20）　「ひとつのエピソードから、もうひとつのエピソードを派生させては、あたらしいシンメトリーや対照法をつくりあげてゆくという、内部から拡げてゆくやり方が、この詩人の構築法を明確に表すものだと私は思う」とカルヴィーノは述べる。そしてさらに、「これほど多くの主要登場人物と脇役のそれぞれがくりひろげる複数の物語を把握するには、ひとりの人物、あるいはひとつの出来事の場面にとどまらないことを許す『モンタージュ』を、この長詩は必要としている」と述べる（Calvino 1995 : 69. 須賀訳を参照）。

（21）　Ariosto, *Orlando furioso*. 脇訳を参照。原文は以下の通り。

« Ma perché varie fila a varie tele
uopo mi son, che tutte ordire intendo,
lascio Rinaldo e l'agitata prua,
e torno a dir di Bradamante sua. »

（22）　*Ibid*. 原文は以下の通り。

« Poggia l'augel, né può Ruggier frenarlo :
di sotto rimaner vede ogni cima
ed abbassarsi in guisa, che non scorge
dove è piano il terren né dove sorge.
Poi che sì ad alto vien, ch'un picciol punto
lo può stimar chi da la terra il mira,
prende la via verso ove cade a punto
il sol, quando col Granchio si raggira,
e per l'aria ne va come legno unto
a cui nel mar propizio vento spira.
Lasciamlo andar, che farà buon camino,
e torniamo a Rinaldo paladino.
Rinaldo l'altro e l'altro giorno scorse,
spinto dal vento, un gran spazio di mare,
quando a ponente e quando contra l'Orse,
che notte e dì non cessa mai soffiare. »

(23)　ところで、「つなぎ」の文言の有無という観点から、映画『イントレランス』を見てみると興味深い。この映画作品では、四つの時代が切り替わる際には、必ず挿入字幕（仏：intertitres, cartons；英：title cards）が入り、その移行を説明する文章が現れる。各時代のシーンはモンタージュされていないことになる。ただし、映画終盤で、戦争や救出劇といった緊迫感のある場面が交差するようになると、挿入字幕が姿を消す。無論、各時代の情景に観客が慣れてきたと見込んでの挿入字幕の省略でもあるだろう。それでも、映画の山場で語り手の声が止むという演出は、映像への「没入」を強め、物語に引き込むための方法として理にかなっているように思われる。

(24)　Döblin 1996 : 18. 早崎訳を参照。強調は引用者。原文は以下の通り。

« Ein großer, alter, langhaariger Jude, schwarzes Käppchen auf dem Hinterkopf, saß ihm schon lange gegenhüber. In der Stadt Susan lebte einmal ein Mann namens Mordechai, der erzog die Esther, die Tochter seines Oheims, das Mädchen aber war schön von Gestalt und schön von Ansehn. Der Alte nahm die Augen von dem Mann weg, drehte den Kopf zurück zu dem Roten : « Wo habt Ihr den her ? » »

(25)　Magny 1948 : 126.

(26)　Dos Passos 1996 : 28. 邦訳版（渡辺ほか訳を参照）ではタイポグラフィが変更されてしまうので、英語原文のまま引用した。日本語訳は以下の通り。

「おいでよ
おいで
聞きにおいでよ

ミシガン州議会に対する、ヘイズン・S・ピングリー知事の告別演説の要旨は次の通り。法律制定の任務をゆだねられている当局者たちが現今の不平等な制度を改めぬかぎり、偉大なわが国においても、今後四半世紀のうちに、流血の革命が起こるであろう、と私は予言する。

カーネギー氏、自らの墓碑銘について語る

アレキサンダーのラグタイム・バンドを
これこそ最高

これこそ最高」

(27) I・バーリン作詞作曲。一九一一年のヒット曲。

(28) 「ニュースリール」に着想を得たであろう作品としてビュトール『モビール』(1962)が挙げられる。ロードムービーよろしくアメリカ各地を転々としながら、道路沿いに見える情景の記述、アメリカの偉人からの引用、標識や広告が次々に現れる作品である。ドス・パソスが実践した「非人称性」を受け継いでいる。バルトは論考「文学と非連続」(1962)で、『モビール』の構成の「中立性」や「可動性」について評価している(Barthes 1964 : 175-187)。この作品も文学的モンタージュと言えるだろうが、物語性が希薄である。文学的モンタージュであるとしても、モンタージュ小説とは言い難い作品もある。

(29) Compagnon 1979 : 386-388.

(30) フロベールがギュメの代わりに自由間接話法を多用したことを、コンパニョンは「平坦化」と関連づけている。こうした手法により、「テクストにおける著者の位置や場所が明確にされないことによって、著者という概念を解体する」ことが狙われていると述べている。こうした著者の解体と、河本が引用モンタージュに関連して指摘する「文学上の所有権の否定」とは呼応しているのかもしれない。

(31) Kundera 1987 : 253. 西永訳を参照。原文は以下の通り。

« Seul le véritable poète peut dire ce qu'est l'immense désir de ne pas être poète, ce qu'est le désir de quitter cette maison de miroirs où règne un silence assourdissant.

Exilé des pays du songe
Je cherche un abri dans la foule
Et je veux en insultes
Changer mon chant

Mais quand Frantisek Halas écrivait ces vers, il n'était pas dans la foule sur une place publique ; la pièce où il écrivait, penché sur une table, était silencieuse. »

(32) 例えば、「二つの都市」と題された断章では、次のように引用される(Enzensberger 1982 : 21-22. 野村訳)。

「レオンは司教区および同名のスペインの県の首都で、海抜八五一メートルの丘の上にあり、トリオ川とベルネスガ川が合流してレオン川となる地点に面している。［……］こうしてレオンは、二つの市域から成っている――僧侶的性格の旧市域と、工業的性格の新市域とから。

『エンサイクロペディア・ブリタニカ』

ドゥルティの生まれたサンタ・アナ区は、古い小さな家々からできているプロレタリア居住区である。彼の父は鉄道員だった。彼の兄弟のほとんど全部も、またドゥルティ自身も、鉄道で働いた。

この町の社会的風土は、すっかり司教座の刻印を受けていた。［……］ドゥルティのような人間はレオンでは、少なくとも僕らが若かったころのレオンでは、ぜんぜん居場所がなかった。当時存在した数人の微温的な、無害な共和主義者さえが、とんでもない過激派、けしからぬ異分子と見なされていた。

ディエゴ・アバド・デ・サンティリャン」

(33) Morel 2004 : 41-43, Schaeffer 1999 : 296-306.

(34) こうした区分はすでにアリストテレスの『詩学』のなかにも見られ、これを引き継いだものであると考えられている。

(35) ブースは小説における「作者の沈黙」の意義や効果について論じているが（Booth 1961 : 339-384）、それを論じるなかで、映画と小説の接近を仄めかしてもいる。

(36) 「つなぎ」を排して「提示」であることを徹底した『猶予』が、テレビの同時中継を連想させるとダミアン・フランソワは述べている（François 1998）。こうした機械技術との関連づけは、『猶予』が「人工的」な印象を与えることと無関係ではないのかもしれない。

(37) 島のパートでも冒頭部分に一人称の語り手が現れ、その姿を印象づけている。だが、すぐさま語り手の存在感が希薄になり、提示のモードが優勢になる。

(38) ただし、少年時代に島の物語を書いていたことについては言及される。自伝と交差する物語の起源は示されている。だがその物語と自伝とが交差する配列に置かれていることについては一切の言及がない。

(39) Genette 1972 : 267-271.

(40) Genette 1972 : 267. 引用者訳。

(41) Blin 1954 : 221-225. セリーの切り替わりだけではなく、小説の章の冒頭や末尾における語り手の介入も「演出発言」と関連づけられている。

（42）　「これを小説に持ちこみたい。どういう具合に？　唐突な転移の方は簡単だ。性格と、並行した対位法的な筋とさえ、充分そろっていればよい。ジョウンズが人妻を殺している時、スミスは公園で乳母車を押しているというふうにする。その二つのテーマを交錯させるのだ。いっそうおもしろいだけにいちだんと困難なのは転調とヴァリエーションだ。小説家の転調は、境遇と性格を反復させることでできる。何人かの人物が、それぞれの流儀で恋に落ちるところなり死ぬところなり祈るところなりを描く――それぞれちがう人物に同一の問題を解かせるのだ。あるいは逆にして、類似した人物たちをそれぞれちがう問題に直面させてもよい。この方法で、扱いたいテーマのあらゆる相にわたって転調することができるし、いくつでもちがった気分のヴァリエーションを書くことができる」（Huxley 1990 : 91-92. 朱牟田訳）。

（43）　例えば、フォークナー『野生の棕櫚』では、二つのセリー（インターンのものと、囚人のもの）が綴り合わされていることについても、その狙いについても、明示的であれ比喩的であれ何も述べられていない。局所的にも全体的にも「統括の機能」が停止している。サルトル『猶予』、ビュトール『心変わり』、クンデラ『生は彼方に』なども同様である（クンデラの場合、評論『小説の技巧』のなかで自作の分析を展開し、「ポリフォニー」という言葉で解説しているが）。その一方で、ペレック『人生使用法』に含まれるパズルについての記述や、ヘルマン・ブロッホ『夢遊の人々』にある「価値崩壊説」は、作品全体についての隠喩的なメタディスクールである。こうした全体的な「統括の機能」を保った文学的モンタージュ作品は可能である。

（44）　例えばサルトル『猶予』の行動セリーの切り替え。空行が挟まれることさえなく、同じ段落中で切り替わることもしばしばある。

（45）　ベンヤミンによれば、ブレヒトの叙事演劇に挿入されるソングは、まさしく「中断」の効果を狙ったものである。それによって、物語の流れが切断され、「状況」に観客の目を向けさせることが可能となる（「叙事演劇とは何か」、「生産者としての〈作者〉」）。本書で扱う「カット」の場合、「中断」は何かを挟むことによって演出されるばかりではなく、唐突な場面転換によっても十分に実現される。

（46）　「モンタージュ概念そのものが、『切断と接続』という大まかな理解から、『ありのままの』現象の分解とその現象の新しい質への再統一、現象にたいする視点と関係、現象の社会的意味における本質的な総括などに媒介された再統一の、きわめて高度な理解にまで高められることはいうまでもない」（Eisenstein 1981 : 168）。エイゼンシュテインにとっては、モンタージュ断片のいっそう総括的な再統一こそが重要であり、切断はさほど重視されていない。

(47)　Adorno 1970.

(48)　Bloch 1935 : 210.

(49)　小柏 2015.

(50)　Yacine 2004 : 85. 島田訳を参照。原文は以下の通り。« Trop de choses que je［= Mourad］ne sais pas, trop de choses que Rachid ne m'a pas dites ; il était arrivé dans notre ville en compagnie d'un vieillard nommé Si Mokhtar, qu'il traitait le plus familièrement du monde［...］. »

(51)　Yacine 2004 : 101-103. 原文は以下の通り。

« II

Et Rachid revenait à la matinée grise, sans pouvoir écarter le spectre qui s'éleva dès la première seconde entre la gazelle en émoi et l'orphelin frappé de stupeur : « Le vieux bandit ! Il me présenta entre deux portes, « fille d'une famille qui est aussi la tienne », avait-il dit, me laissant seul avec elle［...］. »

III

Je sortis avec elle. Mais vers minuit, comme je l'avais prévu, elle me quitta au coin d'une rue, d'un pas rapide et sûr, sans une parole d'adieu — et depuis, pas un signe d'elle, ni de Si Mokhtar, qui［...］conclut d'un ton impérieux : « Tu as rêvé... Reste tranquille. Si tu la retrouvais, tu serais bafoué, berné, trahi. Reste tranquille. »

IV

Si Mokhtar partait pour la Mecque, à soixante-quinze ans, chargé de tant de péchés que, quarante-huit heures avant de s'embarquer à destination de la Terre sainte, il respira une fiole d'éther, « pour me purifier », dit-il à Rachid ».

(52)　Yacine 2004 : 80. « Au bout de quelques jours, j'avais à peu près reconstitué le récit que Rachid ne me fit jamais jusqu'au bout. »（数日の後、僕は、ラシードが最後まで語ってくれなかった話をおおよそ再構成していた。）

(53)　このような試みとして、音楽学者・美学者であるペーター・サンディの著作は興味深い。文学的モンタージュ作品を取り上げているわけではないが、キルケゴール『反復』における第一部と第二部の切り替わりに着目している（Szendy 2008）。あるいは、文や節を切り分けかつ繋ぐ句読点を、雄弁に物語る何かとして論じる著作もある（Szendy 2013）。これらの考察を文学的モンタージュの読解に応用することも十分に可能であろう。

（54）　一つの語をさらに細分化することもエイゼンシュテインは厭わない。若いときに日本語を学んでいた彼は、論考「ワン・ショットの画面の外で」（1929）において、漢字の偏と旁の組み合わせにモンタージュを見ている。語未満の要素までもモンタージュの単位にしてしまうのである（Eisenstein 1980 : 62-77）。

（55）　アラゴンはコラージュであると指摘している（Aragon 1965）。

（56）　Metz 1964 : 215.

（57）　だからといって「連辞関係」という用語を用いるつもりはない。メッツの用語は、視覚的媒体である映画を言語に準えて分析するために持ち出されている。本書は、映画や造形芸術のモンタージュが小説ではどのようになされているかを論じるものである。「連辞関係」という語を用いてしまっては、映画や美術と文学の乗り合いを含意することができないし、「カット」をめぐる議論がなおざりにされる感がある。

（58）　ピカールは、『ボヴァリー夫人』をモンタージュの語を用いて論じている（Picard 1986）。彼は、対比的概念（＝語）の併置をモンタージュと呼んでいるが、本書の趣旨からすれば、これはモンタージュではない。

（59）　以下に挙げるサルトルの例の他にも、『ボヴァリー夫人』から引用した一節には、« Fumiers » の一語だけでできた「線分」がある。これは、「農事共進会が開かれている広場において委員長が『肥料』と言った」という潜在的な文である。このように一つの文を成しうるが、省略によって一語のみがテクストに現れている場合もありえる。

（60）　Sartre 1972 : 83. 傍点は引用者による。原文は以下の通り。

« À Crevilly, sur le coup de six heures, le père Croulard entra dans la gendarmerie et frappa à la porte du bureau. Il pensait : « Ils m'ont réveillé ». Il pensait qu'il leur dirait : « Pourquoi qu'on m'a réveillé ? » Hitler dormait, Chamberlain dormait, son nez faisait une petite musique de fifre, Daniel s'était assis sur son lit, ruisselant de sueur, il pensait : « Ça n'était qu'un cauchemar ! »

Entrez, dit le lieutenant de gendarme. Ah ! C'est vous, père Croulard ? Eh bien, il va falloir en mettre un coup. »

この一節はモレルもモンタージュの例として挙げている（Morel 2004）。

（61）　車中にいる現実の「あなた」と回想や想像に現れる「あなた」は、『W』の場合と同様に存在論的な位相が異なるのだから、別個の人物であるとも言えるかもしれないが。

（62）　この表現は、一画面に対照的な要素を含んだ一つのショットが炸裂して、二つのショットに分割されるというエイゼンシュテインの発想を彷彿とさせる。ただし、エイゼンシュテインの場合、考慮されているのは時間的隔たりではなく、同時的に与えられる要素のコントラストである（Eisenstein 1981 : 30）。またそれとは別に、交互的配列を施されているといえども、単線的とも複線的とも言い切れない事例もある。トゥルニエ『フライデーあるいは太平洋の冥界』（1972）がそうである。ロビンソンの孤島生活は、彼のみに焦点化した三人称の語りと、彼が書いた日記の文面という異なる文章形式が交互することで展開する。これは三人称の語りと日記による交互的モンタージュと捉えるべきなのであろうか。それとも、三人称の語りも日記もロビンソンが体験したことを順次的に伝えるのだから、結局のところ単線的でしかありえず、モンタージュではないのであろうか。

（63）　Sartre 1972 : 6-9. 窓から外の様子をうかがっているミランとアンナの場面が示される。続いて、老人、ホレイス、ネヴィルが書類を目の前にしている場面。再びミランとアンナに戻るが、すぐに場面はパリに移る。パリ・ソワール紙を購入するモーリスとゼゼットが示される。その後、再びミランとアンナに戻る。わずか四ページの間に、ABA'CA"というセリーの交差が見られる。こうした入り組んだ交差が以降続いていく。

（64）　Rancière 2003.『イメージの運命』の第二部では「大規模並行連辞」［la grande parataxe］という概念が提唱されている。無関係な要素が併置されているという事実のみによって一つのまとまりを成している、脆いモンタージュについて論じられている。ブーダン作りの場面にいる猫も、そのような脆いモンタージュを成すものとして言及されている。

（65）　ブーダン作りの場面に、猫（名前はムートン）の記述が三回現れる。

「フロランはすっかり深刻な顔つきになってしまった。ポーリーヌは太った黄色い猫を腕に抱えてきて、フロランの膝に置くと、ムートンもお話を聞きたがっているのよ、と言った。しかしムートンはテーブルに飛び乗ると、背中を丸めて座りこみ、まるでこの背の高い痩せた男のことが二週間前からずっと気になって考えつづけているとでもいうように、その顔をじっと見つめた」（Zola 2003 : 123. 朝比奈訳）。

「レオンは肉を刻みおえてソーセージ用の挽き肉にしたものを皿に乗せ、四角いテーブルに運んできた。

猫のムートンは座ったたまま、フロランの物語にびっくり仰天したかのように、じっとその顔を見つめていたが、少し場所をあけなければならなくなり、いかにも不満そうに後に下がった。それから身体を丸めて挽き肉の匂いをくんくん嗅ぎながら喉を鳴らした」(Zola 2003 : 126-127)。「今度はリザが相好を崩した。あいかわらずソーセージ用の肉の皿を鼻先に置かれていたムートンは、おそらくこの肉を不快に思い胸が悪くなったのだろう。立ち上がると、猫が糞を埋めるときの勢いで、皿に砂をかけようとするかのように、足でテーブルを引っ掻いたのだ。それからさらに背中を向けて横になり、目を半分閉じて身体を伸ばすと、いかにも気持ち良さそうに頭をくるくると動かした」(Zola 2003 : 131)。

ムートンの行動は、フロランやソーセージに興味を持っている「かのように」記述されている。

(66) Rancière 2003 : 73.

(67) もっとも、このタイプの作品では、ほとんどの場合、二つの世界の移行が語り手によって説明されている。「カット」があることも稀である。また、むろんのこと、二〇世紀の作品であってもABA'の構成をとるものもある。例えばエルネスト・サバト『英雄たちと墓』(1962)の全体的な構成がそうである。マルティンとアレハンドラを中心とした物語(第一部、第二部、第四部)の間に、「闇についての報告書」と題された、盲人による一人称語りの物語(第三部)が挿入される。この盲人の物語へは「カット」を挟んで移行するが、この構成はモンタージュではない。

(68) 最少頻度に近い線分交差をもつ小説としてゴンブローヴィッチ『フェルディドゥルケ』(1938)を挙げられるだろう。「俺」を主人公とした小説であるが、それが二度だけ遮られ、「子供で裏打ちされたフィリードル」、「子供で裏打ちされたフィリベルト」と題された、本編と無関係な寓話が挿入される。それゆえに、ABA'CA"という構成になっている。

(69) Perec 1978 : 637.

(70) セリーの数が三五に上る一方で、最大の再帰回数は階段の一二回、次いでロルシャッシュとマルシアの六回、バートルブースと地下倉の五回である。他に、四回現れるセリーが四あり、三回現れるものが四あり、二回現れるものが八あり、それ以外の章は一回のみの登場である。

(71) 一度きりのみ現れるものは、セリーというよりも、単にエピソードと呼ぶ方が相応しいかもしれない。

(72) 「[……] これこそ小説史上最後の、真の「事件」をなすものだと私は信じています。しかもそう信じてよい理由はたくさんあるのです。際限がなく、しかも完結している計画、文学的な出来映えの新しさ、世界のイメージに形を与える百科全書的な知の集成と叙述文学の伝統との総合、過去の集積と未来の深淵とからなる今日の感覚、皮肉と不安のたえざる共存、要するに、構成上のプランの追求と詩の定めがたさとがただ一つのものをなしているのです」(Calvino 1988 : 212. 米川訳参照)。「多様性」という観点のもと、『ブヴァールとペキュシェ』、『失われた時を求めて』、『魔の山』、『ユリシーズ』、『フィネガンズウェイク』など、知の「百科全書的」作品と肩を並べて『人生使用法』が取り上げられている。

(73) ただし、辞書的形式を備えたモンタージュ小説も存在する。パヴィッチ『ハザール事典』(1984)である。このフィクション作品で語られるのは、黒海とカスピ海のあいだに存在したといわれるハザール帝国、その国の国教改宗問題、それらについて記された「ハザール事典」、さらには後代のハザール学などについてである。辞書的に配置された四五の項目を通してハザールについて物語っている。ただし辞書といっても、キリスト教、イスラム教、ユダヤ教それぞれの側で編纂された三種類の事典(「赤色の書」「緑色の書」「黄色の書」)が併置されている。そのため、「カガン」(君主のこと)や「アテー」(ハザールの王女)といった項目はそれぞれの辞書に載っており、同一の人物や出来事について、断続的に、三つの視点から語られる。また、ハザール改宗論争(八世紀)に参加した三宗教の代表者(キュリロス、コーラ、サンガリ)、「ハザール事典」の編纂(一七世紀)に携わった三宗教の関係者(ブランコヴィッチ、マスーディ、コーエン)、各宗教を信仰する現代ハザール学(二〇世紀)の研究者(スゥク、ムアヴィア・アブ・カビル、シュルツ)は、物語世界内で実際に出会い、一つの出来事をなす。各人は各色の書にばらばらに記載されているものの、三名ずつで一つのセリーを成す。こうした点から、この辞書的作品にはモンタージュがあると言ってよい。

(74) 清水 1999. 映画的な「編集」を念頭に置いて言われているのならば、モンタージュを想定していることになろう。

(75) 邦訳は未だに存在しない。同著のフランス語訳版である *Trois anges me surveillent* を参照した。

(76) Esterházy 1979 : 9. 引用者訳(フランス語訳からの孫訳)。フランス語版は以下の通り。« Nous ne trouvons pas de mots (1). Nous sommes pétrifiés. Nous clignons les yeux, effarés : serions-nous à ce point asservis à nos humeurs ? L'air est rare, pourtant il y en a. »

(77) *Ibid.*, p. 123. 以下、フランス語版。« 1. Par un « souriant mardi matin » de printemps, Péter Esterházy chercha longuement son pantalon de gym, d'une voix quelque peu irritée, il dit : « Je ne le trouve pas. » Tant pour

Esterházy que Mme Esterházy, il était clair qu'il entendait par là « Purée, où l'as-tu encore fourré ? » La dame répondait à sa question sans fioritures : « Tu es aveugle ? » »

（78）　注を用いて複線性を生じさせる手法は、ジャック・ロンドン『鉄の踵』（1909）にすでに現れている。プイグ『蜘蛛女のキス』（1976）にも、同性愛者モリーナの物語本体と、注として付けられている心理学的同性愛分析論が複線的である。ジュネット（1987）が注釈しない注の例として挙げているナボコフ『青白い炎』（1962）も同様に〈組み込み〉が用いられている。ただし、『青白い炎』の注は、注釈しているものとそうでないものが混じっている。また、注釈にしては蛇足や脱線が多いが、複線的とまでは言い切れない例として、ニコルソン・ベイカー『中二階』（1988）や円城塔『烏有此譚』（2009）も挙げられよう。

（79）　Godard 2006 : 13. 引用者訳。原文は以下の通り。

« Avec autant de persévérance, les contestataires du XXe s'acharneront à déconstruire ce savant appareillage [inventé par les romanciers du XIXe].

Ce n'est pas que, dans le même temps, certains autres de leurs contemporains n'aient inventé de leur côté de nouveaux moyens narratifs : techniques du cadrage et du montage transposées du cinéma, bouleversements et chevauchements chronologiques qui obligent le lecteur à reconstituer l'ordre de l'histoire, mobilité des foyers de narration, liberté de ne pas répondre à toutes les questions que le récit a posée chemin faisant, et même monologue intérieur jusqu'à un certain point. »

（80）　ただし〈組み直し〉も、文学作品が読者に強要するものではなく、そうするように促すものである。インガルデンやイーザーが言う「不確定箇所」や「空所」が読者に促す反応の一つと考えてよい（Ingarden 1931 ; Iser 1975）。大浦康介は『誘惑論・実践編』（2012）で、相手を話につりこむ会話術として、このような「言語の自己修復作用」を有効に用いることを指摘してもいる。こうした誘惑と〈組み直し〉を関連づけたとき、「農事共進会」の交互的モンタージュには、物語世界内における聞き手に対する誘惑に加えて、このテクストを読む読者に対する誘惑があると指摘してもよいだろう。〈組み直し〉の仕方の中に、我々の「素の部分」が垣間見えてしまうのである。

（81）　エーコによれば、物語テクストを読むとき、我々はそれまでの読書経験から得られたシナリオらしきもの（「間テクスト的シナリオ」）を投影しながら読み進める。小説を読むということは、まったくの白紙状態でテクストに向かい合うことではない（Eco 1979）。

(82) 内容がジャンルや形式、表現を決定する「古典的体制」が崩れ、描写や細部が雄弁に語るようになることで「近代的体制」が築かれたのだという。
(83) Kundera 2005 : 187.
(84) ヴァンサン・アミエルは、映画のモンタージュを三つのタイプに分けている（Amiel 2007）。すなわち、「物語的モンタージュ」[montage narratif]、「言説的モンタージュ」[montage discursif]、「照応モンタージュ」[montage de correspondances] である。言説的モンタージュとは、思想や主張を伝えるモンタージュであり、照応モンタージュはリズムのような感覚に訴えるモンタージュである。文学的モンタージュにも適用できよう。これらのうち後者二つの効果は〈組み直し〉をしたときには失われてしまう。ドゥルーズもまた、モンタージュを四つのタイプに分けている（「有機的」[organique]、「弁証法的」[dialectique]、「量的」[quantitatif]、「強度的」[intensif]）（Deleuze 1983）。「有機的」なものは、「物語的モンタージュ」に対応しており、〈組み直し〉に耐えうる側面である。だが残りの三つは、〈組み直し〉によって失われる効果であろう。このように、モンタージュの読解を〈組み直し〉に還元したときに失われるものが多くある。
(85) アレクサンダー・コールダーのモビール作品のような、構成物が物理的に固定されておらず、動き続ける作品を、「動的に開かれた作品」と呼んでいる。
(86) Perec 1978 : 24. 強調は引用者による。酒詰訳を参照。原文は以下の通り。
« Il n'y a plus sur le mur de la chambre, en face de son lit, à côté de la fenêtre, ce tableau carré qu'il aimait tant : il représentait une antichambre dans laquelle se tenaient trois hommes. Deux étaient debout, en redingote, pâles et gras, et surmontés de hauts-de-forme qui semblaient vissés sur leur crâne. Le troisième, vêtu de noir lui aussi, était assis près de la porte dans l'attitude d'un monsieur qui attend quelqu'un et s'occupait à enfiler des gants neufs dont les doigts se moulaient sur les siens. »
(87) エヴァ・パヴリコウスカはペレックの文章と引用文とが「イゾトピー」を成していると形容している（Pawliskowska 1985 : 220）。
(88) Bakhtine 1975 ; Ducrot 1984.
(89) 当然のことながら、文学的モンタージュである以上、「剽窃的」引用も〈反復〉されなければならない。そうでなければ、引用文とそうでない文との交互的配列が成立しない（交互するのは、出典の異なる複数の引用文でもよいだろう）。モレルやデコーダンの議論では、まさしく、引用が局所的であるか反復的であるか否かによって、コラージュとモンタージュが区別されている（Morel 1978a ; Décaudin 1978）。こうした区別はメショニックにも引き継がれている（Meschonnic 1988）。

（90）　『ベルリン・アレクサンダー広場』の場合でも、引用文の複線性には気がつくが、それが引用であることに気がつかない場合もあろう。そのようなとき、それらの線分は時空間的モンタージュをなしてはいるが、引用モンタージュではない。

（91）　例えば、ゴダールの映画『アワーミュージック』（2004）の冒頭で流れる戦争のシーンは、白黒の画面や画質、撮られているシーンの性質などから、それが映画監督自身によるものでないことが直観的に把握できる。それが引用であることは、視覚的特徴の異質性によってそれとなく把握される。少なくとも、引用であることの蓋然性は高い。だが、引用元が何であるのかまで特定できる観客はどれほどいるのだろうか。当然のことながら、どの映画からそれらのショットが取られてきたのかが明示されてはいない。こうしたことから、映画の場合、引用行為が認識されてはいるが、引用元が見出されていないという状態も観客に起こりうる。

（92）　すでに見てきたように、『U. S. A.』には視覚的な指標が用いられている。だが実際のところ、これもまたある線分を他と区分する役には立つが、引用であることを直接的に指示するものではない。シエフェールが述べているが、フィクションの言説はあらゆる文体を取り込むことができる。記事や広告のように見えるからといって、引用物であるとは限らない。ペレック『人生使用法』には、そのような見せかけの広告や記事が多数含まれている。

（93）　Bayard 2009 : 62. 引用者訳。原文は以下の通り。

« Il importe de ne pas passer sous silence ce mouvement de reconnaissance et ce pour deux raisons. La première est qu'il est constitutif du plagiat, lequel ne devient véritablement tel qu'après sa découverte. [...]

Mais il y a une raison plus importante à la nécessité de ne pas oublier le temps de la reconnaissance. Celui-ci est nécessairement, à des degrés divers, un temps de création. C'est évidemment le cas lorsque les ressemblances sont dues au hazard. »

（94）　もっとも、引用があると知らされてなお、引用を探そうとしない読者も多いことだろう（Biagioli 2006 : 15）。

（95）　Piégay-Gros 2002 : 235.

（96）　複線性と引用が別物である以上、『ベルリン・アレクサンダー広場』や『U. S. A.』のような、引用文が複線性を備えている場合でも、「創造の時間」は発生する。「異質性」ゆえに外部から来たように見えるからといって、引用であるとは限らないのだから。

(97) ハイパーリンクとは、情報通信の用語で、任意のウェブページや文書を、その外部にあるウェブページや文書と結びつけるリンクのことである。ハイパーリンクが貼られた語や文をクリックすると、別ページや別文書が開かれる。こうしたリンク関係を打ち立てられた文言が「第三のテクスト」であると言ってよいだろう。ところで、ハイパーリンクがフランス語で hypertexte と呼ばれているのは意義深い。なぜなら、ジュネットの用語では、「元ネタ」のあるリライト作品を指す言葉であるからである。『パランプセスト』(1982) で論じるところに従えば、『ユリシーズ』にとっての『オデュッセイア』のような、先行作品が « hypotexte »［ヒポテクスト］であり、リライト作品が « hypertexte »［ハイパーテクスト］である。

(98) 例えば、小説第三章では、実験中のイモリの切断された尻尾が、尾になるか脚になるか迷っているという状況を指して「to be or not to be」と言われる。第四章では、こうした科学者の実験を揶揄するために、若い女性二人が「いもりの目玉に蛙の足指／蝙蝠のむく毛に犬の舌」と『マクベス』から引用する。

(99) 豊崎由美・岡野宏文『読まずに小説書けますか』(2010) でペレックの「無断引用」に触れている。よほどの文学通でもない限り見つけることのできない超絶技巧的な引用であるため、「剽窃」にならずに済んでいると述べられている。確かに引用のたびに出典が示されるようなことはないが、それでも具体的な作家名を挙げ、彼らからの引用があるという事実を巻末で示している以上、これらは「無断引用」とは言い難い。

(100) 出典を読者が特定することを前提としているという意味では、「元ネタ」を知らないと十分に楽しむことができない「二次創作」に似ていると言ってもよいだろう。ただし、引用モンタージュは逐語的な文言のレベルに関係し、「二次創作」の場合、逐語的なレベルを超えて、人物像や筋立てなど、より広範で抽象化されたレベルにまで関係する。

(101) 竹山哲によれば、川端康成『雪国』の冒頭の一文は、その文だけではありふれた文言であり、オリジナリティに乏しいがゆえにそれを無断引用したとしても「剽窃」にならないという(竹山 2002)。しかし、『雪国』の冒頭の場合、あまりにも人口に膾炙しているがゆえに、その出典がいとも簡単に明らかにされてしまい、自作の文と偽って通用させることが不可能であるから「剽窃」にならないのではないだろうか。

(102)　出典を特定されることを前提としたこのような大衆文化からの引用は、当然のことながら時代や場所が変われば働きが変わるであろう。現代日本の読者が『ベルリン・アレクサンダー広場』を読んだところで、引用された流行歌の歌詞がデーブリーンによるものでないと確信をもって言い当てることは極めて難しいだろう。

(103)　例えば「農事共進会」のダッシュとギユメで区分けされた台詞群や、『響きと怒り』や『Wあるいは子供の頃の思い出』のローマン字体とイタリック字体の使い分けは視覚的にも縞模様をなしている。だがモレルも指摘していたが、視覚的なマーカーがあらゆる文学的モンタージュに施されているわけではない。とはいえ、複数のセリーに属する線分で構成されたテクストは、こうした視覚的な「色分け」が常に可能な状態にある。

(104)　フランス語で « rayure » と言うとき、基本的には二色の縞模様が想定されているように思われる（Pastoureau 1991）。だが、本書では、三色、四色以上の「色」が交差するものも縞模様とする。

(105)　公式ウェブページ「NTT PC Communications 用語解説辞典」を参照（http://www.nttpc.co.jp/yougo/ひもづけ.html. 二〇一六年一二月二日閲覧）。しばしばＩＤと個人情報などの結びつけを指す。

(106)　情報通信の分野では、単に結びつけることだけではなく、「あるデータから別のデータベースを参照してより多くの情報を引き出す、あるいは引き出せるようにする」ことが含意されることも多い（同上）。

第三章　モンタージュ小説の類型論

(1)　多くの場合、部分的な二色縞は、より広範な縞模様の一部をなしている。例えばフォークナー『死の床に横たわりて』（1930）は、全体が色数の多い縞模様をしている。だがそのうちの一色の内部に、意識の流れの手法を用いた二色の縞が現れている。同様に、フエンテス『アルテミオ・クルスの死』（1962）、福永武彦『死の島』（1971）、クンデラ『存在の耐えられない軽さ』（1984）などにも見られる。サバト『英雄たちと墓』（1962）の全体的構成はモンタージュに満たないもの（ABA'）であるが、第一部に人物同士の対話と内的独白とを空行で区分して交互させる二色縞がある。単独で部分的な二色縞が見られる例としては、角田光代『八日目の蝉』（2007）の第二部も挙げられる。第一部では、主人公の女性が罪を犯し、新興宗教の施設に逃げ込んだものの、そこからも逃亡する。その娘が第二部の主人公となるのだが、彼女の現在の生活を語りながら、その合間にそれまでの生活の回想が挟まれる。こうして彼女が現在の生活を送るに至る経過が徐々に明らかになっていく。

（2）　全体に縞模様を見出せる作品として、一八世紀後半に書かれたディドロ『運命論者ジャックとその主人』を挙げたくなるかもしれない。この作品では、戯曲のように提示されるジャックと主人との対話部分と、語り手の「私」が彼らの物語を明らさまに操ってみせる語りの部分とが交差している。両者がしばしば空行で分けられていることもあって、視覚的な相違が際立っている。ゆえに、視覚的な縞模様が目に飛び込んでくる。だが、このような視覚的な縞模様が作品全体に見て取れようとも、一人の語り手がジャックと主人の物語を終始一貫して語っていることは揺るがない。この視覚的な縞模様は、物語の複線性に対応するものではないのである。つまり、文学的モンタージュの条件を満たしていない。タイポグラフィーの相違などによって視覚的な縞模様が浮かび上がるからといって、即座にそのテクストがモンタージュである（複線的である、引用がある）ということにはならない。

（3）　この作品については本書第一章第3節で触れている。作品内容についてはそちらを参照のこと。

（4）　この作品については本書第二章第2節で触れている。作品内容についてはそちらを参照のこと。

（5）　本書の中で挙げた例の他にも、章を単位とした二色の縞は数多くある。ごく一部であるが、作品名とその縞模様の構成要素を以下に記しておく。ユーリ・ティニアノフの中篇「キジェ中尉」（1927）では、兵士名簿の誤記によって、存在しないことになってしまった男のセリーと、名前だけの存在として一人歩きしてしまう不在者のセリーが交差する。ロア・バストス『汝、人の子よ』（1960）では、もっぱら三人称で語られるセリーと、作中人物としての「私」が現れるセリーが交差する。村上春樹『世界の終わりとハードボイルド・ワンダーランド』の、「世界の終わり」と「ハードボイルド・ワンダーランド」の二つのセリー。同作者の『海辺のカフカ』（2002）の、カフカ少年のセリーとナカタさんのセリー。ティム・オブライエン『世界のすべての七月』（2002）の、同窓会のセリーと回想のセリー。川上未映子『乳と卵』（2007）の母のセリーと娘のセリー。また、二つの物語セリーの交差はサスペンスを生み出しやすいので、推理小説での使用も目立つ。ジャン＝パトリック・マンシェット『エヌ・グストロ事件』（1971）の、一人称のセリーと三人称のセリー。トニノ・ブナキスタ『落伍者のコメディア』（1991）の現在の事件のセリーと第二次大戦中の出来事のセリー。ベルナール・プイ『ラルシュミューツ5632』（1999）の、農場の牛のセリーと街中での事件のセリー。伊坂幸太郎『アヒルと鴨のコインロッカー』（2003）の「現在」と「二年前」のセリー。

（6）「私」が同質物語世界的な語り手であるならば、他の人物との交流が可能であるはずだが、そのような事態は起こらない。一方、異質物語世界的な語り手であるならば、語られる出来事の合間に、語られている人物であるN2と直接対話することは不自然である。

（7）ただしそれとは別に、『マリーナ』には部分的な縞模様もあり、小説の模様はいっそう入り組んだものとなる。小説第一部（全三部構成）には、「カグランの王女の秘密」と題された物語や叙情的な散文が、説明もなしに挿入される。これらは「私」の身の回りに起きる事柄とは別のセリーをなしている。それゆえに部分的な縞模様を見ることができる。さらには、「私」とイヴァンの対話に、「自分にだけ聞こえて、イヴァンには聞こえない」（p.51）歌が流れる。その歌詞が二人の会話に挟まれる。二人の会話と歌詞という二色の縞が形成されているのである。これは「農事共進会」の応用とも言えるモンタージュである。

（8）Queneau 2009 : 23-24. 引用者訳。

（9）一人の人物を記述するために、地の文において複数の人称を用いる手法は、例えばウルフ『ダロウェイ夫人』で用いられている。クラリッサに起こる出来事は三人称で語られるが、内的独白が始まると一人称に切り替わる。こうした人称の切り替えによって、人物との距離感がちぐはぐになる不都合を解消する目的で『心変わり』の二人称は選ばれたとも考えられている。だが、この人称の切り替えによる距離感の変化を逆手にとって、単一人物の分裂状態を表現する小説も生み出されるようになる。クロード・シモン『フランドルへの道』（1960）の一人称と三人称、フエンテス『アルテミオ・クルスの死』（1962）の一人称、二人称、三人称の交差などがそれに当たる。『ある男の聖書』（1998）もそれらの仲間に数えられる。

（10）例えば、ドス・パソス『北緯四十二度線』第一部の配列は、ABCBCABCBCABABACABCABCBCBCABAC（A＝「ニュースリール」、B＝「カメラ・アイ」、C＝三人称の物語）となっている。

（11）機械的な三色縞は、おそらくフエンテス『アルテミオ・クルスの死』で初めて用いられる。この作品については、「臨終回想もの」として、後で論じる。

（12）「ジャリとアヴァンギャルドの果たした大きな仕事は、二つのものが同時に同じ場所にあるよう強いることにほかならなかった。公と私、有名と無名、真剣と茶番。こうした同時性の追求を煽動する上で助けとなったのが、自動車である。時速八〇キロで猛進しながら、見慣れた風景がその移動軸にそって崩壊していくさまを二〇世紀は目のあたりにしていった。時間という古い障壁は壊され、パリとウィーンを隔てる空間はぐんぐん縮み、やがて両者がほとんど同義と思えるまでになった。自動車から霊感を受けて、アクション・ペインティングが、合成写真が、密集音塊が、多重和音が、その他もろもろの同時性の芸術が生れた」(Powers 2000：193-194. 柴田訳を参照)。こうした同時性の技法に、映画の並行モンタージュを加えることは正当であろうし、パワーズの小説もその映画手法を応用している。実のところ、この小説のテーマの一つとして、モンタージュを挙げてもよいだろう。写真展示の方法としてモンタージュに言及している場面もあるが(p. 232)、繰り返し言及される「流れ作業ライン」にそれを見出せる。フランス語で chaîne de montage と呼ばれるものであり、「モンタージュの連続」とも理解できる表現である。

(13)『われらが歌う時』(2003)、『エコー・メイカー』(2006)、『幸福の遺伝子』(2009)などに見られる。

(14)引用文は字体を変えられ、地の文と区別されている。読んでいる最中の引用の前後では、ローラの読む姿が描かれ、引用文への橋渡しがされている。ゆえに、それらはモンタージュというよりも、単なる引用である。だが、『ダロウェイ夫人』の文言が彼女の脳裏をよぎるときには、「剽窃的」なモードがとられる。無意識的な想起の場合のみ、引用のモンタージュがある。

(15)柴田 2000：140-141.

(16)二色+一色による三色縞はさらに複雑化する。(二色+一色)+一色による四色の縞模様小説も生み出されている。例えば、湊かなえ『母性』(2012)がそうである。この小説の各章は四つの部分に分かれている。母親である「私」のパート、その娘である「わたし」のパート、大人になって学校教員となった娘のパート、リルケの詩を一篇ずつ載せたパートの四つである。この四つのセリーが各章に現れる。詩のパートは補足的な色合いが非常に濃い。残りの三つのセリーにしても、母と娘のすれ違いが主な物語であるため、大人になった娘のセリーは毛色が異なる。こうして母と娘の二色+大人の娘の一色に、さらに補足的な詩の一色が加えられた四色の縞が形成されている。

(17)Sabato 2008：114-115. 不完全なジグソーパズルであることは、「気まぐれな遊戯」などではなく、「人生そのものの反映である」とサバトは言う。「このように錯綜した現実を提示する小説は、言葉の最良の意味でリアリズムと呼べるのである」。

(18)この小説は三つの部に分かれている。それぞれ「一八八八年：パーゼノウまたはロマン主義」、「一九〇三：エッシュまたは無政府主義」、「一九一八年：ユグノオまたは即物主義」と題されている。

一五年の隔たりを設けられた各部は、それぞれがロマン主義などの時代の風潮を反映した文体及び筋立てとなっている。三つの部の間にモンタージュはないものの、第三部には大掛かりなモンタージュの手法が使われている。この作品をクンデラが『小説の技法』のなかで論じており、『笑いと忘却の書』(1978)をブロッホの小説の応用として解説している。

(19) Rulfo 1992 : 207. 石とはスペイン語で pedro である。父親への到達は、その崩壊によって可能となるのである。

(20) Bonn 1990 : 82-92.

(21) 例えば第一部では、Aはアンヘリカ、パトリシニオ、ボニファシアによる対話や行動を示し、Bはフシーア、アキリーノ、レアテギによるものを示す。Cではドン・アンセルモ、Dではキローガ、ニエベス、デルガト、Eではホセ、リトゥーマ、エル・モノのものが示される。

(22) 第二部になるとFでニエベス、ボニファシア、ラリータ、Gでフシーア、アキリーノ、ラリータ、Hでアントニア、キローガ、ファナ、Iでレアテギ、デルガド、Jでホセ、リトゥーマ、エル・モノが登場する。Jは、第一部のEと登場人物が同じである。だが、他のセリーは若干の人物の入れ替えがあるし、HはCに登場しなかった人物で占められている。

(23) 例えば、『ラ・カテドラルでの対話』(1969)の多色の縞、『密林の語り部』(1987)や『楽園への道』(2003)の二色の縞など。

(24) 第二部は全三八章で構成されている。第九章まではパリに暮らす副次的人物に当てられている。第一〇章と第一一章ではアルマンに焦点化。第一二章から第二〇章まではエドモン。第二一章と第二二章はアルマン。第二三章と第二四章はエドモン。第二五章では両者双方に焦点化。第二六章はアルマン。第二七章はエドモン。第二八章と第二九章はアルマン。第三〇章はエドモン。第三一章はアルマン。第三二章は両者。第三三章は副次的人物。第三四章から第三七章までエドモン。第三八章はアルマン。

(25) ドン・デリーロの作品にも縞模様を用いたものが少なからずある。非常に巧みに縞模様を描き出す作者である。『アンダーワールド』(1997)、『コズモポリス』(2003)、『墜ちてゆく男』(2007)など。

(26) 『恋愛対位法』では、多数の人物がペアをなして対話することで、物語が進んでいく。例えば、冒頭の一部(第四章)におけるペアリングの変化は以下の通り。ポリーとノーラの会話が始まり、エドワード卿夫人と老ビドレイクの会話に移る。その会話に、ウェブリー、イリッジ、ノイル将軍が加わっては離れていく。空行を挟んで、老ビドレイクとルーシーの会話、その途中にポリーとノーラの会話が挟まれ、再びルーシーとビドレイクに戻る。再度空行を挟んで、ヒューゴウとポリーの会話に移って章が終わる。こうしためまぐるしいセリーの交差・分岐・合流が見られる。『ネジュマ』の冒頭では、牢から出たばかりの四人の主要人物が一堂に会している。それから彼らは別々の道を進むようになり、多色の縞模様となる。その一方で、サルトル『猶予』では、各セリーを分ける地理的な隔たりと、出来事が展開する期間の短さ（数日間）もあり、色の分離や合流は起こらない。

(27)　第四章の断章ごとのペア（一人の場合もある）の入れ替わりを以下に示す。1．クリーマとカミーラ、2．オルガとルーゼナ、3．ルーゼナ、4．ヤクブ、5．フランチシェク、6．ヤクブ、7．クリーマとルーゼナ、8．ヤクブ、9．クリーマとルーゼナ、10．ヤクブとオルガ、11．カミーラ、12．ヤクブとオルガ、13．クリーマとルーゼナ、（14．ライブリハーサルが始まる）ルーゼナ、15．ヤクブがオルガと分かれ、スクレタと合流、16．カミーラ（演奏する夫を見る）、17．カミーラとルーゼナ、18．カミーラ、ルーゼナとバートレフ、19．ルーゼナとバートレフ、（20．ライブが始まる）ヤクブとオルガがライブ会場で、ルーゼナとバートレフを見る、21．クリーマとスクレタ、（22．ここからカップルごとの夜）ルーゼナとバートレフ、23．ヤクブとオルガ、24．クリーマとカミーラ、25．ヤクブとオルガ、26．フランチシェク、27．クリーマとカミーラ、28．ヤクブとオルガ、29．ルーゼナとバートレフ。ヤクブとオルガを除き、ペアの相手は次々と入れ替わる。だがライブを境にして、ペアが固定される。

(28)　エステルハージの「見えない都市」とカルヴィーノの『見えない都市』の章立ては完全に一致している。

(29)　それゆえに他作品の引用、仄めかし、パロディが数多く散りばめられている。

(30)　第一部のモレリは、第二二章で、車に轢かれそうになっているところを目撃されるのみ。目撃者たちがその人となりについて噂話を交わす。

(31)　第一部でモレリが見かけられる章の直前に組み入れられる第七九章はとりわけ重要であろう。この章はモレリの覚書からの引用の体裁を取られている。そこには「読者を掴むのではなく、ありきたりの展開の下から別のもっと秘教的な方向を読者に囁くことによって必然的に読者を共犯者に変えてしまうような本文を企てること」、あるいは「読者を共犯者に、旅の道連れに、仕立て上げること。読むことが読者の時間を廃止してそれを作者の時間に転位させるであろうからには、読者を同時存在たらしめること。こうして読者はついに小説家が経てゆく経験を、同時にしかも同じ形で共有し共に悩む者となることができるであろう」(Cortázar 1978 : 351-352) とある。紐づけをたどり小説を別の姿に仕立てさせる仕掛けに言及する考察と十分に理解できる（むろん、それで全てではなく、間テクスト性の戯れや芸術論的考察の補完なども指示するものであろう）。

(32) 小説第一章と第二章では、オリベイラが一人称で語っていて、それが三人称に切り替わってゆく。第三部の断章には、オリベイラの一人称が再び戻って来るものもある。

(33) コルタサル『マヌエルの教科書』(1973) も同様のタイプである。

(34) カミュ『異邦人』、ロートレアモン『マルドロールの歌』を始め、二〇名ほどの作家から引用されている。

(35) 例えば、「私」が母の死を知る断章の下部には、『異邦人』からの引用がある。引用の中のムルソーは、母が死んだのがいつだったか正確に記憶していない。

(36) パヴィッチには、読む順序を読者に委ねる小説が少なからずある。辞書の形式を借りた『ハザール事典』は言うに及ばず、『紅茶で描かれた風景』(1988) や『帝都最後の恋』(1993) も同様である。前者は二部構成の小説なのであるが、第二部はクロスワードパズルを用いて、印刷された順序とは異なる順序で読み進めることを可能にしている。後者では、三名の主要人物の来歴が物語られるが、各章にはタロットの大アルカナのカード名（皇帝、愚者、運命の輪など）が付けられている。実際にタロット占いをして出たカードに従い、読む章とその順序を決めることができるようになっている。こうした遊戯的な仕掛けによって、場合によっては異色の断章がはめ込まれて縞模様になることもあるだろう。

(37) 動物にセリー切り替えが介在される箇所は以下の通り。Simon 1975 : 47, 94, 105-106, 109, 112, 133, 142, 162, 166（二回）, 169.

(38) Simon 1975 : 46-47.

(39) ミミズクはいったん石工のセリーに接近する (p. 109)。その後、p. 162 で、ミミズクの声に兵士が驚く場面が描かれることで、彼らのセリーの一部となったことが明らかになる。

(40) Simon 1975 : 105-106. 家屋にあった赤いシミから兵士が目を背けたところで、雌牛の記述が始まる。頭を振りながら、重々しい仕草でゆっくりと起き上がる。それに続いて、日が落ちた様子が記述される。再び兵士に焦点化され、暗くなったために本を読めなくなったと語られる。

(41) 外側から眺められた集合住宅の記述としては、古井由吉の短篇「円陣を組む女たち」(1969) が興味深い。「私」は向かいの集合住宅の壁面を見ている。数々の窓には、動く女の姿が同じように見られ、奥にあるであろう部屋との出入りを同じように繰り返している。それを見ている「私」は「わけもわからない哀しみにいきなり襲われかけた」のである。「竪横整然と並ぶ窓は、なにか人の暮らしの賑わいから遠い感じ」で、「そのひとつひとつの明るさの中にそれぞれ一人の女が封じ込められて」いるように見えたのである（古井 2016 : 322-325）。集合住宅の画一性と不気味さ、それに押し込められた女性の悲哀と異様な存在感を、「不可解な巨石」のような集合住宅を外側から記述することで伝えている。また、建物の中に入り込んでいるとは言っても、単一人物の視点から部屋割りを述べるだけでは集合住宅ものとは言えない。ル・クレジオ『革命』(2003) の冒頭では、ジャンの視点から、カトリーヌ叔母の集合住宅のどこに誰が住んでいたか語られる。だが、様々な部屋の中で起こる出来事は語られないので、集合住宅ものではない。

（42） それゆえに、ミュリエル・バルベリ『優雅なハリネズミ』(2006) は集合住宅ものではない。この小説では、高級集合住宅の管理人女性と、そこに住む少女の二人が交互に語り手となる。他の住人にも触れられるが、それは彼女たちが話題にするからである。彼女たちのセリーに登場するだけであって、多色の縞模様をなしているわけではない。

（43） 大晦日の晩にグランドホテルで起こる喜劇を多角的に描きだす作品。各部屋で起こる出来事を断続的に、交互に見せる編集がされている。その点で集合住宅ものと言ってよいだろう。三谷自身は「グランド・ホテル形式」と呼んでいる。この形式はアメリカ映画『グランド・ホテル』（エドマンド・グールディング監督、一九三二年）が始まりである。

（44） ヴェレス・デ・ゲヴァラ版では悪魔はどこからともなくクレオファスの前に現れるが、ル・サージュ版では小瓶に閉じ込められていて、クレオファスがそれを助け出してやる。後者の版では、救い出してくれた礼として、人々の生活を見せることになる。

（45） 原版では「パイ生地を取り除かれたミートパイの内部が見えるように、マドリッドのパテ肉がありのままに現れた」(Vélez de Guevara 1996 : 71) とある。ル・サージュ版でも、ゲヴァラの名を挙げつつ、この一文が引かれている。だが、それに加えて、時間が夜であるにもかかわらず、「昼日中のように」見えるようになったともある (Le Sage 1984 : 40-41)。映画技術に近づけて言えば、悪魔の力は照明の効果も果たしているのである。

（46） Perec 1978 : 21. 酒詰訳を一部改変して用いた。以降の同作からの引用も同様。

（47） Perec 1978 : 89.

（48） Perec 1978 : 164.
（49） Perec 1978 : 279-280.
（50） Perec 1978 : 578.
（51） 人間同士の隣接と断絶は、例えば次のようなルイの独白の中で触れられている。「外見上はいかにも仲良く暮らしていて彼［＝ルイ］を優しく迎え入れてくれるあんなに賢そうで単純そうな四人の人たち［ラロン家の人々］は、たまに互いの部屋を訪れあったりするけれど、食事のときにしか顔を合わせない四人の孤独な人間なのだ」（Butor 1954 : 44. 松崎訳を参照）。
（52） Butor 1954 : 55.
（53） Butor 1954 : 82-83.
（54） ただし部屋の内部における記述でも、例外的に全知の語りが用いられている場面がいくつかある。例えば第二章の四つ目の断章がそうである。この断章ではモーニュ家の夕食が描かれる。総勢十名近い人物が一堂に会している。延々と話を続ける祖母に対する各人の心の声が、逐一報告されている（Butor 1954 : 66-67）。だが、祖母のおしゃべり癖に全員が辟易していることを、家族ゆえに皆が知っているのであれば、あたかも全知の語り手が語っているかのように見せかけて語ることも許されるのではないだろうか。また第九章の五つ目の断章は管理人ゴドフロワに焦点化するが、彼の視界の外で起こることが記述されてもいる。
（55） Butor 1954 : 8.
（56） Butor 1954 : 112.
（57） Butor 1954 : 276.
（58） Butor 1954 : 282.
（59） ハンナ・アレントが『人間の条件』の中で、「わたしたちは、地球の上に立ち、地球の自然の内部にいながら、地球を地球の外のアルキメデスの点から自由に扱う方法を発見したのである」と述べている（Arendt 1994 : 421）。
（60） 車中空想ものの原型を、ネルヴァルの短篇「シルヴィ」に見ることができよう。エーコが詳しく分析しているが（Eco 1994）、主人公がシルヴィのもとに向かう過程で馬車に乗り、その車中で現在に至るまでの来歴を回想する。移動の時間は回想の時間によって覆い隠されている。回想は入り組んでいるものの、反復的ではない。それゆえにモンタージュ小説としての車中空想ものとはしないが、その原型として指摘しておきたい。

(61) Kundera 1999 : 376. 西永訳を参照。

(62) 車中とは、列車の車内に限定されない。マルカム・ラウリー『ガブリオラへの十月の渡し舟』(1970) では、バス車中の状況と空想が交差している。同様に、飛行機の機内を現在時とする車中空想も可能であろう。

(63) Butor 1980 : 39-40. 清水訳を一部改変して用いた。

(64) Butor 1980 : 23.

(65) Butor 1980 : 24.

(66) Butor 1980 : 36.

(67) 福永 2013 : 61.

(68) 福永 2013 : 345.

(69) 相馬は「己だけが知る現実世界」に「現実」に対抗する術を見ている。「己は要するに、己の「小説」によって現実と追いかけっこをしていたのだ、と彼は考える。いつでも現実の方が先を走っている駆けっこだった。そして今や、決定的に現実に打ち負かされてしまったのだ。己の「小説」の理論が間違っていたとは思わない。己の「小説」は『カロンの艀』と『トゥオネラの白鳥』と『恋人たちの冬』という三種類の部分を持ち、それらはそれぞれに独立した多くの断片からなっていて、それらのすべての組み合わせの上に、己だけが知っている現実世界が描き出されることになっていた」(福永 2013 : 346)。

(70) この「日記」は実在する著作で、『ドストエーフスキイ夫人アンナの日記』の題で日本語訳もある (Dostoïevskaïa 1979)。

(71) 例えば、五月一七日、レストランでの給仕係と揉めたこと、五月三〇日、明け方に睡眠中のフェージャが発作を起こしたこと、六月一四日、美術館で「聖シストの聖母」を見ようとしてフェージャが椅子に上ったことなど、任意の日付の出来事が選ばれている。

(72) ただし、この表現はさらにニュアンス付けられねばならない。「私」の空想の中で、ドストエフスキーは「フェージャ」と愛称で呼ばれていて、妻アンナの視点が取られていることがうかがえる。アンナの視点からドストエフスキーを描き出しつつ、『日記』では描かれていない彼の内面を「私」は補っている。

(73) フランス語訳版ではポワンヴィルギュル (;) を用いて区切られている。

(74) このようにダッシュを用いて話題を切り替える方法は、アンナが『日記』で実際に用いている方法である（ただし使用頻度は小説に劣る）。ダッシュの用法そのものが、『日記』の模倣であり、「引用」であり、『日記』とこの小説を結びつける連結部の一つともなっている。また、この特徴的な記号の反復は、視覚的にも訴えかける。列車旅という物語の大枠も相まって、ダッシュで繋がれた文章が、連結部と車輌を表す象形文字ともなる。

(75) Tsypkin 2008 : 240. 沼野訳を参照。

(76) Tsypkin 2008 : 125.

(77) 記述される停車駅は、カリーニン（pp. 34-35）、ボロゴエ（pp. 104-105, p. 110）、イジョルィ（p. 140）。

(78) 老人のくだりは pp. 33-34。同級生のくだりは pp. 37-40。他にも、モスクワでの池遊び（pp. 42-43）、ドストエフスキーの肖像画を見たこと（pp. 51-53）、病院に住んでいた青春時代（pp. 71-74）。

(79) 「私」はペテルブルグで、ドストエフスキーがユダヤ人差別主義者だったことを知る。「私」のドストエフスキー像に新たな一面が加わったのであるが、「私」は戸惑いを隠せない。「小説のなかではあれほど他人の苦しみに敏感で、辱められ傷つけられた人たちを熱心に擁護し、生きとし生けるものすべてが存在する権利を熱烈に、いや激烈ともいえるほどに説き、一本一本の草や一枚一枚の葉への賛辞を惜しまなかったドストエフスキー――そのドストエフスキーが、数千年にわたって追い立てられてきた人々を擁護したり庇ったりする言葉をただの一言も思いつかなかったのはいったいどういうことなのか」と自問する（p. 180）。ドストエフスキーに感情移入をしてきた「私」が、そこから突如として覚める瞬間である。だがそれもまた、違和感を抱かせつつも、「私」のドストエフスキー理解を深めるきっかけとなる。

(80) 例えば、「一九三五年一一月二八日」の第三章では、入院先の看護婦がペソアに注射を打ちに来る。その直後、彼が「他の連中も来る頃だろう」と独白する。すると、「異名」の一人であるカエイロが実際に病室に入室してきて、対話が始まる。このようにして現実と幻想が地続きになっている。

(81) ただし、一九三九年の章でだけ、三人称がクルスの息子に用いられる。クルスは息子を死に追いやった張本人と妻から思われ、なじられているが、息子への並々ならぬ愛はところどころで語られる。

(82) さらには、いくつかの断章の内部にも部分的な縞模様が見て取れる。例えば、一九二四年の章では、妻カタリーナの父の死と葬儀が語られる。ダッシュ［―］で示される会話文とは別に（フランス語版の場合）、彼女の内的独白がギユメ［«»］で示される。出来事の流れを切断する内的独白が、複線的なセリーをなしている。他にも、一人称の章で、周囲で交わされる会話と、それを無視して続けられる「わし」の内的独白にも複線性が認められるだろう。

(83) 三人称の章で語られる出来事の順序は以下の通り。1．一九四一年（壮年時代のクルスが事業でアメリカ人を出し抜こうと画策する。片腕パディーリャを雇う）。2．一九一九年（老地主ガマリエルに娘カタリーナをくれるよう要求する）。3．一九一三年（内乱で闘うクルス。レヒーナとの情事）。4．一九二四年（ガマリエルの死と事業の引き継ぎ）。5．一九二七年（クルスと大統領のやり取り。クルスの社会的成り上りが示される）。6．一九四七年（ハビエルらとヨット遊びに興じる。最後に自分が老いたことを発見し、不快感を感じる）。7．一九一五年（ビーリャ派敗残兵の駆逐。山岳での戦闘。クルスの生への執着が示される）。8．一九三四年（愛人ラウラとパリで過ごす）。9．一九三九年（この章だけ例外的に「彼」が息子ロレンソを指す。ロレンソがスペイン戦争で戦死する）。10．一九五五年（シルベスター・パーティ。年老いたクルスの脳裏に、断片的な記憶が次々に飛来する）。11．一九〇三年（貧しい少年時代）。12．一八八九年（出生の時）。

(84) Fuentes 1985 : 132-133. 木村訳を参照。

(85) Fuentes 1985 : 345. 少年時代の自分から見た時に、いずれ「ふりそそぐ」未来を表すものとして、これらの表現が選ばれている。

(86) 「カタリーナ、わしがもし貧しく謙虚な人間だったらお前はどうする？　おそらくわしを軽蔑し、見棄てたことじゃろう。［……］もしわしが貧しく悲惨な境遇にあれば、お前はきっと憎み、罵るだけではおさまるまい」(Fuentes 1985 : 91)。「カタリーナとテレーサ、それにヘラルドが部屋の奥にあるひじかけいすに腰をおろしている。おっつけどこかの司祭を引張ってきて、わしの死期を早め、告解させようとするだろう。へっ、あいつらは何としてもそれが知りたいのだ。まったくもって笑わせる。とんだお笑い草だ。カタリーナ、お前はわしが怖くてこれまで言えなかったことを言うつもりじゃろう。娘のあのとげとげしい顔を見れば、それくらいのことは分かる。間もなくあのあわれな男がそばにやってきて、あれこれ尋ね、涙ぐみながら自分も分け前にあずかれるかどうか聞き出そうとするに違いない。［……］こいつらはわしを軽蔑しておる。まるで乞食のように物乞いしながら、一方でこのわしを憎んでいるのだ」(Fuentes 1985 : 94)。

(87) Fuentes 1985 : 227-228.

(88) 特に小説の後半になると、その傾向は強くなる。

（89）　ジュエルは、母親が死に瀕しているときにも、自分の馬ばかり気にしている。母を残したまま、父親とともに三ドル稼ぎにどこかへ行こうとする。母親を入れた棺桶を丁重に扱わない。こうしたジュエルの振る舞いをダールは語るが、その調子は冷淡である。

（90）　Faulkner 2000 : 133-142. ジュエルは家の仕事もろくに手伝わないが、母親から大目に見られている。その尻拭いを他の兄弟がさせられる。ジュエルが勝手に馬を買ってくる。こうしたことが非難を交えて語られる。

（91）　Faulkner 2000 : 148-174. ダール、ヴァーダマン、タル［隣家の女性］、ダール、キャッシュの順に語る。流れの荒々しさに抗い、棺桶を守ろうとする姿が描き出される。彼らは棺桶を守り抜くが、その直後、彼らの意識に上るのは、川で失ったらばや大工道具といった資産ばかりである。

（92）　祖母は魚料理と、叔父はエビ料理と、父はワインやウィスキーと関連づけられている（それぞれ「魚料理」の章、「鏡」の章、「ウィスキー」の章）。偶然食事に招いてくれた農夫たちの豊かな食事にも一章が割かれている（「農園」の章）。

（93）　Barbery 2000 : 9.

（94）　例えば、クンデラ『冗談』（1967）の第七部では、三人の人物が街角で互いを見かけながらもやり過ごす「すれ違い」がモンタージュによって演出されている。

（95）　例えば、川上未映子『乳と卵』（2007）や湊かなえ『母性』（2010）。どちらの作品も、母と娘の感情のすれ違いを浮かび上がらせるために、それぞれについてのセリーを交差させている。

結論

（1）　Ricœur 1985 : 287-288. 強調は原著者。久米訳を参照。

参考文献

●文学作品

芥川龍之介：「藪の中」［1922］、『地獄変・偸盗』、新潮社（新潮文庫）、一九六八年、一五三―一六八頁。

APOLLINAIRE（Guillaume）：*Calligrammes : poèmes de la paix et de la geurre 1913-1916*, Gallimard（poésie）, 1966.

ARAGON（Louis）：*Le Paysan de Paris*［1926］, Gallimard（folio）, 1972.〔『パリの農夫』、佐藤朔訳、思潮社、一九八八年〕

――：*Les Beaux quartiers*［1936］, Gallimard（folio）, 1991.

ARIOSTO（Ludovico）：*Orlando furioso*［1516, 1532］, Project Gutenberg, 2015, http://www.gutenberg.org/files/3747/3747-h/3747-h.htm.（二〇一六年一一月二七日閲覧）〔『狂えるオルランド』［1516 / 1532（完成版）］、上下巻、脇功訳、名古屋大学出版会、二〇〇一年〕

BACHMAN（Ingeborg）：『マリーナ』［1971］、神品芳夫ほか訳、晶文社、一九七三年。

BAKER（Nicholson）：『中二階』［1988］、岸本佐知子訳、白水社（白水Uブックス）、一九九七年。

BARBERY（Muriel）：*Une Gourmandise*, Gallimard, 2000.〔『至福の味』、高橋利絵子訳、早川書房、二〇〇

一年〕

——：*L'Élégance du hérisson*〔2006〕, Gallimard (folio), 2009.

BARTHES (Roland)：*Fragments d'un discours amoureux*, Seuil, 1977.〔『恋愛のディスクール・断章』、三好郁朗訳、みすず書房、一九八〇年〕

BENACQUISTA (Tonino)：*La Commedia des ratés*〔1991〕, Gallimard (folio policier), 2009.

——：*Saga*〔1997〕, Gallimard (folio), 1999.

BIERCE (Ambrose)：『悪魔の辞典』〔1911〕、西川正身訳、岩波書店（岩波文庫）、一九九七年。

BORGES (Jorge Luis)：『幻獣辞典』〔1957 / 1967 / 1969〕、柳瀬尚紀訳、河出書房新社（河出文庫）、二〇一五年。

BRECHT (Bertolt)：『ブレヒト戯曲全集』第二巻、岩淵達治訳、未來社、一九九八年。

BROCH (Hermann)：『夢遊の人々』〔1931-1932〕、上下巻、菊盛英夫訳、筑摩書房（ちくま文庫）、二〇〇四年。

BUTOR (Michel)：*Passage de Milan*, Ed. Minuit, 1954.〔『ミラノ通り』、松崎芳隆訳、竹内書店、一九七一年〕

——：*La Modification*〔1957〕, Ed. Minuit, 1980.〔『心変わり』、清水徹訳、岩波書店（岩波文庫）、二〇〇五年〕

——：*Mobile*, Gallimard (l'imaginaire), 1962.

CALVINO (Italo)：『見えない都市』〔1972〕、米川良夫訳、河出書房新社（河出文庫）、二〇〇三年。

CORTÁZAR (Julio)：『石蹴り遊び』〔1963〕、土岐恒二訳、集英社、一九七八年。

——：*Livre de Manuel*〔1973〕, trad. par Laure Guille-Bataillon, Gallimard (folio), 1974.

CUNNINGHAM (Michael)：『めぐりあう時間たち』〔1998〕、高橋和久訳、集英社、二〇〇三年。

DIDEROT (Denis)：*Jacques le Fataliste et son maître*, Gallimard (folio classique), 2006.〔『運命論者ジャックとその主人』、王寺賢太ほか訳、白水社、二〇〇六年〕

DÖBLIN (Alfred)：*Berlin Alexanderplatz : die Geschichte vom Franz Biberkopf*〔1929〕, Walter, 1961.〔『ベルリン・アレクサンダー広場』、早崎守俊訳、河出書房新社、二〇一二年〕

DON DELILLO (John)：『リブラ　時の秤』〔1988〕、上下巻、真野明裕訳、文藝春秋、一九九一年。

——：『アンダーワールド』〔1997〕、上下巻、上岡伸雄ほか訳、新潮社、二〇〇二年。

――：『コズモポリス』［2003］、上岡伸雄訳、新潮社（新潮文庫）、二〇一三年。
――：『墜ちてゆく男』［2007］、上岡伸雄訳、新潮社、二〇〇九年。
DOS PASSOS（John）：*U. S. A.*［1930-1936］, Literary Classics of the U.S., 1996.〔『U. S. A.』全六巻、渡辺利雄ほか訳、岩波書店（岩波文庫）、一九七七―七八年〕
DOSTOÏEVSKAÏA（Anna Grigorievna）：『ドストエーフスキイ夫人アンナの日記』、木下豊房訳、河出書房新社、一九七九年。
EASTON ELLIS（Bret）：『ルールズ・オブ・アトラクション』［1987］、中江昌彦訳、中央公論社、一九九〇年。
円城塔：『烏有此譚』、講談社、二〇〇九年。
ENZENSBERGER（Hans Mgnus）：『スペインの短い夏』［1972］、野村修訳、晶文社、一九八二年。
ESTERHÁZY（Peter）：*Trois anges me surveillernt*［1979］, trad. par Agnès Járfás, Gallimard, 1989.
――：*Les Verbes auxiliaires du cœur*［1985］, trad. par Agnès Járfás, Gallimard, 1992.
――：『ハーン＝ハーン伯爵夫人のまなざし』［1991］、早稲田みか訳、松籟社、二〇〇八年。
FAULKNER（William）：『響きと怒り』［1929］、高橋正雄訳、講談社（講談社文芸文庫）、一九九七年。
――：『死の床に横たわりて』［1930］、佐伯彰一訳、講談社（講談社文芸文庫）、二〇〇〇年。
――：『野生の棕櫚』［1939］、井上謙治訳、冨山房、一九六八年。
FLAUBERT（Gustave）：*Madame Bovary*［1857］, *Œuvres*, tome 1, éd. établie et annotée par A. Thibaudet et R. Dumesnil, Gallimard（Bibilthèque de la Pléiade）, 1951, pp. 271-683.〔『ボヴァリー夫人』上下巻、伊吹武彦訳、岩波書店（岩波文庫）、二〇〇七年〕
――：*Œuvres complètes de Gustave Flaubert : Correspondance 1850-1859*, t. 13, éd. établie par la Société des Études littéraires françaises, Club de l'Honnête homme, 1973.
――：『紋切り型辞典』［1911］、小倉孝誠訳、岩波書店（岩波文庫）、二〇〇〇年。
FUENTES（Carlos）：*La Mort d'Artemio Cruz*［1962］, trad. par Robert Marrast, Gallimard（folio）, 2007.〔『アルテミオ・クルスの死』、木村榮一訳、新潮社、一九八五年〕
福永武彦：『死の島』［一九七一年］、上下巻、講談社（講談社文芸文庫）、二〇一三年。
古井由吉：「円陣を組む女たち」［1969］、黒井千次編『「内向の世代」初期作品アンソロジー』、講談社（講談社文芸文庫）、二〇一六年、三〇一―三四八頁。

高行健：『ある男の聖書』［1998］、飯塚容訳、集英社、二〇〇一年。

GENET（Jean）：*Les Paravents*［1961］, Gallimard（folio）, 1996.

GIDE（André）：*Les Faux-monnayeurs*［1925］, Gallimard（folio）, 1972.〔『贋金つくり』上下巻、川口篤訳、岩波書店（岩波文庫）、一九六二―六三年〕

GOMBROWICZ（Witold）：『フェルディドゥルケ』［1938］、米川和夫訳、平凡社、二〇〇四年。

HUXLEY（Aldous）：『恋愛対位法』［1928］、上下巻、朱牟田夏雄訳、岩波書店（岩波文庫）、一九九〇年。

IBRAHIM（Sonallah）：*Les Années de Zeth*［1992］, trad. par Richard Jacquemond, Actes Sud（Babel）, 2002.

伊坂幸太郎：『アヒルと鴨のコインロッカー』［2003］、東京創元社（創元推理文庫）、二〇〇九年。

JOYCE（James）：『ユリシーズ』［1922］、全四巻、丸谷才一ほか訳、集英社（集英社文庫）、二〇〇三年。

角田光代：『八日目の蝉』［2007］、中央公論新社（中公文庫）、二〇一一年。

川上未映子：『乳と卵』［2007］、文藝春秋（文春文庫）、二〇一〇年。

KUNDERA（Milan）：*La Plaisanterie*［1967］, trad. par Marcel Aymonin et révisé par Claude Courot, Gallimard（folio）, 2003.〔『冗談』、西永良成訳、岩波書店（岩波文庫）、二〇一四年〕

――：*La Vie est ailleurs*［1973］, trad. par François Kerel, Gallimard（folio）, 1987.〔『生は彼方に』、西永良成訳、早川書房、一九九五年〕

――：*La Valse aux adieux*［1973］, trad. par François Kérel, Gallimard（folio）, 1999.

――：*Le Livre du rire et de l'oubli*［1978］, trad. par François Kérel, Gallimard（folio）, 1985.〔『笑いと忘却の書』、西永良成訳、集英社（集英社文庫）、二〇一三年〕

――：*L'Insoutenable légèreté de l'être*, trad. par François Kerek, Gallimard（folio）, 1984.〔『存在の耐えられない軽さ』、千野栄一訳、集英社（集英社文庫）、一九九八年〕

――：*L'Immortalité*, trad. par Eva Bloch, Gallimard（folio）, 1990.〔『不滅』、西永良成訳、集英社（集英社文庫）、一九九九年〕

LE CLÉZIO（Jean-Marie Gustave）：*La Révolution*［2003］, Gallimard（folio）, 2004.

LE SAGE（Alain-René）：*Le Diable boiteux*［1726］, Gallimard（folio classique）, 1984.

LEIRIS（Michel）：*L'Âge d'homme*［1939, 1946］, Gallimard（folio）, 1973.〔『成熟の年齢』、松崎芳隆訳、現代思潮社、一九七六年〕

LONDON（Jack）：『鉄の踵』［1909］、小柴一訳、新樹社、一九八七年。

LOWRY (Malcom) : *En route vers l'île de Gabriola* [1970], trad. par Clarisse Francillon, Gallimard (folio), 1972.
MALRAUX (André) : *La Condition humaine* [1933], Gallimard (folio), 2001.〔『人間の条件』、小松清ほか訳、新潮社（新潮文庫）、一九七八年〕
——: *L'Espoir* [1937], Gallimard (folio), 2004.〔『希望』上下巻、岩崎力訳、新潮社（新潮文庫）、一九七一年〕
MANCHETTE (Jean-Patrick) : *L'Affaire N'Gustro* [1971], Gallimard (folio policier), 2004.
MAUPASSANT (Guy de) : *Bel-Ami* [1885], Garnier (Classiques Garnier), 1988.〔『ベラミ』、中村佳子訳、角川書店（角川文庫）、二〇一三年〕
湊かなえ：『母性』、新潮社、二〇一二年。
村上春樹：『世界の終わりとハードボイルド・ワンダーランド』［1985］、上下巻、新潮社（新潮文庫）、二〇〇九年。
——：『海辺のカフカ』［2002］、上下巻、新潮社（新潮文庫）、二〇一〇年。
——：『1Q84』全三巻、新潮社、二〇〇九年。
NABOKOV (Vladimir) :『青白い炎』［1962］、富士川義之訳、筑摩書房（ちくま文庫）、二〇〇三年。
NERVAL (Gérard de) :『ネルヴァル全集』第五巻、入沢康生ほか訳、筑摩書房、一九九七年。
O'BRIEN (Tim) :『世界のすべての七月』［2002］、村上春樹訳、文藝春秋（文春文庫）、二〇〇九年。
PAVIC (Milorad) :『ハザール事典』［1984］、工藤幸雄訳、東京創元社、一九九三年。
——: *Paysage peint avec du thé* [1988], trad. par Harita Wybrands, Belfond, 1990.
——：『風の裏側』［1991］、青木純子訳、東京創元社、一九九五年。
——：『帝都最後の恋』［1993］、三谷恵子訳、松籟社、二〇〇九年。
PEREC (Georges), *W ou le souvenir d'enfance*, Gallimard (l'imaginaire), 1975.〔『Wあるいは子供の頃の思い出』、酒詰治男訳、水声社、二〇一三年〕
——: *La Vie mode d'emploi*, Hachette (le Livre de poche), 1978.〔『人生 使用法』、酒詰治男訳、水声社、一九九二年〕
PILNIAK (Boris) :『機械と狼』［1924］、川端香男里ほか訳、未知谷、二〇〇九年。
POUY (Jean-Bernard) : *Larchmütz 5632* [1999], Gallimard (folio policier), 2011.

POWERS (Richard)：『舞踏会へ向かう三人の農夫』〔1985〕、柴田元幸訳、みすず書房、二〇〇〇年。
――：『われらが歌う時』〔2003〕、上下巻、高吉一郎訳、新潮社、二〇〇八年。
――：『エコー・メイカー』〔2006〕、黒原敏行訳、新潮社、二〇一二年。
――：『幸福の遺伝子』〔2009〕、木原善彦訳、新潮社、二〇一三年。
PUIG (Manuel)：『蜘蛛女のキス』〔1976〕、野谷文昭訳、集英社（集英社文庫）、一九八八年。
QUENEAU (Raymond)：*Le Chiendent*〔1933〕, Gallimard (folio), 2005.〔『はまむぎ』、久保博昭訳、水声社、二〇一二年〕
――：*Les Fleurs bleues*〔1965〕, Gallimard (folio), 2009.〔『青い花』、新島進訳、水声社、二〇一三年〕
ROA BASTOS (Augusto)：『汝、人の子よ』〔1960〕、吉田秀太郎訳、集英社、一九八四年。
RULFO (Juan)：『ペドロ・パラモ』〔1955〕、杉田晃ほか訳、岩波書店（岩波文庫）、一九九二年。
SABATO (Ernesto)：『英雄たちと墓』〔1962〕、安藤哲行訳、集英社、一九八三年。
SARTRE (Jean-Paul)：*Le Sursis*〔1945〕, Gallimard (folio), 1972.
――：『自由への道』〔1945-1949〕、全六巻、海老坂武ほか訳、岩波書店（岩波文庫）、二〇〇九―一一年。
SIMON (Claude)：*La Route des Flandres*〔1960〕, Ed. Minuit, 1982.〔『フランドルへの道』、平岡篤頼訳、白水社、二〇〇四年〕
――：*Leçon de choses*, Ed. Minuit, 1975.
――：*Les Géorgiques*, Ed. Minuit, 1981.〔『農耕詩』、芳川泰久訳、白水社、二〇一二年〕
STOKER (Bram)：『吸血鬼ドラキュラ』〔1897〕、平井呈一訳、東京創元社（創元推理文庫）、一九七一年。
TABUCCHI (Antonio)：『フェルナンド・ペソア最後の三日間』〔1994〕、和田忠彦訳、青土社、一九九七年。
TYNIANOV (Iouri)：*Le Leitenant Kijé*〔1927〕, trad. par Lily Denis, Gallimard (l'imaginaire), 1983.
TOURNIER (Michel)：*Vendredi ou les limbes du Pacifique*, Gallimard, 1972.〔『フライデーあるいは太平洋の冥界』、榊原晃三訳、岩波書店（岩波現代選書）、一九八二年〕
――：*Les Météores*〔1975〕, Galimard (folio), 1991.〔『メテオール（気象）』、榊原晃三ほか訳、国書刊行会、一九九一年〕
TSYPKIN (Leonid)：『バーデン・バーデンの夏』〔1970年代〕、沼野恭子訳、新潮社、二〇〇八年。
VARGAS LLOSA (Mario)：『緑の家』〔1966〕、木村栄一訳、新潮社（新潮文庫）、一九九五年。
――：『密林の語り部』〔1987〕、西村英一郎訳、岩波書店（岩波文庫）、二〇一一年。

——：『楽園への道』〔2003〕、田村さと子訳、河出書房新社、二〇〇八年。

VÉLEZ DE GUEVARA（Luis）：*Le Diable boiteux*〔1641〕, trad. par Claude Bleton, Fayard, 1996.

VITTORINI（Elio）：『人間と人間にあらざるものと』〔1945〕、脇功ほか訳、松籟社、一九八一年。

WOOLF（Virginia）：『ダロウェイ夫人』〔1923〕、丹治愛訳、集英社（集英社文庫）、二〇〇七年。

YACINE（Kateb）：*Nedjma*〔1956〕, Seuil（points）, 2004.〔『ネジュマ』、島田尚一訳、現代企画室、一九九四年〕

吉田修一：『怒り』上下巻、新潮社、二〇一四年。

YOURCENAR（Marguerite）：『ハドリアヌス帝の回想』〔1951〕、多田智満子訳、白水社、二〇〇八年。

ZOLA（Émile）：『パリの胃袋』〔1873〕、朝比奈弘治訳、藤原書店、二〇〇三年。

●評論・研究書・論文

ADES（Dawn）：『フォトモンタージュ——操作と創造』〔1996〕、岩本憲児訳、フィルムアート社、二〇〇〇年。
ADORNO（Theodor）：*Théorie esthétique*〔1970〕, trad. par Marc Jimenez, Klincksiek, 1995.〔『美の理論』、大久保健治訳、河出書房新社、二〇〇七年〕
AMIARD-CHEVREL（Claudine）：« Le Lit-montage », *Montage et collage au théâtre et dans les autres arts durant les années vingt*, publié sous la direction de Denis Bablet, Lausanne, l'Âge d'Homme, 1978, p. 161-175.
AMIEL（Vincent）：*Esthétique du montage*, Armand Colin, 2007.
ARAGON（Louis）：*Les Collages*, Hermann（collection savoir）, 1965.
ARENDT（Hannah）：『人間の条件』、志水速雄訳、筑摩書房（ちくま学芸文庫）、一九九四年。
東浩紀：『動物化するポストモダン』、講談社（講談社現代新書）、二〇〇一年。
BAKHTINE（Mikhaïl）：『ドストエフスキーの詩学』〔1963〕、望月哲男ほか訳、筑摩書房（ちくま学芸文庫）、一九九五年。
——：*Esthétique et théorie du roman*〔1975〕, trad. par Dria Olivier, Gallimard（tel）, 1978.〔『小説の言葉』、伊東一郎訳、平凡社（平凡社ライブラリー）、一九九六年〕
BARTHES（Roland）：*Essais critiques*, Seuil（points essais）, 1964.〔『エッセ・クリティック』、篠田浩一郎訳、晶文社（晶文全書）、一九七二年〕

BAYARD（Pierre）：*Le Plagiat par anticipation*, Ed. Minuit, 2009.
BENJAMIN（Walter）：『ベンヤミン・コレクション1　近代の意味』、浅井健二郎編訳、筑摩書房（ちくま学芸文庫）、一九九五年。
——：『ベンヤミン・コレクション2　エッセイの思想』、浅井健二郎編訳、筑摩書房（ちくま学芸文庫）、一九九六年。
——：『ベンヤミン・コレクション5　思考のスペクトル』、浅井健二郎編訳、筑摩書房（ちくま学芸文庫）、二〇一〇年。
BIAGIOLI（Nicole）：« Narration et intertextualité, une tentative de (ré) conciliation », *Cahiers de Narratologie*, n° 13, 2006, https://narratologie.revues.org/314.（二〇一六年一一月四日閲覧）
BLIN（Georges）：*Stendhal et les problèmes du roman*, José Corti, 1954.
BLOCH（Ernst）：*Héritage de ce temps*［1935］, trad. par Jean Lacoste, Payot, 1978.〔『この時代の遺産』、池田浩士訳、水声社、二〇〇八年〕
BONN（Charles）：*Kateb Yacine : Nedjma*, l'Harmattan, 1990.
BOOTH（Wayne C.）：『フィクションの修辞学』［1961］、米本弘一ほか訳、水声社、一九九一年。
BRECHT（Bertolt）：『ブレヒトの文学・芸術論』［2006a］、石黒英男ほか編訳、河出書房新社、二〇〇六年。
——：『ブレヒトの映画・映画論』［2006b］、石黒英男ほか編訳、河出書房新社、二〇〇六年。
BURGELIN（Claude）：*Georges Perec*, Seuil, 1989.
CALVINO（Italo）：『アメリカ講義』［1988］、米川良夫訳、岩波書店（岩波文庫）、二〇一一年。
——：*Perché leggere i classici*, Palomar, 1995.〔『なぜ古典を読むのか』、須賀敦子訳、河出書房新社（河出文庫）、二〇一二年〕
CAUX（Jacqueline）：『リュック・フェラーリとほとんど何もない』、椎名亮輔訳、現代思潮新社、二〇〇六年。
千葉文夫：「モンタージュの思考」、『*Études Françaises*』第一六号、早稲田大学文学部フランス文学研究室、二〇〇八年、一二一—一四三頁。
COMPAGNON（Antoine）：*La Seconde main ou le travail de la citation*, Seuil, 1979.〔『第二の手、または引用の作業』、今井勉訳、水声社、二〇一〇年〕
——：*Les Cinq paradoxes de la modernité*, Seuil, 1990.〔『近代芸術の五つのパラドックス』、中地義和訳、水

声社、一九九九年〕
DACHY（Marc）：『ダダ——前衛の誕生』［2005］、藤田治彦訳、創元社、二〇〇八年。
DÄLLENBACH（Lucien）：*Mosaïque*, Seuil（poétique）, 2001.
DECAUDIN（Michel）：« Collage, montage et citation en poésie », *Montage et collage au théâtre et dans les autres arts durant les années vingt*, publié sous la direction de Denis Bablet, Lausanne, l'Age d'Homme, 1978, p. 31-37.
DELEUZE（Gilles）：*Cinéma 1. L'Image-mouvement*, Ed. Minuit, 1983.〔『シネマＩ＊運動イメージ』、財津理ほか訳、法政大学出版局、二〇〇八年〕
DELEUZE（Gilles）et GUATARI（Félix）：*L'Anti-Œdipe*, Ed. Minuit, 1972-73.〔『アンチ・オイディプス』上下巻、宇野邦一ほか訳、河出書房新社（河出文庫）、二〇〇六年〕
DESCENDRE（Nadine）：« La collection comme pratique artistique ou La métaphore du puzzle », *Cahiers Georges Perec 10 : Perec et l'art contemporain*, publié sous la direction de Jean-Luc Joly, le Castor Astral, 2010, pp. 419-442.
DIDI-HUBERMAN（Georges）：*La Ressemblance informe ou le gai savoir visuel selon Georges Bataille*, Ed. Macula, 2000.
——：*Images malgré tout*, Ed. Minuit, 2003.〔『イメージ、それでもなお』、橋本一径訳、平凡社、二〇〇六年〕
——：*Quand les images prennent position*, Ed. Minuit, 2009.〔『イメージが位置をとるとき』、宮下志朗ほか訳、二〇一六年〕
——：*Remontage du temps subi*, Ed. Minuit, 2010.〔『受苦の時間の再モンタージュ』、森元庸介ほか訳、二〇一七年〕
——：*Passés cités par JLG*, Ed. Minuit, 2015.
DUCROT（Oswald）：*Le Dire et le dit*, Ed. Minuit, 1984.
DURAND（Philippe）：*Cinéma et montage : un art de l'ellipse*, Cerf, 1993.
ECO（Umberto）：『開かれた作品』［1961］、篠原資明ほか訳、青土社、二〇一一年。
——：『物語における読者』［1979］、篠原資明訳、青土社、二〇一一年。
——：『小説の森散策』［1994］、和田忠彦訳、岩波書店（岩波文庫）、二〇一三年。

EDEL（Leon）：『現代心理小説研究：1900～1950』［1955］、龍口直太郎ほか訳、評論社、一九五九年。
EISENSTEIN（Serguei-Mikhaïlovitch）：『エイゼンシュテイン全集3　革命の映画（「ストライキ」「革命」「全線」）』、エイゼンシュテイン全集刊行委員会、キネマ旬報社、一九七五年。
——：『エイゼンシュテイン全集6　星のかなたに』、エイゼンシュテイン全集刊行委員会訳、キネマ旬報社、一九八〇年。
——：『エイゼンシュテイン全集7　モンタージュ』、エイゼンシュテイン全集刊行委員会訳、キネマ旬報社、一九八一年。
——：『エイゼンシュテイン全集8　作品の構造について』、エイゼンシュテイン全集刊行委員会訳、キネマ旬報社、一九八四年。
——：『エイゼンシュテイン全集9　無関心な自然ではなく・方法』、エイゼンシュテイン全集刊行委員会訳、キネマ旬報社、一九九三年。
FANÇOIS（Damien）：« Montage, simultanéité et continuité dans *Le Sursis* de Sartre », *Cinémas : revue d'études cinématographiques / Cinémas: Journal of Film Studies*, vol. 8, n° 3, 1998, p. 75-103.
古永真一：『BD——第九の芸術』、未知谷、二〇一〇年。
GENETTE（Gérard）：*Discours du récit*［1972, 1983］, Seuil（points essais）, 2007.〔『物語のディスクール』、花輪光ほか訳、水声社、一九八五年〕
——：*Palimpsestes*［1982］, Seuil（point essais）, 1992.〔『パランプセスト』、和泉涼一訳、水声社、一九九五年〕
——：*Seuils*［1987］, Seuil（point essais）, 2002.〔『スイユ』、和泉涼一訳、水声社、二〇〇一年〕
——：*L'Œuvre de l'art : immanence et transcendance*, Seuil, 1994.〔『芸術の作品Ⅰ　内在性と超越性』、水声社、和泉涼一訳、二〇一二年〕
GODARD（Henri）：*Le Roman modes d'emploi*, Gallimard（folio）, 2006.
GOURMONT（Rémy de）：*Le Deuxième livre des masques*［1898］, Project Gutenberg, 2005, http://www.gutenberg.org/ebooks/16988.（二〇一六年一一月七日閲覧）
HAMBURGER（Käte）：『文学の論理』［1957 / 1968 / 1980］、植和田光晴訳、松籟社、一九八六年。
HAMON（Philippe）：*L'Ironie littéraire : essai sur les formes de l'écriture oblique*, Hachette, 1996.
HILLE（Karoline）：『ハンナ・ヘーヒとラウール・ハウスマン』［2000］、五十嵐蕗子訳、書肆半日閑、二〇一〇年。

廣瀬純：『シネキャピタル』、洛北出版、二〇〇九年。

HUMPHREY（Robert）：『現代の小説と意識の流れ』［1954］、石田幸太郎訳、英宝社、一九七〇年。

池田浩士：『闇の文化史――モンタージュ一九二〇年代』［1980］、インパクト出版会、二〇〇四年。

INGARDEN（Roman）：『文学的芸術作品』［1931 / 1961］、滝内槙男訳、勁草書房、一九九五年。

ISER（Wolfgang）：『行為としての読書』［1975］、轡田収訳、岩波書店、二〇〇五年。

JAKOBSON（Roman）：『ヤコブソン・セレクション』、桑野隆ほか編訳、平凡社（平凡社ライブラリー）、二〇一五年。

河本真理：『切断の時代――二〇世紀におけるコラージュの美学と歴史』、ブリュッケ、二〇〇七年。

KOULECHOV（Lev Vladimirovitch）：『映画製作の実際』上巻、袋一平訳、三笠書房、一九五八年。

工藤庸子：『恋愛小説のレトリック――『ボヴァリー夫人』を読む』、東京大学出版会、一九九八年。

KUNDERA（Milan）：*L'art du roman*, Gallimard（folio）, 1986.

――：*Le rideau*, Gallimard（folio）, 2005.

LUKÁCS（Georg）：『リアリズム論』、佐々木基一ほか訳、白水社、一九八七年。

LUN（Eugene）：『モダニズム・瓦礫と星座――ルカーチ、ブレヒト、ベンヤミン、アドルノの史的研究』［1982］、兼松誠一訳、勁草出版サービスセンター、一九九一年。

MAGNÉ（Bernard）：« Puzzle mode d'emploi »［1982］, *Perecollages : 1981-1988*, Presses Universitaires du Mirail-Toulouse, 1989, pp. 33-59.

MAGNY（Claude-Edmonde）：*L'Âge du roman américain*, Seuil, 1948.〔『アメリカ小説時代』、三輪秀彦訳、フィルムアート社、一九八三年〕

MARTIN（Marie-Odile）：« L'inscription de la pièce du lecteur dans le puzzle de *la Vie mode d'emploi* »［1984］, *Cahiers Georges Perec 1 : Colloque de Cerisy*, publié sous la direction de Bernard Magné, P.O.L, 1985, pp. 247-264.

松澤和宏：『『ボヴァリー夫人』を読む――恋愛・金銭・デモクラシー』、岩波書店、二〇〇四年。

MESCHONNIC（Henri）：*Modernité modernité*［1988］, Gallimard（folio）, 2005.

METZ（Christian）：「映画――言語体系か言語活動か」［1964］、盛岡祥倫訳、岩本憲児編『映画理論集成』、フィルムアート社、一九八二年、二一三―二六二頁。

――：『映画における意味作用に関する試論』［1968］、浅沼圭司監訳、水声社、二〇〇五年。

MITRY（Jean）：「モンタージュの始まり」［1963-1965］、村山匡一郎訳、岩本憲児編『映画理論集成』、フィルムアート社、一九八二年、一八三―二〇九頁。
MOREL（Jean-Pierre）：« Montage, collage et discours romanesque dans les années 20 et 30 », *Montage et collage au théâtre et dans les autres arts durant les années vingt*, publié sous la direction de Denis Bablet, Lausanne, l'Age d'Homme, 1978［1978a］, p. 38-73.
——：« Collage, montage et roman chez Döblin et Dos Passos », *Revue d'Esthétique*［1978b］, 1978, 3/4, « Collage », U.G.E., 1978, p. 212-233.
——：« Jules Romains et Dos Passos : remarques », *Jules Romains et les écritures de la simultanéité. Galsworthy, Musil, Döblin, Dos Passos, Valéry, Simon, Butor, Peeters, Plissart*, publié sous la direction de Dominique Viart, Villeneuve d'Ascq, Presse Universitaire du Septentrion（Lille III）, 1996, p.223-235.
——：« Cinq difficultés — au moins — pour parler de montage en littérature », *À travers les modes*, publié sous la direction de Robert Kahn, Publications de l'Université, 2004, p. 35-48.
小柏裕俊：「モンタージュの観点から小説を読む――カテブ・ヤシン『ネジュマ』の場合」、『関西フランス語フランス文学』第二一号、日本フランス語フランス文学会関西支部会、二〇一五年、三九―五〇頁。
岡野宏文・豊﨑由美：『読まずに小説書けますか』、メディアファクトリー、二〇一〇年。
大浦康介：『誘惑論・実践編』、晃洋書房、二〇一一年。
PASTOUREAU（Michel）：*L'Étoffe du diable : une histoire des rayures et des tissus rayés*, Seuil（points histoire）, 1991.
PAWLIKOWSKA（Ewa）：« Citation, prise d'écriture », *Cahiers Georges Perec 1 : Colloque de Cerisy*, publié sous la direction de Bernard Magné, P.O.L, 1985, pp. 213-231.
PICARD（Michel）：*La Lecture comme jeu*, Ed. Minuit, 1986.
PIÉGAY-GROS（Nathalie）：*Le Lecteur*, GF Flammarion, 2002.
PINEL（Vincent）：*Vocabulaire technique du cinéma*, Armand Colin, 2005.
POPOVA（Lioubov）：「フォト・モンタージュ」［1926］、大石雅彦訳、大石雅彦ほか編『ロシア・アヴァンギャルド――レフ左翼芸術戦線』第七巻、国書刊行会、一九九〇年、三〇二―三〇三頁。
RABATÉ（Dominique）：*Le Roman depuis 1900*, PUF（Que sais-je ?）, 1998.
RANCIÈRE（Jacques）：*La Parole muette*, Hachette, 1998.

——：*La Fable cinématographique*, Seuil, 2001.

——：*Le Destin des images*, La Fabrique, 2003.〔『イメージの運命』、堀潤之訳、平凡社、二〇一〇年〕

RICŒUR（Paul）：*Temps et récit : 3. Le temps raconté*［1985］, Seuil（points essais）, 1991.〔『時間と物語III 物語られる時間』、久米博史訳、一九九〇年〕

SABATO（Ernesto）：『作家とその亡霊たち』［1963 / 1979］、寺尾隆吉訳、現代企画室、二〇〇八年。

酒詰治男：「『人生使用法』における〈文学〉の「引用」について――「制約」の範囲内で」、『甲南女子大学ヨーロッパ文学研究』第一六号、一九九二年、一―五六頁。

SCHAEFFER（Jean-Marie）：*Pourquoi la fiction ?*, Seuil, 1999.〔『なぜフィクションか?』、久保昭博訳、慶應義塾大学出版会、二〇一九年〕

柴田元幸編：『パワーズ・ブック』、みすず書房、二〇〇〇年。

清水康次：「『藪の中』の語り手たち」、海老井英次編『芥川龍之介作品論集成2　地獄変――歴史・王朝物の世界』、翰林書房、一九九九年、二〇二―二一四頁。

SZENDY（Peter）：*Tubes : la philosophie dans le juke-box*, Ed. Minuit, 2008.

——：*À coup de points : la ponctuation comme expérience*, Ed. Minuit, 2013.

SZONDI（Peter）：*Théorie du drame moderne*［1965］, trad. par Sybille Muller, Circé, 2006.

竹山哲：『現代日本文学「盗作疑惑」の研究――「禁断の果実」を食べた文豪たち』、ＰＨＰ研究所、二〇〇二年。

VAN ROSSUM-GUYON（Françoise）：*Critique du roman*, Gallimard（tel）, 1970.

●文学用語辞典

ARON（Paul）et al.：*Le dictionnaire du littéraire*, PUF, 2002.

BÉNAC（Henri）：*Guide des idées littéraires*, Hachette, 1988.

CHILDERS（Joseph）et al.：『コロンビア大学　現代文学・文化批評用語辞典』、杉野健太郎ほか訳、松柏社、一九九九年。

DIDIER（Béatrice）et al.：*Dictionnaire universel des littératures*, PUF, 1994.

GARDES-TAMINE（Joëlle）et HUBERT（Marie-Claude）：*Dictionnaire de critique littéraire*, Armand Colin, 1996.

川口喬一ほか編：『最新　文学批評用語辞典』、研究社出版、一九九八年。
VAN GORP（Hendrik）et al.：*Dictionnaire des termes littéraires*, Honoré Champion, 2005.

あとがき

本書は、二〇一六年度に京都大学大学院文学研究科に提出した博士論文「モンタージュ小説論——近現代における文学的モンタージュの様態と機能についての考察」を部分的に書き改めたものである。

筆者は学部卒業後に三年ほどパリ第三大学比較文学科に留学していた。留学三年目、maîtrise（この年を最後に maîtrise はフランスの大学制度から消えた）の授業科目の一つであったジャン＝ピエール・モレル先生の「文学におけるモンタージュ」に出席していたことが、本書の出発点である。そこで紹介された数々の小説の小気味良いリズムに興奮を覚え、プラモデルを思わせる構成と構造に夢中になった。それらを読んでいくうちに、筆者自身も文学的モンタージュを正面切って論じてみたいと思うようになった。帰国後は京都大学大学院文学研究科の修士課程に入り、長い時間をかけてようやく博士論文としてまとめ、さらには書籍として刊行することができた。

論文の執筆および本書の刊行は、多くの学恩や助力なしには実現できるものではなかった。ここに感謝の言葉を記したい。

京都大学人文科学研究所教授でありながらも、博士論文の指導と主査をお引き受けくださった大浦康介先生にはどれだけ感謝の言葉を述べても足りない。ご指導いただいたことが論文の成り立ちに欠かせないのは言うまでもないが、大浦先生が牽引されていた共同研究班「虚構と擬制——総合的フィクション研究の試み」に出席させていただき、活発な議論を傾聴できたことも論文を構想する上で力となった。さらには同研究班に参加されていた岩松正洋さん、久保昭博さん、河田学さん、北村直子さんのご研究やお話に大きく触発された。

京都大学大学院文学研究科フランス語フランス文学研究室の吉川一義先生、田口紀子先生、増田真先生、永盛克也先生には授業や院演習をはじめ、論文執筆にあたってもさまざまな助言をいただいた。田口先生、増田先生、永盛先生には博士論文を審査していただき、その中で数々の貴重なご指摘をいただいたことは、本書出版にあたり論文をあらためて見直す上で重要な指針となった。また、本書が刊行できるのは、京都大学の出版助成制度に推薦状を書いてくださった永盛先生のおかげである。

モンタージュというものを考える上で、映画研究者である廣瀬純さんのご著書や個人的なおしゃべりから大いに刺激を受けた。またベンヤミン研究者の宇和川雄さんからも貴重なヒントをいただいた。

本書で取り上げている文学作品はフランス文学に限定されず多岐にわたっている。これらのなかには友人や学生に教えてもらったものもある。なかでもオーストリア文学研究者の国重裕さんには福永武彦『死の島』を教えていただいた。国重さんの助言なしに本書の構成はありえなかった。また京都造形芸術大学通信学部文芸コースで担当していた科目「批評理論入門」では、レポートで学生が取り上げた文学作品にモンタージュ小説と呼びうるものがあった。こうした未読のモンタージュ小説を知るたびに自分自身の読書傾向の偏りを自覚し、それと同時に、モンタージュという文学的手法の広がりと可能性をあらためて感じることができ、たいへんありがたいことであった。

論文の構想と執筆の段階で、また論文審査後に、京都大学文学部の「系ゼミナール」というリレー講義で文学的モンタージュについて講義する機会をいただいた。また甲南女子大学でも「ヨーロッパの言語と文化」というリレー講義でモンタージュについて話をする機会をいただいた。アイデアをまとめ、整理し、見直すうえで大きな助けとなった。

論文執筆にかけた時間の半分は筆者の自宅で過ごしたものであるが、もう半分は行きつけの喫茶店で過ごしたものである。健康的でおいしいランチと味わい深いコーヒーで執筆生活を彩り、お店に長居することをゆるしてくれた喫茶六花の店長およびスタッフのみなさんにも心からのお礼を述べたい。

最後になるが、水声社の井戸亮さんには本書を丁寧に編集していただいた。また本書を記号学的実践叢書に入れることを提案してくださった。厚くお礼を申し上げる。

本書の刊行に際しては、京都大学総長裁量経費・若手研究者出版助成事業、ならびに京都大学大学院文学研究科の「卓越した課程博士論文出版助成制度」による助成を受けた。

二〇一九年一一月　京都、喫茶六花にて

小柏裕俊

Montage novel theory

Hirotoshi Ogashiwa

There are novels in which separate narratives progress simultaneously, novels in which the order of events is rearranged, novels that let the reader retrace the source of a quotation, and novels in which interpreting the disposition and relationship between text segments are made part of the reader's experience. These narrative texts can be associated with the concept of "montage."

A montage was originally a concept used for artwork ("photomontage") and films that were "assembled" through the mechanics of cameras. Novelists of the 20th century applied this technique to create what we could call "literary montage."

Literary montages are often understood to refer to two separate approaches. There are montages relying on the cutting and pasting of quotationss ("quotation montage") and montages that show multiple events simultaneously ("spatio-temporal montage"). In the first chapter of this book, we will trace the origins of these two aspects of literary montage back to photo and film montage. Since literary montage is derived from photomontage, it can be pointed out that quotation montage is characterized by its multitude and diversity of references and sources, and their "plagiaristic" nature. In relation to movies, we will examine the

connection between literary montage and Eisenstein's montage theory, and reveal the literary montage as a child of D.W. Griffith.

The second chapter of this book will endeavor to define literary montage as an integration of two aspects. Jean-Pierre Morel's narrative definition is an attempt at a unified understanding of the concept. However, it is difficult to define literary montage merely by focusing on the composition and structure of the text. Although Morel's approach is interesting in that it points out "cuts" in literary works, it neither gives a clear definition of a "cut" nor sufficiently addresses multilinearity, alternating dispositions, or the difficulty in detecting quotations. These characteristics have higher or lower relevance depending on the reader, and may vary in their presence or absence. A "cut," rather than what is "presented" as is, refers to what the reader "reads into" it. Moreover, multilinearity can vary in the number of lines depending on the reader's attention. Alternating dispositions cause the reader to reorder them. In some cases, alternating dispositions are a result of the reader's involvement. A quotation's presence or absence is also determined by the reader, since a reference may not necessarily be recognized as such due to its "plagiaristic" nature.

In short, literary montage can be defined only by associating the characteristics of the text with the act of reading it. There are three ways in which text and reader are connected; these can be formulated with the help of the terms "stripe pattern" and "linkage." The first type is the "recombination" of "stripe patterns" that are "linked" together in accordance with the content of the story. The second is "incorporation," by which "striped patterns" are created while pursuing the "link." The third is "quotation generation," by which one text is being "linked" to another, and "striped patterns," which are created through the combination of narrative text with references.

Based on this newly gained definition, Chapter 3 attempts to categorize montage novels by differentiating between their formal and thematic aspects.

In terms of the formal, novels are classified according to the number of "colors" in the

“striped pattern,” and the stripe’s form.

Two-color striped patterns are used most frequently. They are an easily understood form of montage due to their crossings’ mechanical nature. Contrast and suspense are easy to grasp.

Three-color striped patterns tend to be used in works with experimental aspects. Three-color patterns can often be divided into one two-color and one one-color pattern.

Multicolor striped patterns (four colors or more) are often applied to a novel in its entirety. They are often utilized to portray one state of affairs, or a society, from multiple angles. Due to the large number of stripes, their disposition is rarely regular.

The splitting and merging of stripes describes the change in the number of stripes in accordance with the parting and coming together of a plurality of characters. By utilizing these elements of change, story pacing and the relationships between the characters can be realized.

The striped pattern generated is created through “quotation generation” or “incorporation.” This form requires the active involvement of the reader.

In addition to this categorization, we will examine the three themes of “collective housing”, “inside-vehicle daydream”, and “deathbed reminiscence”.

Collective housing in this context means novels in which a large number of people appear, whose stories are followed in each of their rooms through alternating dispositions. Multicolor striped patterns are used to express simultaneity.

For the inside-vehicle daydream, a person who rides public transportation intermittently indulges in recollections and fantasies. This is a novel format in which the scene inside the vehicle intersects with fantasy.

The deathbed reminiscence is a novel format in which present happenings around a character in his or her final hours intersect with memory (it is also possible that a single character may alternate between the present time and recollections of the past).

Through these discussions, we attempted a new definition of literary montage, and a categorization of literary montage works.

著者について──

小柏裕俊（おがしわひろとし）　一九七八年、埼玉県生まれ。京都大学大学院文学研究科博士後期課程修了。現在、京都造形芸術大学非常勤講師。専攻は、フランス文学、文学理論。主な論文に、「男装女装はフィクションか」「テーマパークの虚構体験」（ともに『フィクション論への誘い』、共著、世界思想社、二〇一三年）、「モンタージュの観点から小説を読む──カテブ・ヤシン『ネジュマ』の場合」（『関西フランス語フランス文学』二一号、二〇一五年）、主な訳書に、Oriza Hirata, *Les Trois Sœurs (version androïde)*（共訳、les Solitaires Intempestifs, 2014）などがある。

装幀——中山銀士

モンタージュ小説論

――文学的モンタージュの機能と様態

二〇一九年一二月一〇日第一版第一刷印刷　二〇一九年一二月二〇日第一版第一刷発行

著者――小柏裕俊

発行者――鈴木宏
発行所――株式会社水声社
東京都文京区小石川二―七―五　郵便番号一一二―〇〇〇二
電話〇三―三八一八―六〇四〇　ＦＡＸ〇三―三八一八―二四三七
［編集部］横浜市港北区新吉田東一―七七―一七　郵便番号二二三―〇〇五八
電話〇四五―七一七―五三五六　ＦＡＸ〇四五―七一七―五三五七
郵便振替〇〇一八〇―四―六五四一〇〇
URL : http://www.suiseisha.net

印刷・製本――精興社

ISBN978-4-8010-0460-3